延平北路十段再進去的李姓人家

賈彝倫 著
Pulu 插畫

我想把這本書獻給我的媽媽。

之前的書我不敢獻給她，畢竟她是個傳統保守的基督徒，看到兒子寫那款男男戀的小說，怕心臟會支撐不住。現在她到天國享福去了，就可以大方把新書獻給她。反正她如果有本事看到的話，就快到夢裡來罵我，要罵多久都沒差，罵到口乾我還可以端茶給她喝。

媽媽，快來喔，我很歡迎。真的。

目錄

楔子

「你那麼有氣質，我以為你家是住天母耶。」常有人這麼對我說。

「我那麼普通，哪有什麼氣質？還有，我家不住天母，我家住在『裡頭社』。」我說。

「咦，裡頭社，那是哪裡？我怎麼都沒聽過？」

沒聽過是正常的。

裡頭社，是個名不見經傳的超級小地方，甚至連Google地圖上都查不到。要介紹我們裡頭社，就要從那條長得要命的延平北路說起。延平北路真的很長，一共分成十段。

「延平北路不是只有九段嗎？哪來十段？」

真的啦！延平北路真的有十段，只是你們都不知道而已。

延平北路七段是社子島，很多人只聽過這個地方，卻不知道她在哪裡，更從來沒去過。社子島是個島嗎？以前有條叫番仔溝的河道，分開社子和士林市街，所以社子地區可以算是個島。後來番仔溝被填平了，在上頭建造起高速公路。人類用工程的力量把島嶼與陸地相連，卻也用工程的力量，弄出另一個與世隔絕的島嶼。

公元一九六四年，士林一帶的堤防完工，堤防內的社子地區至此不再受到洪患的影響，但堤防外的

「社子島」卻從此成了防洪區域。嘿！社子島住著成千上萬人耶！那個時候的政府哪管你社子島人的死活？社子島人的生命財產家園，全為了大臺北的防洪犧牲了。幾十年來，法律就像孫悟空的緊箍咒，完全限制社子島的開發。

時光飛逝，防洪治水的工程日益進步，大臺北已不再經常淹水，社子島也不需要再做為洪氾區了。社子島能開發了吧？當然能開發，不過一談到開發利益，人們又擺不平了。

雖然社子島開發的議題吵翻了天，但在我們裡頭社，時間仍像靜止一般，人們依舊住著又老又破的房子，過著看似平靜卻有些暗潮洶湧的日子。對臺北人而言，社子島是臺北最後一塊未開發的淨土，許多自命清高的人希望能保留社子島的現狀，要她成為臺北城的「後花園」。這些從沒在社子島生活過的人完全錯了，社子島根本就不是什麼淨土，也不是花園，社子島上遍布著違章工廠，還有許多莫名其妙的廢棄物，從其他地方偷偷運來，直接掩埋在土壤裡；社子島的房子無法改建，破舊到難以想像。當然，社子島更沒有下水道，廢水隨意放流，臭氣沖天。

社子島的生活機能的確很糟，不過對我們李姓一家而言，這個地方就是家鄉，我們無力搬遷，只能繼續在這裡賴活著，寫下一頁頁的家族歷史。

回到延平北路。延平北路八段過了主祀遇難海神的威靈廟後變為九段，九段途經過台北海洋技術學院，它的前身是中國海專。最後延平北路到了公車總站，人們可以在島頭公園看到基隆河與淡水河匯流。

對啊！就九段嘛！哪來十段。

不騙你，公車站和島頭公園中間有條小路，那就是延平北路十段。

延著這條路一直進去，就會看到我們裡頭社了。

裡頭社，是社子島的裡頭，沒有人知道的名字，她猶如鬼魅般存在。我們李家人，就住在這裡。

第一部　李姓人家

第一章　情人節的巧克力風波

今天是情人節。

情人節只對有情人的人有意義，對沒有情人的人，就跟普通的日子沒兩樣。我這個毛都還沒長齊的高中小矮子，不可能有人喜歡。所以呢，情人節對我而言是無意義的。

今年年過得早，各級學校在情人節前都已經開學了，但因為「過節」的關係，我們純男生班都有些躁動。

上週作文課，老師要我們寫一篇文章介紹自己的家鄉，我在文章的開頭這麼寫道：

延平北路十段裡頭的裡頭社，就在延平北路九段過了公車總站和島頭公園往裡頭走。若是你站在島頭公園，面向關渡大橋，右手邊會是基隆河，左手邊則是淡水河，這兩條大河在面前匯流，這是臺灣難得一見水量豐沛、流幅廣闊的磅礡景象。這個地方雖被稱為島頭，卻是現今被臺北拋棄的邊陲尾端；但在百年前由淡水河口進入臺北盆地的先民的眼裡，這裡的確是臺北盆地的「頭」。視角的不同，時代的差異，社子島從臺北頭變成臺北尾，成為一個與世隔絕，被主流社會拋棄、無視的地方。

光是這一段就讓我拿了一個「A$^+$」。看在國文老師阿光光給我高分的份上，以後不要再嘲笑他禿頭了。

「阿光光」是國文老師在同學間的綽號，那是我的好朋友胡孟暉取的。

「禿頭叫『阿光』，很亮的禿頭就叫『阿光光』吧。」胡孟暉這麼說。

胡孟暉的身高約莫一八〇公分出頭，身形有點肉，號稱八十公斤，不過我覺得一定有謊報的嫌疑。從開學第一天起，我就跟這個家住信義區的傢伙很有話聊。整個高一上學期我跟胡孟暉簡直是形影不離，連上廁所也同進同出。太過親暱的舉動，讓一些同學懷疑起我們的關係。他們真是多慮了。

胡孟暉才不是我的菜咧！

不過我跟胡孟暉感情真的不錯，他也知道我的一些祕密。

這些祕密中最大的就是：我喜歡的是男生。

喜歡男生在這個時代不是什麼大不了的事，但我不喜歡大剌剌地對別人出櫃，只有小妹、胡孟暉和幾個朋友知道我的性向。

喔，對了，除了小妹之外，還有一個人知道我喜歡男生。這個人是我的二姊──李悅，她雖然跟我個性很不合，私底下卻常常撞見我。

如果你跟另一個男生牽著手躲在河堤旁聊天被二姊撞見，這事應該跳到淡水河裡也洗不清了。

有趣的是，無論是小妹或二姊，她們對我的性向好像都沒什麼興趣。

情人節的第一堂課是國文課，教的是一篇當代環境文學，那是阿光光偏愛的文章，所以教得很起勁。

下課鐘響，阿光光對我招了招手，說：「班花，你過來一下。」

「班花」是我的綽號，比阿光光還難聽……

「班花你這篇作文寫得很好，下一堂課到臺上來唸給大家聽好嗎？」

在全班前面朗誦作文，很丟臉耶！

但我哪敢違背老師的要求，只好接過作文紙答應了。

阿光光收拾完講桌上的東西後走了，我目送他光亮的腦袋出門。

其實啊……禿頭也沒什麼不好，頂上無毛，也滿可愛的。聽說禿頭的基因是帶在X基因上，所以男孩會不會禿頭，要看外公和舅舅。嗯……我的外公和兩個舅舅，頭頂上的毛都不太多。這麼說來，十多年後，我也會跟阿光光一樣。那真得好好珍惜現在這頭茂密的秀髮了。

其實禿頭很有福氣，這是《聖經》說的。

我們李家沒什麼特別信仰，頂多是阿嬤大節日會拜一下，過年過節偶爾去廟裡參拜這樣。至於《聖經》，是因為隔壁的阿菜嬸去參加了教會聚會，教會裡的弟兄姊妹常常來阿菜嬸家探訪。他們只要看到我家有人出入，就會跑來攀談，還會塞一些宣傳單到我們手裡。拿到《聖經》的是小妹，回家後就擺在客廳桌子上，有天我閒來沒事，拿起來翻了一翻，裡頭的東西還挺有趣的，讀起來像既像歷史故事，又像神話傳說。其中有一段文字吸引了我的目光，它這麼寫：

人頭上的髮若掉了，他不過是頭禿，還是潔淨。他頂前若掉了頭髮，他不過是頂門禿，還是潔淨。

我恍然大悟了！阿光光老師，《聖經》說你是潔淨的好人耶！

不過下一堂課時，我被阿光光老師罵了。

「班花，你們在幹什麼，都上課還鬧烘烘的，快坐好！」

我從王文彊手中搶回巧克力盒子，裡頭的東西早就被同學分光了。

那是人家送給我的耶……

這盒巧克力不知道是何時放在我雜亂的抽屜裡，我是被阿光光指派朗讀作文任務後，回到座位將作文紙塞進抽屜裡才發現巧克力。巧克力盒子上頭別了一個紫色的蝴蝶結，底下貼了張卡片，歪歪斜斜寫了句「情人節快樂」。我只是把巧克力從抽屜裡拉出來，立刻被後頭的王文彊看到。

「嘿！有人送巧克力給班花耶！」王文彊一把從我手中搶過巧克力，繞著圈子昭告全班。

「班花這傢伙，憑什麼拿到巧克力？」

「一定要揪出這個人，絕對不能讓我們班的『班花』被其他人把走！」

「李勤的抽屜跟垃圾堆一樣，巧克力放在裡頭早就臭酸了，哪還能吃？」

我不知道同學們這些話到底是羨慕還是挖苦。

我就眼睜睜地看著人生第一盒的情人節巧克力被同學爭食殆盡。

而我卻半顆巧克力也沒吃到。

「喂！拿作業本來對字跡，一定要找到是誰送巧克力給李勤的！」

扮演柯南角色的人是閻世熜，是個高高帥帥的陽光男孩。

不過閻世熜對了一上午的筆跡，還是找不出卡片上的字出自於何人手筆。

直到半年後送巧克力的人曝光，我才知道寫卡片的人原來是個左撇子，他怕筆跡被認出來，刻意用右手寫字。

難怪卡片上的字那麼醜。

第二章　我叫李勤

我的老爸是個鐵齒的男人，他不相信命定，只相信科學和理性。別以為他是什麼高學歷的知識分子，他不過是個五專冷氣工程科畢業，目前在市場流動擺攤、過一天算一天的男人罷了。

他常說自己「失栽培」，但從阿嬤嘴裡聽來，老爸年輕的時候也不怎麼愛讀書。

裡頭社裡的居民多半是很虔誠的民間信仰者，他們被現代價值歸類為迷信的一群人。這種對神明的迷信，就連改信耶穌的阿菜嬸也一樣。她以前看農民曆過日子，現在看《聖經》的啟示過日子；以前吃齋念經，現在是唱詩歌讀《聖經》；以往常掛在嘴邊的「阿彌陀佛」，則被「哈利路亞」取代了。像老爸這樣不信鬼神的人，在裡頭社裡可說是鳳毛麟角。

裡頭社的孩子出生多半會抱給社裡的姓名學大師「福錠仙」命名，但我老爸卻堅持要自己取名。他是個理性主義者，不相信姓名學，老爸覺得名字是父母對兒女的祝福和期許，應該由父母自己取，不要假手他人。

老爸又有一種奇怪的認知：名字要單名才響亮好記。

「劉備、關羽、張飛、曹操、孫權，或是玄燁、胤禛，都是單名的大人物。」老爸總是這麼說。

我長大讀了歷史才知道，玄燁、胤禛都是雙名，才不是單名咧。

不過我們李家老爸的意志，任誰都無法撼動，就連阿嬤也一樣。於我們家四個小孩，還有未出世的那位小妹妹，全是單名。

我的大姊比我長三歲，今年十九歲，她名叫李愉。大姊本來讀高職三年級，後來因為懷孕，而休學在家養胎待產。

跟我最沒話說的二姊，比我大一歲，今年十七歲，讀高職二年級，名叫李悅。

當媽媽懷我的時候，父親說：「男生要勤勞打拚才有好日子，女生只要過得愉悅快樂就好。」

老爸這種觀念真的有夠古板，在這種古板想法下，我的大姊就叫李愉和李悅，而我就被取名為李勤了。

兩年多後，母親再懷上妹妹。

當時媽媽很緊張，若是生男孩，父親就要把他取名為「李勞」。

天吶！這是什麼怪名字？

但生女生也不行，會被取成「李快」。

這個不幸的小孩，就是我的三妹，名叫「李快」。

妹妹稍稍懂事之後，就非常不喜歡這個名字，常嚷著要去改名。

「不可以！名字是父母給的，是父母的期許和祝福，怎麼可以去改？」父親嚴正地說。

在一旁的母親聽到這話，翻了個大白眼，幽幽地說：「名字都是你取的，女兒要怨的是你，跟我沒關係喔。」

改不成名字的妹妹，只好幫自己取了一個字，叫「雨薇」，在老爸以外的人面前，都「以字行」。

時光飛逝，任誰也想不到在妹妹出生十三年後，媽媽肚子裡又有了李家的第五個孩子。更讓大家震驚的是，幾天之後姊姊也宣布她懷孕了。

「孩子到底是誰的？」

不用老爸問，李家的孩子們和媽媽都知道孩子爸爸是誰。

他是我從國小到國中同班九年的同學——邱政瀛，我們都叫他矮子邱。

矮子邱跟大姊交往少說也半年以上了，常常在北側河堤附近打情罵俏，也不太避諱讓人看到。

聽到矮子邱的名號，老爸的臉色又更難看了，矮子邱跟我家算是遠親，他爸爸名義上開了一間汽車修理廠，其實私底下的主要工作是某個角頭堂口的重要幹部。

這未來的親家，不算是個好惹的人物啊……

氣氛真的很緊繃，老爸還沒講話，大姊已經泣不成聲了。

我看著妹妹，她臉很臭；我又看了看媽媽，堅強的她正暗暗擦著眼淚。

「妳確定要把孩子生下來嗎？」老爸嚴肅地問大姊。

大姊嘴唇抿得發紫，不斷點頭。

「孩子不能沒有爸爸，所以妳要跟他結婚嗎？」

大姊又點了點頭。

「但是爸爸覺得，他不是可靠的男人。如果他不行，妳可以自己撐起一個家嗎？」

說到這裡，大姊卻低頭無語。

「可以啦！我可以幫姊姊！」出聲的是二姊。

「對啊，我也可以。」連小妹都在一旁幫腔。

大姊抬起頭來看了看二姊和小妹，哭得更厲害了。

老爸站了起來，他的眼眶泛紅，強忍淚水，把大姊摟入懷中。

「如果那個男人不可靠，還有我們家可以回來。」

我們李家，就在抱頭痛哭中度過一夜。

第三章　我是「班花」李勤

我今年十六歲，讀高中一年級。個子非常不高，只有一六二．五公分，雖然很多人都說我還會再長，但我從國中二年級到現在，身高只多了一．五公分。我的國中同學兼未來的姊夫，雖然綽號叫「矮子邱」，但他還是比我高了二．五公分。

矮就矮嘛！蔣經國、鄧小平也都很矮，還不是成就了一番事業？

我長得矮，臉上又帶有些嬰兒肥，有些人說我可愛，也有人說我娃娃臉，這樣的人竟然國中時候也有女生愛慕。不過我的綽號「班花」，卻跟我的外表完全無關。

「班花」這個綽號的由來，得從高中開學第一天說起：

分班完畢，我跟著將一起度過未來這一年的同學們進到教室，隨意找了個位置坐好。不久之後，導師進來了，是個約莫四十多歲女性。導師姓紀，單身，假日喜歡去爬山，面目十分黝黑，不笑的時候看起來非常兇，但她其實是個非常認真且溫柔的女老師。

紀老師自我介紹完後，就分配大家進行環境大掃除。

「十一號李勤，負責搬花。」紀老師在台上這樣分配。

「蛤？什麼？」鬧烘烘的教室雜音，蓋過了紀老師的說話聲音，我完全不知道她在說什麼。

雖然聽不清楚，我也不敢舉手發問，直到紀老師將全班任務分配完畢，大家起身動作之後，我屁股還是黏在椅子上。

「這位同學，你怎麼還坐在那裡？」紀老師問我。

我恭敬地站起來回覆：「報告老師，我沒聽清楚剛剛您分配的工作。」

班導看了一下分配表，說：「你是十一號李勤同學嘛！你負責去搬花。」

「什麼？什麼花？」我還是聽不清楚。

「搬花！把走廊的花搬到窗臺上！」紀老師提高音量。

我一緊張，更聽不清了。

「報告老師……我真的聽不見……。」

「叫你搬花啦！」十多位同學異口同聲地大喊。

這下子我才恍然大悟，原來老師要我去搬花。

開學第一天就經歷這麼尷尬的場面，我恨不得挖個地洞躲起來。

更尷尬的是，從這天以後，我成了一年三班的「班花」。

「嘿！班花。」坐在我後頭的王文彊，是個非常聒噪的傢伙。

「幹嘛？」

「到底是誰送你巧克力啊？」

「連闍世熜都查不來了，我怎麼知道是誰送的？」

「你可以猜啊。巧克力是喜歡你的人送的，你想想誰平常對你最好，或是誰最近特別刻意跟你走得很近之類的。」

我想了一想。

我跟大家的相處都很融洽啊！也沒發現誰有特別的舉動。

我對王文彊說：「真的沒有，想不出來。」

「難道是……胡孟暉？他不都下課會來找你聊天？」

「來劭辰也會啊，你怎麼不猜他？」

「胡孟暉看起白白嫩嫩的，比較有gay的傾向啦。」

「你這個智障，不要亂開這種玩笑好不好。」

「還是……程彧銘？他體育課都跟你一組。」

「是他不喜歡運動，跟我一組就可以在一旁偷懶。」

「那還真難猜耶。」

「所以我叫你別亂猜啊。」

「不然……你喜歡哪一個？」

我轉過頭去，狠狠瞪了王文彊一眼，這個顴骨長著幾顆青春痘的男生，才閉上嘴巴。

在這間純男校裡，多的是王文彊這種人，奇奇怪怪的流言蜚語，當然從未少過。

我明明就很低調，但「班花」這個名號卻傳到全校周知，三天兩頭就有人跑到教室外頭來看「班花」。

「班什麼花啦！」我在心裡大喊。我還寧願被叫班草，但我又不夠帥。要讓我選一位一年三班的班草，我會選擇坐在王文彊右後方的季敦品。一七五公分的身高，比我高了十二．五公分，是個很剛好的身高。體重約莫七十公斤上下，我本來以為會有贅肉，沒想到在體育課時看到他的裸身，不但有結實的胸肌還有六塊腹肌。啊嘶——我快噴鼻血了。

「唉——」晚上洗澡的時候，我對著鏡子嘆了口氣。

這人又瘦又矮，就那顆腦袋看起來特別大，活像朵向日葵。

我是「班花」，是個頭重腳輕的「向日葵男孩」。

第四章　黑傑克叔公

今晚家裡的氣氛很詭譎，我放學一進家門，只有老爸兀自一人坐在客廳。

「她們都不在嗎？」我問老爸。

「你媽孕吐不舒服在房間裡；你大姊去產檢，晚點回來；二姊我不知道到哪裡去了，小妹去練跆拳道。廚房裡有飯菜，自己熱了吃吧。」

我與老爸的對話看似日常，但他的雙眼怎樣也隱藏不住緊張的情緒。老爸一緊張起來就是猛眨眼，跟某個資深政客很像，這是全家皆知的公開祕密。

我不敢在客廳多做停留，快步經過走廊，走向飯廳。

「嘿，兒子，上來一下。」媽媽從二樓樓梯口探出頭來，叫住我。

「怎麼了？妳不是不舒服在休息嗎？」

「我其實還好啦，是你爸很緊張，整個客廳的氣氛被他搞得很奇怪，我藉故說不舒服，在樓上房間看電視。」

「爸是為什麼緊張？」

「今天他們邱家人要來提親。」

原來是這回事啊！未來的親家是道上中人，也難怪老爸這麼緊張。

「你晚上會在家吧，快去吃一吃，洗好澡一起在客廳等對方來吧。」

「我等一下要跟同學出去耶。」

「嘿，別騙了，你也是不想參加這種場合吧。」母親不用看就知道我的意圖。

「小孩在那種場合上又說不上話。」

「我也說不上話啦。」母親接著說：「好啦好啦，你去吃一吃，也別出去，躲房間裡就好了。」

家中奇怪的氣氛害我沒什麼食慾，草草吃完晚餐就去洗澡了。

我一邊洗，一邊回想剛才的場景。老爸坐的椅子下方，好像放了把用報紙包住的東西。

我知道那是什麼東西，只要發生大事，老爸都會把那東西放在椅子下。

這是已故叔公教給他的血淋淋教訓。

我還記得叔公出殯的那天，爸爸充當孝男替沒子女的他捧斗。

這天很熱，爸爸臉上的淚水卻未曾乾過。

叔公的遺照跟他平日的樣子差很多，遺照裡的叔公面露微笑，但自從我有記憶以來，根本沒看過他笑。叔公從額心，經過眼窩，到左臉頰，留有一道長長的傷疤，很是駭人，跟動畫裡的「怪醫黑傑克」很像。於是「黑傑克」成了小孩們稱呼叔公的方式。

黑傑克叔公晚年幾乎沒工作，只靠著少少的社會補助過活，身體也不好，卻愛喝酒，常常在島頭那裡自己一個人喝著酒，喝醉了倒頭就睡。除了老爸之外，沒什麼人會陪叔公喝酒。叔公的脾氣很不好，常幾杯黃湯下肚就跟老爸起口角，但大多數時候都是老爸跪在地上向他老人家道歉。喝醉酒的叔公也會在裡頭社裡閒逛，只要看到我家的小孩，他常指著臉上的傷疤說：「攏是為著護恁老爸，我才做著一世人羅漢腳！」

小孩們不懂叔公跟老爸之間的糾葛，更不知道老爸為什麼與叔公是「羅漢腳」有什麼關係。幾年前叔公發現罹患肝癌，已經末期轉移，折騰了半年不到就去世了。

叔公的喪禮是由老爸一手操辦，喪禮結束後，老爸躲到島頭河邊喝酒，剛好遇見去同學家拿東西的我。

老爸的酒品也不怎麼好，喝多了不但聒噪，有時候還會有暴力傾向，不過他是個理性主義者，除非陪叔公喝，很少自己喝酒。

「臭小子，你幹嘛閃？過來啊！」老爸對躲躲藏藏的我說。

我低著頭進到涼亭，只見滿地啤酒罐，我從沒看過老爸喝那麼多酒。

「一起喝吧。」渾身酒氣的老爸開了一罐啤酒塞到我手裡，他完全忘了我才剛滿十三歲。

我淺嚐了幾口，覺得難喝，就把酒放在一邊。

老爸把手重重搭在我的肩膀上，說：「李勤，你是男孩子，爸爸告訴你一些只有我們李家男孩子才能知道的事。」

「你知道為什麼我談大事的時候都要放一把菜刀在椅子下嗎？」老爸問我。

我搖了搖頭。

「二十年前，就是沒放那把刀，才讓你叔公用臉替我擋刀子。」

老爸說完，把罐中剩下的啤酒喝完，順手拿起另一罐，拉開扣環喝上一大口。

「那天啊……我跟著你叔公去跟幾個艋舺在地的喬事情，本來覺得對方一直跟我們很友好，什麼都沒帶就赴約了。誰知道一打照面，對方刀子就抽出來直接要給我們死。你叔公要我快跑，自己卻中了刀。姦伊老母咧，那血啊……可是直接用噴，跟水龍頭一樣！我回頭看，你叔公躺在地上，嘴還在說：『坤昇仔，緊走！』」

說到這裡，老爸突然放聲大哭，我只能輕輕撫著他的背，試圖安慰他。

哭了約莫幾分鐘，老爸心情終於平復了些，接續剛才的故事：

「我一邊跑，一邊回想當下的事情，轉進一條暗巷，被雜物絆倒，就腿軟爬不起來了。本來想說穩死了，沒想到對方沒轉進巷子，而是追到到另一頭去了。我不知道在巷子裡躲了多久，直到天上下起大雨才回過神來，確定附近沒有仇家，招了臺計程車到車站，坐上野雞車躲到臺中當兵的同梯家裡整整半個月過。你阿嬤不知道從哪裡找到我同梯家，這才知道你叔公沒死。阿嬤帶我回臺北，沒回裡頭社，而是住在北投。我偷偷跑到醫院看你叔公。么壽咧，他那臉啊，實在有夠醜、有夠嚇人。那事發生以後，我就不敢再混了，跑去工地舉板模度日子。至於你叔公住了好一陣子醫院，出院後女朋友跑了，那張可怕的臉找不到什麼正經工作，頂多就是幫人家顧顧場子。」

「唉——」老爸深深嘆了口氣，說：「說真的，現在我所擁有的都不是我的，這些都是我從你叔公那裡借來的，而他嘛……。」

「所以你知道我對你叔公這麼忍讓了吧？」老爸說。

我點了點頭。

老爸又說：「年輕時我總覺得自己能混出名堂，但等到對方真拿出刀子來，有人流血倒下時，我的膽子全嚇破了。那個時候我才認清自己是個膽小的人，但再怎麼樣也得盡力保護你們。所以我寧願準備一把刀子先下手為強，而不是什麼都沒有，只能用臉去擋刀子。」

提親的場合，我躲在房裡，只有老爸和母親在客廳面對矮子邱的父母。聽說談得很順利，對方也給出比一般行情還要多的聘金。老爸雖然還是不情願，但看在大姊和她肚裡孩子情面上，只得收下聘金答應把大姊嫁給矮子邱。

好景不常，半個月後，老爸終於發現令他暴怒的真相。

如果是提親當天知道這事，我覺得老爸一定會抽出桌子底下那根長長的玩意跟對方拚到底。

第五章　不請自來的姊夫和開放報名的妹婿

雖然我從小體弱多病，個頭又小，還好腦子沒長壞，從小讀書考試都難不倒我。社子島絕對非一般人認為的好學區，能夠考上好學校的人，歷年來可說是鳳毛麟角，而我就是這少數人中的一員。會考成績出爐，我的成績足足可以填上市區的一流高中，裡頭社的人們都替我高興，沒想到跳出來反對的，竟然是老爸！

老爸反對的理由是：「那裡太遠了，光是搭車就累死人。你去讀士林的商職，不但近還可以拿獎學金。」

我才不要！明明我已經證明自己有實力能考上一流高中，為什麼不能去跟有同樣實力的同學一起學習？我想跟他們競爭，證明自己也能辦到！

「你如果要去讀，學費和車錢自己想辦法。」無情的老爸竟然使出這招。

但他忘了我還有靠山，這個人就是我的阿嬤，她是蠻橫老爸的剋星。

「有好學校讀為什麼不讀？那個臭小子不出錢，阿嬤幫你出！」

阿嬤直接從包包裡拿了一疊鈔票，塞到我手中。

阿嬤是個身形矮小的歐巴桑，老愛穿著寬大的連身裙子，讓原本有點肥胖的身形，看起來更腫了。胖歸胖，阿嬤卻是孩子們最堅強的後盾，為了我們，她總是不惜一切與兒子對幹。

阿嬤的確有大聲說話的本錢，別看她一副歐巴桑打扮，可是個十足的女強人呢！她年輕時做過不少工作，主要都是一些介於黑白兩道的灰色地帶，靠著敢拚敢衝，累積了不少財富。之後阿嬤改做「民間融資」，嘿！別亂講！阿嬤做的不是高利貸的地下錢莊。當然民間融資，利息會比銀行高一些，對於欠錢不還的人也會使用一些小手段追債，但阿嬤從來不傷害人家的生命財產安全。這陣子時機差，阿嬤把放款事業賣給其他人去做，把退股拿到的錢拿去投資士林、北投一帶房地產，隨著房市暢旺，又賺了一筆。

矮子邱之前也想去跟阿嬤學「做生意」，但阿嬤卻叫他去讀書，謀個正當職業。

「這款無正經的生理，做到我這代就好啊。」阿嬤這麼說。

那天阿嬤領著我回家，與老爸大吵了一架。最終老爸屈服了，只幽幽說了一句：「反正你們都是聽阿嬤的，我這個爸爸，在你們心中一點地位也沒有。」

我才懶得管老爸嘴裡說的那些喪氣話，當下我滿心興奮，想著終於可以離開社子島，跨入真實的臺北城了。

雖是開心，但現實還是擺在那兒，新學校離裡社子真的很遠，每天上下課都是一場場艱苦的磨難。為了趕著七點三十分到校，我得五點三十分起床盥洗、吃早餐，在六點十五分之前搭上從島頭出發的公車，然後在捷運站換上六點四十分以前的另一班公車。若在六點四十分前沒搭到公車，我就會被記遲到。按照學校規定，每遲到三次，就會被記一支警告。

為了保持好學生的形象，怎麼也不能被記警告啊！

這樣長期通車下來，真的非常累人。

我不能輸！我要忠於自己的選擇，還有那群可愛的同學！

臺北最惱人的就是冬雨，說大不大、說小不小，一下就是好幾天，害得回家路上大塞車。這天我好不容易在島頭下車時都已經晚上七點多了。我累壞了，踏著沉重的步伐，走上幽暗的回家之路。
忽然，一臺摩托車從我面前呼嘯而來，就停在我身邊。
「嘿，李勤，你剛下課喔。」
我定睛一看，坐在車上說話的人是矮子邱，也是我的姊夫。
「嗯……。」我點了點頭。
「你看起來很累耶，公車搭超久的。」
「很累啊，公車搭超久的。」
「明天我載你去上課啊，反正我下午才要去車廠，早上沒事。」
「你要載我去？別開玩笑了，學校超遠的，而且還要早起。」
矮子邱指了指他那臺改裝過的摩托車，笑著對我說：「靠我這臺，油門給他催落去，一下子就到了。」
以前矮子邱根本不太搭理我，就連在路上碰面也不會打招呼，我猜他是想討好我這個未來的小舅子，才主動提起載我去學校的事吧。我累得半死，只覺得有人可以載我去上課是件好事，也就順口答應了。
「我知道你們學校在哪裡，大概六點四十五分出發就可以了。」
「那麼晚出發？我可不能遲到耶。」
矮子邱輕撫著他的「愛駒」，拍胸脯向我保證說：「我可是號稱『裡社子車神』的邱政瀛耶。」
我才不管矮子邱是車神還是什麼神，讓我不遲到就是我的神。

沒想到隔天一早，我拿著安全帽在家門口苦等矮子邱，這傢伙竟然快七點才來。

「都七點了，要遲到了。」我說。

「免驚啦，快上車。」

我跳上機車後座，還沒坐穩矮子邱就催足油門衝了出去，在狹小的路上狂飆。對社子島車神而言，沿途的號誌、速限全是參考用的。

我完全不敢看前方，閉著眼睛，雙手緊抓矮子邱的腰際，兩腿死夾住機車，深怕一個轉彎就被甩飛出去。

七點二十八分三十九秒，矮子邱在校門口放我下車。

下車的時候，我得扶著車才沒腿軟。

「就跟你說，要相信裡社子車神的技術嘛。」矮子邱臉不紅、氣不喘地說。

我覺得肚子裡一陣翻騰，好像快吐了。

「幹嘛不講話，暈車喔。」

我摀著嘴點頭。

「你真的很弱耶。」

我用虛弱的聲音對矮子邱說：「我走了，快遲到了。」

「下午還要我來接你嗎？」

我點了點頭。

「幾點？」

「五點。」

「好，不見不散。」

我搖搖晃地走進校門，時間正好壓在七點三十分。進了學校我拔腿狂奔，衝往最近的廁所，蹲在馬桶邊把胃裡的東西全嘔了出來。

第一節下課，我趴在桌子上休息，有人來到我身邊，拍了拍我的肩膀。

「班花，一大早就在睡覺？」

我沒抬頭，但聽得出說話的人是胡孟暉。

「人有點不舒服，休息一下。」我說。

「早上那麼幸福，怎麼會不舒服咧？」

說話的人變成來劭辰。

「什麼幸福？你們在說什麼？」我勉強抬起頭，看著身旁的胡孟暉和來劭辰。

「別騙喔。我問你，你早上是怎麼來學校的？」胡孟暉說。

「搭公車啊。」

「嘿！莫假，明明就是一個男生載你來的。」

胡孟暉說完，來劭辰在一旁幫腔，說：「我們都有看到喔！你緊緊摟著他的腰，超閃der——」

「我沒摟他啦，是他騎太快要抓緊。」我試圖為自己辯解。

「啪！」胡孟暉一掌拍到我的桌上，語帶威脅地問：「所以他到底是誰！」

「就……我姊夫啦……。」
「姊夫！」胡孟暉和來劭辰同時叫嚷起來。
「噓……小聲一點啦！」我說。
「哪個姊姊的老公？」胡孟暉問。
「大姊。」
「她不是才比你大個兩、三歲嗎？」
「嗯……。」
「嘿嘿嘿。」來劭辰臉上露出詭異的笑容，說：「該不會……。」
「先上車後補票！」胡孟暉和來劭辰再次同時大叫。
「閉嘴啦！」
「恭喜啊！班花你當了舅舅了呢！」胡孟暉說。
「話說，你家還有幾個姊妹啊？」來劭辰問道。
「你問這個幹什麼？」
胡孟暉直接幫我回答：「他喔，還有一個姊姊，一個妹妹。」
「妹妹呀，幾歲？」
「應該小六還國一吧。」
「正嗎？」
「聽說是個練跆拳道的美少女呢！」
「阿斯——是蘿莉耶。」

我拿起課本，從來劭辰腦門上打了下去，說：「蘿你老木，她可是跆拳校隊，小心她踢死你。」

「喔——我喜歡。你們都不知道我有M屬性。」來劭辰噁心巴拉地說著。

「既然你都有姊夫了，不缺妹婿吧？」來劭辰又說。

我又拿起書，狠狠敲了下去。

「門在那裡，你給我滾出去！」

被胡孟暉和來劭辰這麼一鬧，我的家事全班皆知了。

這天下課，我撐著雨傘在校門口等了整整半小時，矮子邱沒來。

回到家才聽說矮子邱早上回程時犁田，人手腳擦傷沒什麼大礙，倒是他的「愛駒」被警察扣了，還吃上無照駕駛和改裝車輛的罰單。

這個姊夫，好像不怎麼可靠呢。

第六章　紙蓮花女王

「坤昇仔，你正有福氣呢！做老爸閣兼做外公，實在是，齁齁齁——」

自從大姊懷孕的消息傳到社裡，老爸就逃不過大家帶著揶揄的祝福。

「你女婿是鮎鮘邱的兒子喔，難怪前一陣聽講鮎鮘邱去向人借錢，原來是欲提來拿來做聘金的啊。」

阿洛叔對老爸說。

「借錢？鮎鮘邱生意不是做足大？」老爸問。

「時機歹啦，一時周轉袂過，嘛是愛來去借錢。」

「鮎鮘邱是向誰人借？應該毋是錢莊吧？」

「這我嘛不知道呢……。」

「欸，敢若去共[1]阿屘叔借的。」老爸的小學同學明輝叔在一旁說。

「啥？」

老爸聽到這話，立刻從椅子上跳了起來，抓起明輝叔的衣領，雙眼像冒火似地瞅著他，問：「明輝你閣講一擺，鮎鮘邱是去向誰借錢？」

「唉唷，坤昇仔毋通這呢生氣啦……。」

「是誰物人啦！」

「我毋知啦……。」

「是誰！」老爸舉起拳頭，就要往明輝叔臉上招呼。

「坤昇仔，莫按呢……。」阿洛叔也在一旁相勸。

「好啦……我講啦……是阿尾叔仔……。」

老爸一把將明輝叔甩在地上，怒氣沖沖地跑回家。

為什麼老爸這麼生氣？因為明輝叔口中的阿尾叔，就是阿嬤的現任老公，也就是老爸的繼父。

跟繼父借錢當聘金娶我女兒，這叫我面子放哪兒去？

老爸衝進廚房，左手拿了一把西瓜刀，右手抓了一把水果刀，就要衝去找親家鮎鮘邱理論。

身懷六甲的母親見情況不對，立刻伸手抓住老爸的手腕，說：「你要幹嘛？拿刀子出門想做啥？」

「我要去找鮎鮘邱理論。」

「理論要帶刀子嗎？」

「這麼丟臉的事，不帶刀子怎麼行？」

「發生什麼讓你丟臉的事，先講給我聽。」

「我先去理論完再說。」

1 共（kah）：跟、給、幫、把、將等義。

「不行！」母親起身，從老爸手中搶過刀子，再用力往他的肩膀一壓，老爸就這麼坐回椅子上。母親對他說：「你好好講，如果我覺得有道理，再一起去理論。」

母親是個強悍的女人，這年頭可以生五個小孩，難道還不夠強悍嗎？當然母親的強悍不止於此，而且絕不輕易表現。

母親老家在鶯歌，她是老爸的五專學姊，比老爸大上三歲。

他們兩個人是在畢業舞會上認識的，從舊照片看來，這兩個人以前應該都很土。當年的母親不知道哪根筋不對勁，竟然瘋狂愛上這個來自社子島裡頭社的臭小子，並且展開熱烈的追求。在老爸之前，母親交過四個男朋友，算是情場老手；反觀老爸，卻連女生的手都沒牽過。所謂「男追女隔座山，女追男隔層紗」，老爸三兩下就成了老經驗學姊的禁臠直到今日。

我曾經偷聽到老爸跟黑傑克叔公在島頭涼亭喝酒時的對話，老爸自顧自地抱怨不應該那麼快讓母親追到手。黑傑克叔公一聽，狠狠啐了一口，說：「姦你老啊！有某囝擱咧嫌東嫌西，你阿叔我這馬擱是在室的咧！」

我沒能繼續偷聽下去，因為老爸跟黑傑克叔公的「男人對話」，可不能隨便聽的，若被他們發現很有可能會挨揍。

我的母親名叫方淑惠，今年「芳齡」四十二歲，雖說已逐漸步入中年，但她絕不承認自己的真實年紀，逢人便說自己「永遠是二十八歲」。

母親的確能自豪年輕，四十二歲還能懷孕的女性，的確不多。除了對成為高齡產婦自豪以外，另外一個讓母親引以為傲的就屬「紙蓮花女王」這個稱號了。那是我剛出生不久，「臺灣紙蓮花協會」舉辦了一場盛大的「全國紙蓮花製作競賽」，我的母親方淑惠女士把二女一兒丟給老爸照顧，率領裡社子的紙蓮花好手們參賽。這場比賽真的很激烈，裡社子的參賽者紛紛不敵來自全國各地的紙蓮花高手，最後只剩下我的母親。

在大家都不看好的情況下，我的母親竟然殺進最終決賽，並在決賽中以三十分鐘內完成二十朵紙蓮花的驚人成績，技壓各路紙蓮花好手，抱回冠軍。在頒獎典禮上，方淑惠女士獲得「紙蓮花女王」封號的錦旗一面與一萬元獎金。

又矮又胖的紙蓮花協會蔡理事長在頒獎儀式上說，要邀請金氏世界記錄來見證母親的紙蓮花快手。只是這麼多年過去了，金氏世界記錄的人沒來，連那個矮胖的蔡理事長，好像也因為欠債而人間蒸發了。

「要是讓老娘遇到那個死大箍，我一定把他丟到淡水河裡浸上三天三夜！」

母親的強悍，是裡社子出名的，其實裡社子人人都很強悍，若不強悍，根本無法在這個窮鄉僻壤生存。

獲得冠軍後，母親率領代表隊光榮返鄉，當時裡社子像是迎神一樣，全社的人全擠在路邊，夾道歡迎「紙蓮花女王」的勝利凱旋。後來冠軍錦旗被擺在里辦公室最顯眼的地方，讓所有進出的人都能分享勝利的榮耀。

早年的社子島是堤防外的「洪氾區」，非常容易淹水。就在母親得到紙蓮花女王封號的那個夏天，裡社子遇到十年一次的大水災，大半個村社被洪水淹沒，市政府派人強制撤離所有居民，當時的我，還在媽媽的襁褓之中。

幾天之後，大水退去，村民們回到家園，著手重建家園。

「什麼！錦旗被水沖走了！里長沒把它帶在身上？」

母親氣沖沖地跑到里長家理論，老爸怕她失控，左手牽著大姊，右手拉著二姊，把我背在身後，也跟著母親到了里長家。

「當時水來得又急又猛，我連家裡的東西都沒收完，要轉去辦公處的時候，消防員已經不讓我過去了。」里長為自己辯駁。

「你為什麼不在水來之前就收旗子？」母親質問里長。

「誰知道上游水庫偷放水……。」父親在一旁替里長緩頰。

「你閉嘴，少在那裡為外人講話！」

其實里長也不算外人，他是老爸的表兄。

「淑惠，歹勢啦。不然我再請人做一面一模一樣賠給妳好嗎？」里長阿伯對母親說。

「不要！新做的根本代表不了什麼！」

母親拂袖而去，老爸則是又拉著兩個小孩，背起了我，在母親身後追趕。

兩人一前一後走在南岸，母親突然停下腳步，回過頭用水汪汪的大眼睛看著老爸，說：「坤昇，你挺我對吧？」

「對，我都挺妳。」老爸拚命點頭。

「如果你挺我，那我要出來選里長！」

什麼？老爸差點沒嚇得跌在地上。

母親一回到家就開始打電話問看板旗幟的價格，還開始拿出紙筆來寫政見。

就算請出外公、外婆來說情，母親還是不被勸退。

「我們不需要無法保護裡頭社榮耀的里長。」這是母親的首要競選訴求。

夾在老婆與表兄之間的老爸，猶如熱鍋上的螞蟻。

還好老天爺可憐老爸，就在拍看板照片前夕，母親發現懷孕了。

「懷孕還要選里長，太辛苦了啦。」老爸開始在一旁遊說。

「就算躺在家裡養胎，依我的基層實力，也會當選好嗎？」

「對啦，紙蓮花女王那麼有名一定會當選。不過選舉還是有一些事情要出外走動，為了孩子，妳就忍一忍下次再選啦。」

「下次喔……下次就不想選里長了，選大一點的，議員好了。」

「好好好，那就選議員吧！」

只要母親這次不選里長，父親什麼都說好。

母親不選里長了，而里長阿伯也順利連任，不過在整個競選過程中老爸都不敢去參加里長阿伯的場子。

妹妹出生時，里長阿伯包了一個大紅包給媽媽賀喜，媽媽這才釋懷。

一直到今天，折紙蓮花除了是我們家的長期副業以外，也是消遣娛樂之一。
家裡沒有人單挑能贏母親，當然也沒人敢贏她。
「等我把肚子裡的小傢伙『卸貨』，就要來準備選下一屆議員，你們說好不好？」
「好啊！方淑惠當選！」

第七章　搖搖晃晃的上學路

唯一能鎮住老爸怒火的人，除了母親，就只有阿嬤了。

母親拉著老爸去找阿嬤，想把事情問個清楚。

我只知道當天他們半夜才回來，隔天老爸恢復正常，不再生那麼大的氣了。

沒有人知道他們在阿嬤家談什麼事，只有大姊約略聽到矮子邱的爸爸的確跟阿屘叔有一些金錢往來，阿屘叔欠了矮子邱爸爸一些錢，矮子邱爸爸就把這筆錢當成聘金，帶來我家提親。

大姊說老爸根本不相信這樣的解釋，但阿屘叔真有拿出借據，看不出破綻，老爸也只能把這事吞下肚。

沒了矮子邱來攪局，我又回到搭公車上下課的日常。

因為要考試，我讀書讀到接近一點才睡。隔天五點四十五分鬧鐘準時響起，我像行屍一般坐起身，一股春寒襲來，我不由得把被子拉到頸子，阻擋令人不快的寒意。昨夜開始下的雨落在老舊的屋瓦上，嘈雜的滴答聲更讓人覺得厭世。

（不能不起床啊！）

我坐起身來，長長嘆了一口氣，拉來身邊的外套披上，起床盥洗。

我和妹妹共用一個房間，分別睡在上下舖。睡上舖的妹妹是個好眠的人，就算我在底下翻天覆地，她也不會醒來。

刷好牙，洗好臉，整理一下雜蕪的頭髮。我沒什麼班花的「偶包」，弄到外表不邋遢就好了。離開浴室前，我覺得鼻子癢癢的，用力擤了把鼻涕後回到房間，穿起制服，背上書包，走出房間，將房門關上。

這時天才剛亮，走廊仍是一片陰暗，只有一盞小燈照亮我眼前的道路。

走到廚房，我將土司丟進烤箱，倒了杯紅茶，等土司烤熱，抹上果醬，配著飲料吃掉，就算是早餐了。

這時家中沒一個人是醒著的，就連媽媽養的貓小穀、二姊養的狗庫洛，都還在睡覺。

走出家門，陰沉沉的天空飄著細雨，我懶得打傘，就這麼冒著雨走向公車站。

公車站早有幾個阿婆在等車了，她們都是要去士林的。

阿婆都是熟人，每次見到我都會給予各種「關心」的話語，我也從一開始的無言到厭煩，最後則是完全免疫。她們總是要我多吃些才會長高，不然就是要我認真讀書，還說母親、姊姊都懷孕了，要我多照顧她們。哎呀……我連自己都照顧不好了，要怎麼照顧她們呢？

清晨公車上的人不多，但到了捷運站換車後就是另一場災難的開始，許多學生和上班族湧進公車，天冷倒還能取暖，若是天熱，人們一早就滿身大汗，又臭又悶，加上我一六二．五公分的可悲身高，只能在人群中被「蹂躪」。

今天外頭二十度不到，出門還得穿著外套，但公車裡不但乘客出奇的多，司機也沒開空調，我被幾個高大的男生卡在車子後頭，連脫外套的空間都沒有，簡直快要悶昏過去。

忽然有個聲音從一旁的座位傳了過來：「嘿！班花，班花！」

我轉頭一看，坐在那裡的竟是我同班同學閻世熜，我從未在這台公車上遇過他。

「嘿，班花，你也坐這台車喔？」閻世熜問我。

「我一直都坐這台車。」

「你姊夫沒載你上課啊？」

天啊！矮子邱不過只是昨天載我去上課，今天就已經被搞到眾所週知了……討厭啦！胡孟暉和來劭辰這兩個大嘴巴！

「站著很擠吧，來坐這裡吧。」

閻世熜拍了拍他的大腿。

我看著閻世熜，心想：「坐你的大腿上？這有點奇怪吧……。」

雖然我是很想坐啦……

「嘿！班花你幹嘛用那種眼神看我？我說的是真的喔，這裡離學校還很遠，你站在那裡擠來擠去很辛苦，就來坐我這裡，你的體重我是可以負擔的。」

閻世熜見我還是沒反應，便說：「難道你怕被誤會？」

「沒啦——」

「那就坐啊，我這可是同學之愛耶。」

閻世熜又拍了拍他長滿腿毛的結實大腿。

閻世熜身高一八三公分，是我們班第二高的男生。他的功課很不錯，運動細胞也好，長得也算帥氣，最大的缺點就是不修邊幅。

我看著闔世熜那頭亂髮，還有高中生少有的一臉鬍渣。他的衣服總是皺巴巴的，下襬還破了個洞……轉念一想，高中生打打鬧鬧，坐在同學大腿上也是常有的事，闔世熜都主動歡迎我去坐了，又何必這麼辛苦站著呢？

於是我便一屁股坐了下去，車上根本沒有人在乎這個矮小的男孩坐在他同學的大腿上。

闔世熜的大腿其實不怎麼好坐，但總比站在人群中隨公車搖來搖去好些。

「你怎麼會搭這台公車？我以前都沒看過你。」我問闔世熜。

「我家就住捷運站附近，平常都是我爸載我去上課，不過他工作時間往後調整了，以後都得擠公車上課了。」

「好辛苦。」

「你更辛苦吧，不是要從社子島那裡坐過來轉車嗎？」

我心想，若是以後都可以跟闔世熜搭同一班車，倒也感覺不那麼辛苦了。

上下車的乘客很多，路況也很壅塞，公車走走停停，真讓人覺得不舒服。

闔世熜雖然與我同班，但我們並不太熟。我的朋友多半是愛聊天、對體育活動沒什麼興趣的人，而闔世熜不但會打籃球、排球、游泳，還是個徹底的棒球癡、棒球狂，他的朋友都是比較活潑的人。

一路上我們話不多，闔世熜閉上雙眼，看樣子是在補眠。

忽然間，我發覺雙股之間有根柱狀物體逐漸浮凸起來，隨著公車的搖晃，那物體越來越大，就硬生生塞在我兩邊屁股肉之間。這東西很難讓人不聯想。

闔世熜該不會……

如果真的是的話，閻世熜的東西……還真大……

我開始亂想起來：「如果閻世熜對我有生理反應，他該不會是那個吧……如果他是那個，難道之前送我巧克力的人是他？所以，閻世熜喜歡我？」

小劇場上演至此，我心中的小鹿不只是亂撞，而是拔足奔騰。

公車在某一站停下，原本坐在閻世熜身邊的乘客下車了。

「班花，旁邊有空位了，你要不要坐那裡，我腳有點痠。」閻世熜睜開眼睛對我說。

喔……原來他只是閉目養神。

我連忙將身體挪到旁邊座位上，用眼角餘光往閻世熜的褲襠間看去，還真有一根柱狀物！

一股熱流瞬間湧上腦門，我害羞到想撞破車窗玻璃直接跳下車。

「喔——」閻世熜嘴裡發出奇怪的呻吟，接著將手伸進褲子口袋裡。

這瞬間，我傻了。

閻世熜從褲子口袋裡拿出一罐肌肉噴霧，說：「早上的肌肉噴霧放在口袋裡忘了拿出來，剛剛你的屁股又坐在上頭，害我覺得好不舒服。」

呃……

閻世熜打開噴霧劑，噴了噴小腿。

「昨天打球打太多，腿痠死了。」

噴霧劑刺鼻的味道與公車上悶熱潮濕的氣味混合在一起，讓人更覺噁心。

我撇過頭去看著窗外，一路上再也不願與閻世熜說上半句話。

第八章　野球奧少年

公車總算到站，我跟閻世熜一起下車，並肩走進教室。

第二節下課時，坐在我後頭的王文彊，興沖沖地遞給我一張一張紙，那是一張宣傳單，上頭寫著：

「棒球社熱情招募中」。

「班花，要不要來參加？」王文彊問我。

「你問我嗎？」

「當然是問你，不然問誰？」

「你問我簡直是白費力氣嘛。一來我是運動白癡，又矮又瘦，體能更差，怎麼跟你們去打棒球。」

「沒關係啦。現在我們社團很缺人，況且社團最近要報名外面的乙組聯賽，依現在的人數，算來算去一場比賽要湊滿九個人上場也不太容易，而且班花你不是住社子島嗎？離比賽場地很近，可以來支援我們比賽。」

「不要打我主意啦！你幹嘛不去找別人。」

「很多人都嫌社子島太遠啊！一起來嘛！胡孟暉、閻世熜，還有蕭智麒都已經入社了喔。」

我心想：「他們入社跟我有什麼關係？」

行。

不知怎麼著，胡孟暉、閻世熜、蕭智麒都突然都圍到我身邊來，著實成了個鐵桶陣，好像不答應都不行。

「一起入社啦！你家住得近，可以幫我們很多忙。」

「體力不好就是要鍛鍊啊！棒球社是你的好選擇。」

「我們不是好朋友嗎？一起參加熱血的棒球比賽，你看有多好。」

這些同學們你一言我一語，不斷勸說。

後來我才知道棒球社的確很缺人，成員不到二十個，而有一半以上都是高三的即將面臨大學考試的學長，平常練習的人數總是不夠，更何況是打外頭的比賽了。

除此之外，現有的球員也有人覺得社子島太遠，但社子島卻是唯一一個可以讓棒球社免費參加比賽的聯盟。因此，棒球社的人需要一個「在地」的球員，可以把球具之類的放在他家，後勤補給也比較方便。

所以缺人只是表面上的理由，需要我家的地理優勢才是他們一直找我入社的真正原因。

當然還有一些成員們的個人因素，這些我是後來才知道。

「對呀，剛好今天下午有社團活動，你可以跟我們一起去練習。」王文彊對我說。

我看著這群努力想說服的大男孩，一個是我有「一點」喜歡的閻世熜，一個是我的好朋友胡孟暉，還有一個是坐我在後面、平常雖然很聒噪，但也幫了我不少忙的同學王文彊。

「那如果我真的學不會打棒球呢？」我問。

「沒關係，你肯加入就算幫了我們大忙了。」閻世熜說。

於是我就在眾人的半哄半騙下，在入社申請書上寫下了「李勤」，結下與棒球運動無解的「孽緣」。

這天下午四點，是例行的社團活動時間，我百般不願地跟著王文彊等人到了操場邊上。

「你們都有手套，我沒手套怎麼辦？該不會要我當撿球員吧？」我問道。

「社長都會準備公用的手套，你放心啦。」胡孟暉說。

操場那頭有四、五個人正在傳接球，看那零落的人數，他們所說棒球社缺人的事情果真不假。

「嘿，學長，我們帶了新人來喔。」閻世熜對一個留著肩上捲髮，中等個子的精實男生說。

「就是你們所說的班花嘛。」

「沒錯。」

閻世熜口中的學長向我走來，伸出手與我握手。

「你好，我叫安鴻正，是三年十二班的，也是現任的棒球社社長。」

看著安鴻正學長，我倒有點害羞起來，小聲地答道：「學長你好，我叫李勤，是閻世熜的同班同學。」

安鴻正咧開嘴笑了。他不笑則已，一笑我才發現他少了左邊門牙。

安鴻正發現我在看他缺牙的嘴巴，立刻收起笑容說：「學弟，你別一直看我嘛！牙齒之後會去補啦，而且害我沒牙的罪魁禍首就是你的同學王文彊，這傢伙突然要丟變化球也不講。」

「哎呀，學長對不起啦。」

安鴻正一直沒放開握著我的手，他沒放我也不敢自己放開，只覺得手掌一直冒汗，真是尷尬。

「總之，歡迎李勤加入我們社團，大家替他鼓鼓掌。」

安鴻正總算放開我的手，跟大家一起鼓掌歡迎我。

「好啦，時間寶貴，大家開始丟球熱身吧。」安鴻正向眾人吆喝。

「班花沒有手套，學長可以借他一個嗎？」王文彊對安鴻正說。

「當然沒問題。」

王文彊小聲地對我說：「學長什麼沒有，就屬球具最多了。」

安鴻正從牆邊拎來一個大袋子，在我面前打開。

裡頭還真不得了，裡面全是手套，五顏六色的，少說有四、五個吧。

「學弟你就隨便挑一個喜歡的吧。」安鴻正說。

對棒球一竅不通的我，根本不知道要挑哪一個。我心想，大一點的手套應該比較容易接得住球吧，於是便挑了一個棕色的大手套，拿在手上。

王文彊跑了過來，笑著對我說：「班花，你也太好笑了吧，你拿那個是一壘手的手套，接不到球啦。」

「那你幫我挑啊，我又沒打過棒球……。」

「沒打過棒球，真的還假的？」

「真的啊，班花不需要參與這麼野蠻的運動。」

「哈哈哈，那今天你不得不野蠻了。」

王文彊從安鴻正的袋子裡拿出另一個小一些的手套，丟給我。

棒球手套又大又硬，我套了半天套不進去，看得王文彊直搖頭。

「你把手指伸直，一個指頭找一個洞，給他插進去就對了。」王文彊說。

我一邊照的王文彊的話做，一邊心想：「『找洞插進去』，這話聽起來怎麼有點猥褻……。」

又花了一些時間，我終於戴上手套，和王文彊在草皮上站定位。王文彊把球輕輕往我這裡丟來，我用手套想去接，卻把球拍到地上。

「你要用手套的中心點去接球，而且接球的同時要把手掌闔上。」

一向沒什麼耐心的王文彊，今天倒是很細心地教我接球，不過運動細胞貧乏的我，還是接不到幾顆球，而我丟回去的球也多半沒進到王文彊的接球範圍。

結果我們不是丟球熱身，而是撿球熱身。

安鴻正對眾人說：「好啦，看樣子大家都熱身熱得差不多了，我們來練習接滾地球吧。」

安鴻正拿出一袋球，要我們排成一列，他用球棒擊球，讓我們來接，然後傳給遠方的一壘手閻世熜。接完一顆球就排到隊伍最後，輪下一個人上去接。

看著隊友們行雲流水般的接傳球，我真是好生羨慕，心想：「這麼強勁的球，如果我去接一定會被球打到，然後當場死亡……。」

但怕也沒辦法，很快的就輪到我了。安鴻正笑著對我說：「學弟不用怕，我會打很慢很慢的，你放心慢慢接。」

安鴻正手中的球棒輕輕擊中球，球便往我前方滾來，速度確實不快。我用極度不協調的小碎步跑向前，伸出手想撈球，但球就這麼碰到手套前緣，停了下來。

「快把球撿起來，傳給閻世熜！」

我慌忙地撿起球，往閻世熜的方向用力一丟，球並沒有往他那裡飛，反而硬生生砸在我腳前方五公尺的地方。

在場的人全都忍不住笑了出來。

糗死我了！

為什麼要叫我來打棒球啦！

第九章　長腿妹妹的暴力事件簿

這天傍晚，我像個泥人般，灰撲撲地回到家。

今天老爸下廚，母親、大姊都在客廳裡。幾天沒看到大姊，我覺得她的肚子又更大了點。

我聽人家說懷孕若是肚子凸會是男孩，圓的則是女孩。母親的肚子比較小、有點圓，至於大姊的肚子比較大，似乎凸凸的。

其實呀，無論是男是女，我只希望未來這些孩子可以健健康康、平安長大。

「弟弟，來一起吃飯啊。」母親招呼著我。

「我好累，想先洗澡。」

「對呀，李勤你去幹嘛？怎麼全身髒兮兮，有夠噁心。」二姊放下筷子問我。

「今天被找去打棒球。」

「哈哈，你這個運動白癡，打什麼棒球？」二姊無時無刻都要找機會挖苦我。

「喔——打棒球，」倒是老爸說：「倉庫裡還有以前用的手套，改天跟你去丟球吧。」

我沒回答老爸，只說：「我真的很累，先去洗澡，你們先吃吧。」

拖著沉重的腳步走進房裡，裡頭一片漆黑。打開電燈開關，書桌旁竟然坐著一個人，害我嚇了一大跳。定睛一看，是妹妹。

「你幹嘛開燈？」妹妹冷冷地說。

「我才要問妳幹嘛躲在房間裡咧。」

妹妹不吭聲。我見她左眼一圈黑青，手腳都包著紗布。

這個脾氣怪異的女孩就是我的小妹李雨薇。從小我和她睡同一間房，也常玩在一起。但自從去年開始，妹妹的身高突然抽高，在短短三個月內，從小女孩長成一七〇公分高的長腿美少女。但妹妹的個性卻未因身體成長而成熟，反而變得有些陰沉。最近我常看她扳著臉孔不說話，根本不知道她在不爽什麼。

今晚房間裡的氣氛真是陰沉到不能再陰沉了。

但身為哥哥的我，還是得關心一下妹妹。

我坐到妹妹身邊，問她：「怎麼啦，怎麼全身都是傷？」

妹妹抿起嘴唇，一句不說。

「心情不好？不跟哥哥說一下嗎？」

話沒說完，妹妹忽然轉過身來，把她的頭埋進我的肩膀，嚎啕大哭。

好吧，她願意釋放一下情緒也好。

妹妹真的很傷心，讓我不禁懷疑她是不是發生什麼可怕的事情。

（應該不會是懷孕吧？）

當天大姊也是哭得跟貓叫似的。

妹妹真的哭了好久好久，哭到我的肩頭都濕了一片，飢餓的五臟廟更是不斷抗議。

（她到底要哭多久？）

又過了一會兒，妹妹終於哭聲漸歇，我撫著她的肩膀問道：「李雨薇妳怎麼了？在學校被欺負嗎？講給哥哥聽吧。」

妹妹把頭從我的肩膀上挪開，用汪汪淚眼看著我，緩緩從嘴裡吐出幾個字

「我想睡覺。」

說完，這個一七〇公分高的李雨薇小姐一個起身，就直接翻上床去，拉起棉被蓋住全身。

我一臉無奈地看著床鋪。

（我怎麼會有這種妹妹？）

李雨薇沒有搭理我意思。我也不想理她了，去洗澡吃飯吧。

在離開房間前，李雨薇補了一句：「你今天好臭。」

（可惡！）

我迅速洗好澡，到廚房吃完剩菜剩飯，回到客廳，家人都在客廳裡。

「你怎麼了，兩個膝蓋紅成這個樣子。」母親看著穿著短褲的我問道。

「今天打球摔倒了。」

母親對老爸說：「幫我把醫藥箱拿來，我幫兒子擦擦藥。」

老爸提來醫藥箱，我坐到母親身邊。

自從母親懷孕以後，我就很少這樣膩在她旁邊了。

我們李家裡因為孩子多，大家能分配到的撒嬌時間有限，隨著年紀增長，就更不會表達要媽媽抱抱的需求了。

母親細心地幫我上藥，接著敷上紗布。

「哎呀，你妹妹滿身傷，你也滿身傷。你們都大了，也要學會保護好自己啊。」母親對我說。

「妹妹到底怎麼了？」我問母親。

「只說在學校跟男生打架了，老師有打電話來，但他講一堆我聽不太懂，問你妹妹她也不講。」

大姊在一旁吃著矮子邱從夜市買回來的蜜餞，說：「青春期鬧彆扭很正常啦。不過小妹也太彆扭了，什麼事都放在心裡不講。」

母親從塑膠袋裡拿出一根糖葫蘆吃，對大姊說：「要說彆扭，妳比她更彆扭咧。」

其實彆扭算是我們家的傳統。

但是妹妹到底怎麼了？

直到晚上九點，二姊回家後才稍微知道事情原委。

妹妹跆拳隊的國三學長找她去走廊，直接對她告白，但妹妹卻一個迴旋踢把人家給踢飛出去。學長的朋友們一擁而上，妹妹一個人單挑四個男生，打得天昏地暗，所有人全都受傷掛彩。

「告白而已幹嘛打人？」老爸問二姊。

「這是我聽她老師說的，我也不知道小妹幹嘛打人家。」

母親卻在一旁笑了出來，說道：「妳大姊以前也打過別人啊。」
「嘿，媽妳別說了，不要再糗我了！」

大姊的打人事件是發生在她國小五年級時。
別看她現在一副懷孕人妻的樣子，在國小五年級之前，她可是全身男孩兒打扮呢。
直到某一天……
大姊鼓起勇氣向班上某個男生告白。

「我喜歡你……。」
「你？」
那個男生大笑起來。
「你幹嘛笑？」
「你不是男的嗎？我又不是gay，我才不喜歡男生咧！」
大姊一拳揍向男生的鼻樑，把他的眼鏡給打飛，鼻血瞬間噴了出來。
男孩帶著兩管鼻血，哭著跑到辦公室跟老師告狀，之後挨罵、罰站、道歉的戲碼也就不用再多提了。
我只知道，那天之後，大姊把長褲全丟了，要求母親帶她到士林街上買了好幾件裙子，並且留起長髮。
想起大姊的故事，我突然覺得有點擔憂，妹妹會不會經此一役後，也完全變了個樣子呢？

第十章　班花當了球隊經理

隔天，妹妹比我還早起，我一起床就看到她坐在書桌前寫作業。

「怎麼那麼早起來？」我問她。

「作業沒寫完，爬起來寫。」

妹妹左眼的烏青還很腫，但表情依然冷酷。與她精神抖擻之相反，我全身痠痛，幾乎起不了身。

雖然她昨天對我很不好，我還是弄了土司和奶茶讓她當早餐。

李雨薇這傢伙一句謝謝也沒說，只是邊吃邊寫作業。

我瞄了一眼她的作業，數學錯一堆，不過我趕上學，沒空理她，背起書包，便出門等公車去了。

我擁擠的公車上站著打瞌睡，好不容易終於到了學校，我完全不理早自習該寫的測驗卷，直接趴在桌上睡覺。

睡沒一下，鐘聲響了，我沒有起來的打算。但該死的王文彊卻不給我休息的機會，湊到我耳邊說：

「昨天練球覺得如何？有沒有看到喜歡的帥哥？」

我抬起頭來，看著王文彊那欠揍的臉，說：「你說啥鬼話？我幹嘛看那些又髒又臭的男生！」

仔細想想，王文彊的話讓我覺得有些古怪，班上除了胡孟暉以外沒人知道我喜歡男生啊。

難道是胡孟暉大嘴巴去亂講嗎？還是我不小心漏餡？不可能啊……我明明隱藏得很好……

「你幹嘛這樣要死不活的？」王文彊又問。

「昨天打棒球很累啊。」

「才這樣動一動就累喔？」

「我體能不好嘛。」

「體能不好更要鍛鍊，下課後留下來特訓吧。」

（什麼？特訓！）

「拜託饒了我吧！我可以退出社團嗎？」我對王文彊說。

「禮拜六就是第一場聯賽了，今天大家都會留下來特訓喔。」

我這種十顆球裡接不到一顆，跑壘還會跌個狗吃屎的運動白癡，會讓我上場的教練肯定是白癡。

「我那麼爛，根本不可能上場啦。」

「但是聽社長說，當天可能只有九或十個人會到，所以你可能會上場先發。」

天啊！

我快昏倒了，這間學校的棒球社到底有多慘，竟然需要我這樣的人上場湊數？

就在我與王文彊對話的同時，來劭辰跑了過來，說：「班花，社長外找。」

社長？安鴻正學長幹嘛找我？

我起身走到後門，棒球社社長、高三的安鴻正學長穿著球衣在那裡等我。

「班花學弟，你今天下課後有空嗎？」

我看著安鴻正，心裡害怕，怕他叫我下午去特訓。

「學長，我……。」

「你知道明天球隊要比賽吧？」

「知……知道啊……。」

「你可以幫忙帶球具嗎？」

「怎麼帶？」

「就請你把球具先拿回家放，隔天再帶到球場，這樣距離比較近。」

「喔……。」

「你方便嗎？」

「應該……可以吧……。」

聽到我的話，安鴻正像鬆了一口氣般，握住我的手，行了個九十度的鞠躬禮，說：「學弟，真是謝謝你。」

當下我根本不知道發生了什麼事。

唉，天真的我，正一步步登上棒球社這艘「賊船」。

因為要拿球具回家放，我下午還是被找去練球了。

但安鴻正只是讓我丟丟球，其他人練習守備和打擊時，我並沒有參與。

練習到六點多天黑才結束，社長丟了兩個裝備袋、一個球袋，還有一個球棒袋到我面前。

「班花學弟，這些裝備就拜託你了。」

我張大了嘴，看著眼前這堆裝備，又看了看安鴻正學長。

「怎麼了？」安鴻正問我。

「沒……東西好像有點多……。」

「就是這麼多才要拜託你幫忙帶。」

「但是……。」

安鴻正拍了拍我的肩膀，說：「班花學弟，一切就拜託你啦！」

學長就這麼走了，我看著他的背影消失在操場盡頭。

我低頭看著地上的袋子，天吶！我該怎麼帶這些東西坐公車回家啦……

我覺得好無助，淚水竟在眼眶裡打轉著。

「李勤，男孩子不可以哭！」老爸的話在我耳畔響起，我從小是個愛哭的孩子，老爸都用這簡單的話鼓勵我。

忽然，有兩個人走了過來，拿起地上的袋子。

我定睛一看，他們是王文彊和闔世熜。

「走吧，一起去搭公車啦。」

我吞下淚水，拿起地上的球棒袋，跟著他們一起離開學校。

原來棒球社的慣例，新進的學弟都要負責攜帶球具，而我因為離比賽場地最近，東西自然得先放我家了。

「我家很遠耶。」我對他們說。

「還好啦，公車都會到嘛。」王文彊說。

「對呀，東西那麼多，你自己一個人也搬不了，身為同學當然要幫忙到底囉。」

看著王文彊和閻世熜，我好想緊緊抱住他們。

你們真是我的好同學！

當我們三人把球具拿回家中，老爸開心地說：「還真的要去打球了耶，要好好打啊！」

「伯父放心，我們會的！」閻世熜自信十足地回答。

「加油！加油！」老爸重重地拍了一下我仍痠疼的肩膀。

隔天一早，老爸開車載著我和球具到了球場。

比賽在八點準時開始，還好不確定的學長終於到場，我作為預備球員，在一旁坐足了整場板凳。

不用上場，我超高興的。

至於最終的比數，我們這群大半都是新手的球隊狂輸十二分。

這不過棒球隊一連串失敗的開端。

在這場比賽之後，我的角色逐漸被定位為球隊經理。

為什麼我願意當這支球隊的經理？說真的，連我自己都想不透。

既然上了賊船，就只能與他們同生共死了。

第十一章　王文彊VS胡孟暉

「我覺得學弟們的體能和專注力真的非常差，才打幾局大家就氣力放盡了！輸球歸輸球，精神不能輸。對手大哥們年紀都能當我們爸爸了，你們卻比他們更老態龍鍾！」

比賽結束後，安鴻正對今天的表現大為不滿，集合我們訓話。

學長的確有訓話的本錢，身為第一棒游擊手的他，全場打出三支安打，而另外八位打者才勉強擠出一支安打。其他人一共發生多達七次的失誤，而安鴻正沒有失誤。

「為了提昇大家的體能，今天我們用走的走到捷運站！」

從球場到捷運站少說得走四公里，而且還要攜帶一堆球具。我光是用走的就不見得能走到捷運站了，更何況要背著裝備。

還有，捷運站根本與我家是反方向啊！

但為了團隊精神，我只得跟著隊友們一起走到捷運站。

全隊沿著馬路，在學長的帶領下，緩緩往捷運站的方向移動。

天氣有點熱，我走到全身冒汗，雙腳發軟，腳步越來越慢，被身後的隊友一個個超越。

王文彊走到我身邊，對我說：「班花，東西很重嗎？我幫你拿。」

「不不不，我幫你拿。」胡孟暉不知道從哪裡竄出來，一把將裝備袋搶了過去，背到身上。

「你幹嘛啊，是我先說要幫他拿的。」王文彊氣呼呼地對胡孟暉說。

「我太胖了，背多一點可以減肥。」胡孟暉看著我說：「班花，你就讓我減肥吧。」

我真不知道這兩個人到底在演哪齣，倒是學長的喝斥聲從前方響起：「學弟，你們在幹嘛？不要掉隊！」

「好！」胡孟暉不理我和王文彊，背著兩個袋子跑向前趕上隊伍。

王文彊不知道在氣什麼，臉上一陣青一陣白。

我沒力氣跟他講話，只能將全身力氣放在挪動腳步上，希望能夠走到捷運站而不昏倒。

走了好久好久好久，終於抵達捷運站，學長們拍拍屁股就回家去了，只留下我們五個一年級菜鳥，看著一地的裝備。

我倚在牆邊休息，閻世熜站了出來，對眾人說：「下禮拜還有比賽要打，這些東西就先拿回班花家放吧。」

蕭智麒插嘴說：「不行啦，週間一定會練球，要有球具才能練。」

「拿回學校，禮拜五下課又拿來班花家，那我們真的會累死。」

「這也是無可奈何的，身為高一學弟就只能認命。」

王文彊和胡孟暉就像兩個高頭大馬的護法一樣，站在左右，誰也不正眼看對方。

胡孟暉忽然說：「你們很笨耶，幹嘛搬來搬去？就把下週練習用得上的東西拿回學校，其他球具就拿到班花家放啊。這叫兵分二路，你們懂嗎？」

「孟暉這話也有道理，就這樣做吧。」閻世熜覆議。

於是我們蹲了下來，開始將袋子裡的東西重新分類。

唯一沒蹲下動手的，是王文彊，他一直站在旁邊作壁上觀。

「王文彊，你幹嘛不幫忙？」閻世熜問道。

「我心情不爽。」

「幹嘛心情不爽？」

「你去問胡孟暉，問他是什麼態度？」

「嘿，你說什麼？」一被王文彊點名，胡孟暉立刻站起身來，走到王文彊身前，狠狠瞪著他。

胡孟暉雖然細皮嫩肉的，但他比王文彊更高更胖，氣勢完全不輸。

「怎樣，你想打架啊？」這還是我第一次從胡孟暉口中聽到這麼挑釁的話。

「來啊，難道怕你是嗎？」

兩個人掄起拳頭，就要幹架。

「幹什麼！」一八三公分的閻世熜衝到王胡二人之間，將他們分開。

「你們到底有什麼問題啊？是吃到炸藥了嗎？」閻世熜說。

「對！我很抓狂！因為胡孟暉簡直不把我放在眼裡。」王文彊說。

「你在鬼扯什麼？」胡孟暉不甘示弱地回嘴。

「班花明明就要讓我幫他背袋子，你為什麼硬要搶過去？」

「我是他的好朋友，幫他背東西是自然的事，你到底在不爽什麼？神經病！」

「就是不爽你沒問就搶過去。」王文彊又想衝向胡孟暉，卻被蕭智麒從後方架住。

「好了啦！吵什麼吵！」這下換我抓狂了。

我難得大吼，讓眾人全嚇了一跳。

「你們那麼愛爭，還不如到球場上一較長短，都打那麼爛有什麼好吵的！」

原本劍拔弩張的氣氛，被我這麼一嚷，竟平緩了下來。

「對啊，應該要比誰安打多，或是誰守備好這才對嘛。」

「同班又同隊，幹嘛為一件小事搞成這樣？」

閻世熜、蕭智麒也在一旁出言勸和。

「那好，」王文彊紅著臉說：「下一場比賽我們就來比安打，誰打的安打多，以後誰就可以幫忙班花！」

「比就比，我難道怕你不成？」胡孟暉不甘示弱地回應。

紛爭終於暫時落幕，王文彊和胡孟暉負責把部分球具帶回學校，蕭智麒跟在他們身邊，免得他們又起衝突。而閻世熜則跟我一起帶另外的球具，搭公車回裡頭社。

「我真不懂他們在吵什麼。」閻世熜說。

「我也不知道。」

「希望他們不要再起衝突。」

「智麒會阻擋他們的。」

「不過班花，你很有經理的樣子耶，竟然能引導他們的衝突變成場上的競爭。」

「經理……。」

雖然閻世熜這樣誇讚我，但我真心不想成為球隊經理。

我人生第一場棒球賽，在同學的紛爭裡落幕，雖然我沒上場，卻成為風暴的中心，至於風暴的起因，我一點頭緒也沒有。

第二部　李家的祕密

第十二章　家族傳統

還記得當大姊懷孕的消息傳到阿嬤耳中，她竟然大笑起來。在阿嬤的認知中，裡頭社的女人都該與她一樣強悍。裡頭社女人發生的事情可多著呢，未婚懷孕只是小事一樁，把孩子生下來，好把他教育成傑出的裡頭社人。

阿嬤本身就是裡頭社女性的典範，阿公在老爸讀小學時，因為某種原因離家了，直到十多年前才回來探視。聽大人說阿公在東部另組家庭，至於他為什麼要離開，阿嬤、老爸和黑傑克叔公都諱深莫測，沒人想談。我曾經幾次問阿嬤，但阿嬤每次都說：「代誌攏經過這呢久，講彼款無意義啦！」

四十年前，強悍的阿嬤獨自一人帶著強褓中的老爸在臺北城走跳，最後成為北投、士林一帶知名的女強人。

對阿嬤而言，成功的要素只有三樣，就是敢衝、打拚，還有敏銳的觀察力。

後來阿嬤與阿賥叔公同居，生下了遠嫁歐洲的小姑姑。

阿嬤看重的是家庭，至於婚姻就只不過是一張證書，無論有沒有證書，家庭都需要維繫的。

她對老爸的教育方式就相當不認同，常常說：「你擱按呢舞落，這厝早晚會『弄家散宅』。」

老爸覺得阿嬤在詛咒他的家庭，但我們卻不這麼認為。

除了家族典範阿嬤以外，在大姊婚禮後，我才知道我們家的「家族傳統」是——先上車後補票。

我的父母是生了大姊之後才結婚的，舉行婚宴時除了阿嬤抱在懷裡的大姊外，母親肚子裡還有了二姊。

至於阿嬤與阿公根本沒有婚姻關係，她只是阿公在臺灣各地多段萍水相逢中的其中一段。

「免怨伊啦，我顛倒會感謝伊。感謝伊留落一寡錢予我會使去做生理，嘛感謝他予我知影做一個查某人愛堅強。」阿嬤如是說。

聽說阿公在東部的太太，才是他真正的妻子。

「查甫人嘛，來來去去。有的時陣就用一下，無的時陣嘛無要緊，家己睏眠床較闊。」阿嬤又這麼說。

當阿嬤說這話的時候，阿屘叔公就坐在他旁邊。

「按呢我今暗敢會使來去揣小姐？」阿屘叔公笑說。

「你去啊，恁祖嬤嘛會使去找緣投仔啊。」

這樣的鬥嘴鼓，就是阿嬤與阿屘叔公幾十年來的相處之道。

婚姻這件事離我還很遙遠，我得面對的是朋友間的糾紛。

坐在我後頭的王文彊已經好幾天沒跟我講話了，胡孟暉也不太敢過來找我，看樣子也在躲王文彊吧。

兩個人的衝突根本沒有化解的機會。

沒了王文彊和胡孟暉，我只好跟著闊世熜一伙人行動，只是他們聊的都運動、遊戲話題，我怎麼都插不上嘴。

這天下課，我上了公車，常一起回家的閻世熜要去補習，只有我一個人踏上無聊的歸途。

公車離開學校後，下一站仍有幾個學生上車，這時我看到了一個熟悉的身影——是胡孟暉。

胡孟暉穿過人群，站到我旁邊，笑著對我說：「我就猜你會搭這班車。」

胡孟暉家住在信義區，和社子島是完全相反方向的路程。

「嘿，你搭這班車幹嘛？」我問胡孟暉說。

「到車上堵你啊。」

「堵我幹嘛？」

「跟你講重要的事情。」

「什麼重要的事？」

胡孟暉壓低音量，對我說：「白痴喔你，都不知道他喜歡你喔？」

「誰？誰喜歡我？」

「他啊！」

「誰啦？」

「就坐你後面那個人。」

我笑了起來，對胡孟暉說：「胖子，你別逗我了，那個人喜歡我？他都看A片耶，還會跟我討論哪個女優奶大。」

「你不也會討論嗎？人家只是跟你一樣在保護自己。」胡孟暉說。

「那你怎麼知道他喜歡我？」

「一看就知道啊。」

「那我怎麼看不出來？」
「因為你笨。」
「最好是我笨啦。」
「好啦，換個說法，這叫『當局者迷，旁觀者清』。」
胡孟暉接著說：「你不覺得他刻意想接近你嗎？」
「還好耶，我只是覺得他無聊才跑來黏我的。」
「一開始我也這樣認為，直到他們開始打你主意的時候，我才覺得不對勁。」
「打我什麼主意？」
「你覺得他們為什麼要找你進棒球社？」
「這安鴻正學長有說過啊，他們的目的其實是想把球具放我家。」
「學長跟你又不熟，一定是熟人向他提出建議的。」
「是誰提出的？」
「王文彊。」
「邀我入社跟王文彊喜歡我有啥關連？」
「他提出邀你入社的時候，我們都反對。找一個沒運動細胞，對棒球一竅不通的人入社，根本對球隊戰力起不了作用。而且我們都認為球具放你家是就在利用你，不過王文彊力排眾議，說什麼也要拉你入社。」
「所以拉我入社不是學長的意思嗎？」
「你根本不是戰力，學長才不想收咧，那是王文彊說服他的結果。當時王文彊還拍胸脯保證說，他可以幫忙你帶球具。聽到這話時，我突然開始覺得不對勁，這傢伙住松山耶，要幫你帶球具到社子島，這是哪來的同學大愛？後來我開始暗中觀察他，越觀察我越發現他對你的態度不單純。」

「所以之前的衝突……。」

「沒錯，都是我故意做的，想確認他的想法。而那個腦袋簡單的傢伙，還真的把想法全表現出來了。」

「你為什麼要這麼做？」

「因為你是我的好兄弟啊，我得保護你。」

「王文彊又不是什麼壞人，幹嘛保護？」

「但你喜歡他嗎？如果他強迫你的話，你能拒絕嗎？」

「我還真是對他沒感覺。」

「對呀，所以我犧牲自己幫你擋住。」

說到這裡，另一群學生上車了，我看到另一個熟悉的身影上車。

「該死！」我暗叫了一聲，趕緊躲入胡孟暉的身影裡。

「怎麼啦？」胡孟暉問我。

「千萬不要回頭。」

「幹嘛啦。」

「叫你不要回頭啦！」我狠狠捏了胡孟暉的手一把。

「唉唷，好痛！你幹嘛捏我？」

「王文彊啦！他剛剛上車！」

我把努力把自己縮小，想躲避王文彊的視線搜尋。

他該不會也是想上車堵我吧……

我的心臟跳得好快，好緊張……

第十三章　喜歡男生的事就這麼被說出來了……

幸虧公車上人多，王文彊被擋在車門附近擠不過來，但這個小眼睛的傢伙，不斷用著銳利的目光掃視車內。又好在胡孟暉已經把制服換成便服，沒讓王文彊認出來。

「這該怎麼辦？要不要在下一站先下車？」我問胡孟暉。

「我一轉過身就會被王文彊看到了，我最近有練拳擊，應該不會打輸他，不過你跟我靠這麼近被他看到，這我就不知道該怎麼辦了。」

「哎呀，該怎麼辦啦？」

我躲在胡孟暉的身型下，有如熱鍋上的螞蟻。

說到胡孟暉，他家住信義區的豪宅，家境非常富裕，有個在讀美國大學的姐姐。我本以為這樣出身的「高級」人會看不起我，沒想到胡孟暉在高一入學時就跟我很投緣，並且成為無話不談的好朋友。去年跨年，胡孟暉邀請我和幾個同學去他家看一〇一煙火。

胡孟暉家真的好高檔，好多設施都是我想像不到的，因為從沒看過，我也找不到詞彙形容。

胡媽媽準備豐盛的食物招待我們這群大男孩，我們就在電玩、桌遊和吃吃喝喝中迎接新年到來。

胡孟暉家的視野真的超棒，一〇一煙火猶如在眼前燃放一樣，超級清晰。

所有人都忍不住驚呼連連。

午夜一點，眾人準備四散。

胡孟暉拍了拍我的肩膀，小聲對我說：「班花，你家住那麼遠，今天就在我家過夜，明天再回去啦。」

胡孟暉突如其來的好意讓我覺得有些奇怪，心想他該不會有什麼意圖吧？但轉念一想，一整天玩下來真是好累，就算現在到得了捷運站，也沒公車可以回社子島。

要是留下來，胡孟暉這體型，真要把我給怎麼了，我根本沒有抵抗的能力啊——

原本胡媽媽要安排客房給我睡，胡孟暉卻說：「我想跟班花聊天，他就跟我睡一間好了。」

身為客人，我只能遵從主人的意思了。

當晚我就跟胡孟暉分別躺在他那張大床的兩側，我真有點害怕胡孟暉突然翻過身來就把我給怎麼了。

今日想起，還真覺得好笑。喜歡可愛女生的胡孟暉對我根本沒興趣。

我們躺在床上頗久都沒說話，直到胡孟暉打破沉默：「嘿，班花，被子夠暖和嗎？會不會冷？」

「不會，很暖和。」

其實胡孟暉家有中央空調的暖氣，一點都不會冷。

「那就好——」胡孟暉沉吟了一下，接著說：「班花，我問你喔……。」

「怎麼了嗎？」

「沒啦，是想問你有喜歡的女生嗎？」

我鬆了一口氣，原來胡孟暉是想問這個啊。

我對胡孟暉說：「女生喔，目前沒有耶。你有嗎？」
「當然有啊，不過……她應該不喜歡我吧……。」
「是誰啊？」
「北車補習班的同學，你不認識啦。」
「你有跟她說過喜歡她嗎？」
「才沒有呢！我那麼胖，她才不會喜歡我。」
「說不定人家就喜歡你這樣溫柔的男生啊——」
「不可能啦！我每次跟女生告白都被拒絕，難道你沒告白過嗎？」
我不好意思告訴胡孟暉，我只有被人告白過，沒向其他人告白的經驗。
「沒耶。」為了不讓胡孟暉傷心，我說了個小謊。
「我猜班花你都是被告白的吧。」
「我那麼矮哪有女生喜歡。」
「高中女生都喜歡斯文可愛型的啊，我又高又胖，沒有人喜歡的。」
「你可以運動讓自己瘦下來啊！」
「但是我沒有運動的恆心。」
好吧，我也不愛運動，在這方面我真的幫不了胡孟暉。
我突然有個點子，便對胡孟暉說：「不然你去邀那個女生找一天吃飯，我在旁邊坐陪，幫忙丟話題給你，如果你們聊得不錯我就先閃人讓你們獨處，如何？」
「我不敢啦，如果又被打槍，我會想去死。」

「不會啦，總是要試試看嘛！」

胡孟暉轉過身去鬧起彆扭，我靠了過去，拍了拍他的肩膀，說：「勇敢一點，不過是約吃飯嘛。」

胡孟暉忽然轉過身來，臉跟我貼得超級近，鼻尖簡直都要碰在一塊了。

他的瞳孔裡放著滿懷希望的光芒，抓起我的手，說：「好！我改天就去邀請她！」

過沒多久，胡孟暉果真約到了他暗戀的對象。

胡孟暉精挑細選了一間餐廳，三個人就約在門口見面。我們兩個男生先到，幾分鐘後，一個漂亮的女孩子吸引了我們的目光。她叫吳蓁臻，有著一雙水汪汪的亮眸，搭配上白皙的鵝蛋小臉，的確是個清麗脫俗的美女。

我們進到店中，服務生帶位坐下，接著開始點菜。

胡孟暉顯得很扭捏不安，對面的吳蓁臻也是。

作為陪客的我這時就要發揮找話題的功能了，便對他們說：「大家好，我是孟暉的同學，我叫李勤，木子李，單名一個勤，勤勞的勤。」

吳蓁臻一聽我自我介紹，突然露出疑惑的表情，說：「李勤，這個名字好熟悉喔！你是不是住社子島那裡有個叫什麼裡頭社的。」

吳蓁臻這麼一說，我也覺得意外了，一個高中女生怎麼會知道裡頭社？

「咦，妳怎麼會知道？」我問吳蓁臻。

「你認識一個叫李漢宇的人嗎？」

「李漢宇？認識啊，我們是國中同學，不過他三年級的時候轉到其他學校去了。」

李漢宇這個名字好久沒聽到了，我也很不想聽到，他是帶給我不少難堪回憶的初戀情人。

「李漢宇是你的前男友吧？他是我高中同學，曾經講過你們以前的事情。」吳蓁臻此話一出，席間空氣瞬間凝結。

直到吃完餐後甜點，我們三人都沒什麼對話。

我恨死李漢宇這個大嘴巴了，講故事需要把前男友的姓名地址都透露出來嗎？他不但讓我出櫃，也搞砸了胡孟暉的約會。

飯局結束後，胡孟暉對我說：「班花，對不起。」

「幹嘛對我說對不起？」

「我不知道吳蓁臻會講這些話。」

「她只是好奇而已，不要緊的。」

「真的嗎？」

「真的！」我用力點了點頭。

「不過，」我話鋒一轉，問胡孟暉說：「這下你知道我的性向了，這對你而言可以接受嗎？」

「為什麼不能接受？這樣你就不會跟我搶漂亮女生了啊！」胡孟暉接著說：「還有，我現在可以正正當當成為『護花使者』，保護班花了！」

胡孟暉看著我，話說得誠意十足。

後來這個護花使者還真的處處保護我，甚至不惜跟王文彊槓上。

第十四章　二姊的「小」祕密

王文彊在公車前方掃視，胡孟暉背對著他，而我則是縮在胡孟暉身影底下，怕得要死。

「我想到了！」胡孟暉叫了起來，拿出手機，撥了電話給某人。

「你現在打給王文彊，叫他去找你！」胡孟暉對某人說。

「我才不管你在哪裡，你就是現在叫他去找你。」

「別囉嗦，打就是了。」

「你不打我就不要借遊戲給你。」

「還有你的手套和漫畫我也要收回！」

講完電話，胡孟暉向我使了個眼色，從他自信滿滿的臉上，我知道事情搞定了。

不到半分鐘後，王文彊接到一通電話，講了半晌，便在下一站匆匆下車了。

危機解除，我鬆了一大口氣。

「你是打給誰？」

「蕭智麒。」

虧胡孟暉能想到蕭智麒。蕭智麒很喜歡跟胡孟暉借東西，胡孟暉也都很大方的借給他。

「你也太聰明了，竟然可以想到智麒。」

「養兵千日，用在一時嘛。」胡孟暉得意洋洋地說。

我真的愛死胡孟暉了，真想給他一個大大的擁抱。

「好啦，我下車囉。」

我向胡孟暉揮手道別，此時車上也有了空位，我把整個人塞到座位裡，閉上眼睛，滿足地笑了。

車到社子島公車總站，又是七點多了。下車後走在通往裡社子的小路上，遠遠看見堤防上有幾個人在烤肉，其中有個矮小的女生身影讓我覺得熟悉。

這人不是別人，是我的二姊——李悅。

我們家四個小孩，兩個像爸爸，兩個像媽媽。我和大姊比較像爸爸，皮膚白一點，身形偏瘦且矮小，至於二姊就比我黝黑一些，身材也是不高，但體型圓潤，胸前雙峰更是傲人，是某種男性眼中的理想情人。小妹臉也長得像媽媽，但卻抽高到一七〇公分，實屬我們李家的異類。

我不知道要不要主動對二姊打招呼時，二姊已經看到我了：「嘿，李勤，現在才回來喔。」

我有點意外二姊竟會搭理我，不過接下來的事情更是我想不到的。

「我跟同學在烤肉，要不要來吃一些？」

二姊吃錯藥了嗎？還是這肉烤壞了，才叫我去吃？

不過二姊都開口了，不過去也不行，只得爬上堤防階梯，走到二姊等人身邊。

這群女生有幾個穿著學校的制服，看起來都是二姊的同學。

「大家，這是我弟弟，叫李勤。」二姊向同學們介紹我。

「你弟弟果然是花美男耶。」有個胖胖的女生說。

「花什麼美男？長那麼矮，沒人要啦！」二姊說。

「妳不也很矮。」胖女生說。

「女生不看身高好嗎？」

「男生也不看啊！小小隻的，可以給姊姊保護。」另一個臉上長著痘痘的女生也說。

「哇，妳弟弟是名校高中生耶。」還有一個穿著制服裙，卻打開雙腿大剌剌蹲在地上的女生說。

「如果我認真一點，也是北一女好嗎？」二姊說。

「聽妳在放屁，妳那種成績有學校肯收就很不錯了。」

我本來以為有什麼東西可以吃，結果是站在一旁聽這些高二女生彼此挖苦。

我和二姊差了一歲，從小就非常不對盤。二姊會搶我的東西吃，而我會跟她打架。再大一些，我們不打架而是打嘴砲，二姊最愛諷刺我，而我會用成績回嗆她。不過她畢竟是姊姊，所以大多數的交手都是我落居下風。

我真不明白二姊為什麼這麼不喜歡我，這個問題連大姊和妹妹都無法解答。只能說我跟二姊比較沒緣份吧。

幾個女生裡比較漂亮那個的站了起來，終於拿了盤子裡的肉給我吃。

這些人的烤肉技巧很差，好幾片肉都烤焦了，但畢竟是人家的好意，我肚子也覺得餓，就把它們都給吃了。

「還要不要？我們再烤一些給你吃。」胖女生說。

有得吃當然就吃囉。

我點了點頭。

女孩們把食材放上烤肉架，七手八腳地烤了起來。

忽然二姊的手機響了，跑到一旁摀著嘴輕聲講，讓人感覺有些神祕。

其他的女生試著跟我攀談，我也胡亂回答，反正討好她們，有東西吃才是第一要務。

二姊講了十多分鐘電話才回來，那個叫潘安蕎的漂亮女生問她：「妳又跟許老師講電話嗎？」

「潘安蕎妳哭爸啊！我弟在耶！」

「哎呀！」潘安蕎看著二姊，摀起嘴，直說對不起。

看到二姊的反應，我好像發現她的「小」祕密了。

我一點都不想知道她的祕密，二姊是個會為了保守祕密而無所不用其極的人，況且她又很討厭我。

我會不會改天在睡夢中被殺掉啊……

想到這裡，我竟打了個冷顫。

第十五章　我可以當你的朋友啊

「我得走了，不能太晚回家。」我對在堤防外烤肉的女生們說。

沒人留我，我也就順利地脫身了。

走在路上，我心裡想著二姊不知道會使出什麼堵住我嘴巴的招式。這兇狠的女人，真是令人害怕。

回到家後，我看到手機裡王文彊傳來的訊息，問我怎麼沒在車上。

「公車那麼多班，你怎麼知道我搭哪一班？」我回覆王文彊。

「我是看到你上車後，才用跑的到下一站等你的。」

用跑的追公車？也太瘋狂了吧……

「說不定是你認錯人了，我並沒有搭那班公車。」我對王文彊說。

「我怎麼可能認錯？」

「但我真的就沒在車上啊！」

「你一定是在躲我。」

「我哪有躲你？你這個人才奇怪咧，我每天都坐在你前面，有事情幹嘛不在學校講，偏要跑到公車上堵我。」

「這件事只能在私底下講。」

王文彊真是不可理喻，他讓我想起了某個傢伙。

「我媽叫我過去，先不聊！」

王文彊的態度讓我很不爽，拿著手機，差點沒按下封鎖鈕。

最後理智還是佔了上風，我把手機丟到床上，到客廳裡去。

客廳裡難得沒人，我打算看看電視，紓緩一下情緒，沒想到才在找遙控器，二姊竟然回來了。

看到我，二姊自然沒什麼好臉色。

「李勤，到我房裡來一下。」二姊對我說。

我起身跟著二姊走向房間，心中百般後悔剛才參與了她們的烤肉趴。

二姊打開房門，按下電燈開關，房裡一片凌亂。

這間房間原本是大姊和二姊同住，但自從大姊懷孕後，就常在矮子邱家過夜，房間便成了二姊的天下。

「把門關起來，然後鎖上。」

我乖乖聽從二姊的命令。

二姊雙手叉腰，開口質問我道：「李勤，你剛剛在堤防有聽到什麼事嗎？」

「沒有……我聽得不是很清楚。」

「應該有聽到我同學講什麼老師之類的吧？」

「有……。」我不敢對二姊說謊。

「既然有聽到，你知道該怎麼做了吧？」

「知道……。」

「反正啊——我也有你的把柄，我想你應該不會輕易把這件事透露出去才對。」

「不會，我不會亂講。」我再三向二姊保證。

二姊拍了拍我的肩膀，露出有些駭人的笑容，說：「嗯——這才是我的乖弟弟嘛。」

離開二姊房間之前，她在我身後說：「親愛的弟弟，你有空幫我把房間整理一下，最近太忙沒時間打掃。」

「好。」二姊的淫威是我無法抵抗的。

走出二姊房間，我關上門，倚在牆邊，吐了口大氣。

其實我跟二姊互有把柄，但我為什麼這麼怕她呢？

大概她天生就是我李勤的剋星吧。

說到把柄，不用說就是國中時和李漢宇那段孽緣。

李漢宇不是社子島人，國中時才從外地轉來。一般而言，社子島的學校只有學生轉出去，幾乎沒有從外地轉來的，所以我們班上來了個轉學生，成了全校轟動的新聞。

原來李漢宇的媽媽改嫁給社子島人，才帶他一起搬到社子島。

李漢宇到學校報到的第一天，老師領著他進教室，才要他自我介紹，這傢伙還沒開口卻哭了。

「都國中生了，只是轉學，哭啥啊？」坐在第一排看著李漢宇的醜陋哭臉的我，在心裡這麼說。

嘲諷歸嘲諷，新同學李漢宇的確有些不同。裡社子人粗野，李漢宇比較文靜；裡社子人做事直接，李漢宇比較彆扭；裡社子人動不動就開口問候人家老母，李漢宇則喜歡在背後說人家壞話。

當時李漢宇已經一七〇公分高了，但白淨的臉上滿是稚氣，掩飾著他肚子裡的壞心眼。

李漢宇沒有朋友，總是形單影隻。這可憐的孤鳥，有時還會被一些頑劣的傢伙欺負。

我常見李漢宇坐在南堤往對岸看。有一次不知道哪裡來的勇氣，我走上堤防，拍了拍李漢宇的肩膀，問道：「李漢宇，你怎麼都自己一個人在這裡？」

李漢宇回過頭來，說：「你是白癡嗎？為什麼要問這種蠢問題？」

李漢宇不客氣的回應，讓氣氛瞬間結凍。

我的問題的確很白癡。

依我的性格，被對方嗆了之後，大概就會自討沒趣閃人，不過當時的我還真是勇氣十足，竟又問李漢宇：「是因為沒朋友嗎？」

李漢宇再次回過頭來，臉上竟然全是淚水，還對我大吼：「對啦！這裡不是我的家！我在這裡沒有朋友，這樣可以了吧！」

我沒被他嚇到，反倒說：「我可以當你的朋友啊。」

就是這句莫名其妙的話，開啟了後患無窮的孽緣。

第十六章　李家人的氣質活動

「去天母吃飯培養氣質？你爸真是個怪胎。」聽到我說老爸常帶我們一家到天母吃飯，李漢宇是這樣評論的。

這傢伙的嘴就是這麼尖酸刻薄，真是個可惡的都市人。

「你為什麼要這麼說我爸？」

「我說他看不清事實啊！明明就是裡社子人，何必刻意學什麼天母人的氣質？天母人是多有氣質？氣質是學得來的嗎？」

眼前這個國中屁孩，咄咄逼人的樣子倒像是個政論名嘴。

李漢宇將臉湊了過來，端詳了半天，說：「不過，你看起來挺有氣質的啊，難道是從天母學來的嗎？」

「我沒氣質，謝謝你。」我說。

老爸二十五歲之前的人生頗為坎坷，他出生沒多久阿公就不見人影，阿嬤帶著年幼的老爸走南闖北打天下。後來老爸年紀大了一些，就被留在裡社子的老家由阿祖照顧。成長於裡社子，老爸自然有著裡社子人的傳統風格，才國小年紀就跟黑傑克叔公與幾個表兄弟混在一起。

老爸常說自己「失栽培」，但他小時候對讀書根本就沒興趣，一心一意就想往黑社會發展。裡頭社的環境就是這樣，讀好書比混黑社會還難。但老爸畢竟被黑社會的陣仗嚇到過，他要求孩子們得好好讀書，不要走跟他一樣的路。但我的兩個姊姊，大姊想讀書卻讀不來，只好去學美髮，一個不小心竟被矮子邱搞大肚子；至於二姊很聰明，卻不想讀書。

我身為家裡唯一的男丁，從小被老爸用嚴格的方式管教，還好我沒養成什麼壞習慣，考試成績也不錯，這讓老爸既滿意又覺得驕傲，不過他最在意的還是「氣質」。

「人在外頭，別人不會看你長得好不好看，也不會管你學歷高低，重點是『氣質』！有氣質別人就尊重你，沒氣質連看你一眼都嫌多。」

老爸像傳教士一般，從小到大不斷向我們宣講他的氣質福音，聽到我都覺得快反胃了。

我常對著鏡子端詳自己：「我到底是有氣質還是沒氣質？」

但老爸除了帶家人到天母逛街吃飯，也沒做什麼培養我們氣質的事。

「跟生活水準高的人在一個屋簷下，就會耳濡目染成為高水準有氣質的人。」

我真不知道老爸當年在外所受的創傷有多大，為什麼這麼在意「氣質」這件事。

說起氣質，平心而論，大姊跟二姊的氣場還是比較接近野性的裡社子人，我跟還沒青春期以前的妹妹則是屬於比較溫良恭儉讓的類型。

不過妹妹在小學六年級之後就變成另一個人了。

在黑傑克叔公中刀事件後，老爸回到學校繼續讀書，也認識了母親。母親對這個成績很差的矮個子學弟分外關照，卻關照到懷上了他的孩子。

當年的外公外婆對老爸的態度，就像現在他對矮子邱的態度。

「你們不讓我嫁，我還是要嫁，大不了躲到南部都不要回來！」

母親很堅持，再加上肚裡有了金孫，外公外婆最後態度也軟化，同意小倆口辦一個簡單的婚宴，就去登記結婚。

雖然母親為了嫁給老爸不惜與家人翻臉，但老爸娶了嬌妻進門後卻也沒多大長進，工作總是一個換過一個，想得到的工作他都做過：搬貨工人、泥水匠、豪宅保全、貨運司機、釣具推銷、小學代課老師，簡直族繁不及備載。

到了後來，換工作已經不是有什麼不滿，而是一種遊歷世間的「人生態度」。

「不要為了一樣工作而停下體驗人生的腳步。」老爸如是說。

但他到底體驗了什麼人生，真的很難懂。

「不錯啊，他的人生的確過得很充實。」母親對父親的不羈是如此評論的。

她的確對這個學弟很有愛。

阿嬤曾勸媳婦跟兒子離婚，阿嬤這麼說：「妳應該佮伊離婚，看按呢伊敢會振作起來，若是有振作閣結一擺就好了。雖講離婚，妳永遠是我的新婦，佮媽媽做夥去做生理，見一寡世面。」

母親當然沒有離開老爸，而是成了守護這個家的紙蓮花女王，還在四十二歲時懷了老爸的第四個孩子。

在我眼裡，老爸的確虧待了母親，但如果母親當初真的選擇離開，我無法想像這個家會變成什麼樣子。

十多年過去，這個家每到週末就會有個男人吆喝著大家，說：「大家，明天去天母吃飯，找你大姊跟姊夫一起來，我去跟阿匪叔借大台車載你們去。」

「我不想去啦，懷孕肚子大，出門好累。」母親說。

「怎麼可以不去？這可是胎教耶。」

「我真的很累。」

「絕對不行，為了我們小女兒的氣質，妳一定要去！」

在場的我、二姊和小妹全都瞪大了眼看著老爸。

「你們幹嘛這樣看我？」老爸還不知自己說了些什麼。

「嘿，李坤昇，你自己都說了些什麼呀？」母親笑著對老爸說。

「啊！啊啊啊！啊啊啊啊！」老爸摀著嘴卻止不住大叫，奪門而出。

母親扶著肚子，換了個姿勢，說：「你們老爸真的很瞎呢！其實我自己生過那麼多小孩，肚子是男是女早就心裡有數，但你們老爸就一定要堅持孩子出生後才能揭曉性別。我前幾次去產檢都超音波照不到小雞雞，是男是女已經很明顯了。前天又去產檢，剛好妹妹大腿打開開，還是沒人看到小雞雞，醫師已經私下恭喜我們喜獲千金了。沒想到老是要我別說出去的老爸……嘿嘿……。」

母親搖了搖頭，拿起桌上的零食塞入口中。

我的心裡好激動啊！

是妹妹！原來是妹妹耶！

那就是李樂囉！

第十七章　意外！頂尖對決！

王文彊與胡孟暉的對峙狀態已經鬧到全班皆知了，王文彊上課不願意跟我說話，只會在私下不斷發簡訊問東問西。至於胡孟暉嘛，每堂下課都會刻意守在我身邊，與後頭的王文彊什麼話也不說，只是互相給對方白眼。

還記得上一次這兩個人的賭注嗎：下一場比賽，誰打出的安打多，誰就從班花身邊滾開。日子過得很快，比賽就要在週末展開了，勝負即將揭曉。

我覺得自己好像是兩個小孩爭搶的玩具，一點自主性都沒有。為什麼我不能直接拒絕王文彊呢？為什麼一定要胡孟暉來淌這場渾水呢？現在想這些都太遲了，賭注已經確定，決勝的日子就在幾天之後。

禮拜四和禮拜五，王文彊拉著隊長安鴻正陪他打擊特訓，而胡孟暉則是要我在禮拜五晚上跟他去打擊練習場鍛鍊。

到了練習場，胡孟暉掄棒上場。他畢竟長得高頭大馬，揮棒很猛，只要是能擊中球心的球，都非常強勁。

接連打了幾輪，胡孟暉笑著面向我，拉起袖子，展示他的二頭肌。

「我最近都有在做重訓，你覺得肌肉有比較明顯嗎？」胡孟暉說。

我怎麼看得出來？只得對胡孟暉胡說：「好像有喔，看來越來越結實了呢。」

被我的渾話一哄，胡孟暉開心地笑了，對我說：「明天一定要讓王文彊見識見識我護花使者的厲害！」

隔天是我我加入棒球社的第二場比賽，雖然只有十一個球員到場，但學長還不致於會傻到排我上場。

「班花，你今天就負責場邊記錄。」隊長安鴻正對我說。

「學長，我還不太會記錄耶。」

「我之前不是教過你嗎？」

「那好難喔，我記不太起來。」

「好啦，你就簡單記安打、保送、三振、失誤什麼的，這總會吧？」

「這我會。」我點點頭，接過記錄表。

學長笑了，我發現他不缺牙了，講話也不再漏風。不過這假牙做得有點糟糕，跟旁邊的真牙一點都不像。

學長又丟了攻守名單叫我照著記錄本上寫好的名字跟守位填上。今天打第一棒的依舊是學長，守游擊；閻世熜打第五棒，守三壘；胡孟暉打第七棒，守一壘；王文彊打第八棒，守右外野。

繳交完攻守名單後，我又被叫去撿球、搬水、補土，累得滿身是汗，辛苦的程度根本不輸給場內進行賽前練習的人。

比賽在豔陽下開始了，晚春的空氣裡還帶有些涼爽，算是個適合打球的好天氣。

不過，我們的投手第一局上半就丟了三分。

「三分不多，大家好好打，把分數追回來！」這是隊長安鴻正一貫的激勵士氣口吻。

下個半局，隊長安鴻正第一個上場打擊，一下子就逮中對方投手一顆正中好球，一棒打出深遠的二壘安打，全隊齊聲歡呼，士氣大振。

不過對方投手很快穩定下來，連續解決接下來的打者，我們這局一分未得。

二局上半對方進攻，我們又丟了一分，而且是因為王文彊的接球失誤造成的。

半局結束，王文彊走回休息室，臉色鐵青，倒是胡孟暉卻故意走到他前方拿水喝，還用挑釁的眼神看著王文彊。

我真的覺得胡孟暉有些超過了，王文彊畢竟是我們的同學兼隊友，真的不需要把場面搞得這麼難看。

打六棒的學長內野飛球出局，輪到第七棒的胡孟暉上場打擊。

「看著吧，我會把球打得遠遠的。」自信滿滿的胡孟暉，上場前在我耳畔這麼說。

對方投手可沒那麼弱，一下子就投到兩好一壞，接下來一顆變化球，胡孟暉揮了個大空棒，遭到三振。

我不忍看胡孟暉的臉，倒是轉看王文彊，他竟掩著嘴偷笑。

胡孟暉低著頭走回休息室，一屁股坐到我身邊，暗聲罵道：「投什麼變化球，如果是直球就打到了。」

「沒關係啦，下一輪好好打。」

「只顧著練習打直球，都忘了對方有可能投變化球。」

「以後再多練習囉。」

我話沒說完，場上傳來「啪」的一聲，吸引了全場的目光。
我轉過頭去，只見王文彊整個人倒在地上。
所有人都衝了過去。
王文彊勉強坐了起來，滿臉是血。
一個怕血的學長瞬間軟腿，竟跌坐在地，胡孟暉則是摀起臉不敢看。
「學弟！快去拿衛生紙、冰敷袋和急救箱過來！」安鴻正說。
所有人都呆立在原地，安鴻正站起身，用力推了我一把：「你是經理，快去拿啦！」
這下我才回過神來，跑回休息室。
好不容易拿到學長要的東西，對方和場務人員已經拿治療的東西到王文彊身邊，並將他扶到場邊。
「好像很嚴重。」
「廢話，打到臉耶……。」
「是嘴巴嗎？」
「我覺得是鼻子……。」
兩隊隊員們擠在場邊竊竊私語。
不久，救護車來了，王文彊還能走，跟著救護人員上了車。
「班花學弟，你陪文彊去醫院吧。」
雖然發生了意外，對方投手被判退場，比賽要繼續打下去。另一位預備球員蕭智麒上場頂替王文彊的位置，能陪王文彊去醫院的，就只有我了。
上了救護車，我和救護員坐在王文彊的兩側，王文彊的鼻血還沒全止，救護員持續幫他做一些簡單的處理。

「所以是球打到肩膀然後反彈到臉嗎？」救護員問王文彊。

王文彊說不出話，只是微微點頭。

「只打到鼻子嗎？」

王文彊點頭。

「看來沒什麼大礙。」救護員對我說：「不過還是要到醫院去做進一步檢查，照個X光看看有沒有腦震盪或是鼻樑斷裂這類傷害。」

救護員轉過頭去看著電腦打起報告。

忽然我覺得有人在輕輕觸碰我的手指，是王文彊在摸我。

在這個時候受傷的人都需要一些溫暖，於是我握起王文彊涼濕的手。

「不用擔心，一定沒事的。」我對王文彊說。

第十八章　閻世熜的型男夢

我常跟閻世熜搭同一班車上課，大概一個禮拜會碰上兩、三次，在車上我要嘛看看書，要嘛就是閉目養神，不過閻世熜就不同了，他要不是玩手機遊戲，就是看流行雜誌。

一個老穿著蓮葉領破T恤的高中生看流行雜誌，還真有些突兀。

其實閻世熜有一個夢，一個成為型男的夢。

「班花你看，如果我這樣穿好看嗎？」閻世熜指著雜誌上的模特兒問我。

我看了一看，回答道：「嗯，還不錯。」

「那這樣呢？」

「也很好。」

閻世熜闔上雜誌，皺著眉頭，原本不太大的雙眼瞇成了一條線，看著我說：「嘿，班花你每一件都說好看，到底有沒有注意看啊？」

「有啦……。」

「那你說，我到底怎麼穿才好看？」

「這——」我真不知道怎麼回答，只得據實以對了：「你看的雜誌照片跟你身上穿的衣服風格差很多，我根本不知道該怎麼給你意見。」
「總是得蒐集一些資料再去買嘛。」
「你有自己買過衣服嗎？」我問閻世熄。
「呃……這倒是沒有。」
「連衣服都沒自己買過，那要怎麼變型男？」
閻世熄忽然不講話了，反而用奇怪的表情上下打量著我。
「你幹嘛又這樣看我？」
「班花我看你的穿著也沒多好看啊。」
「我沒說我懂穿衣服，是你先問我意見的。」
「好吧……不過若是找你跟我一起去挑衣服，你會挑嗎？」

這問題可難倒我了，我的衣服大部分也都是媽媽買的，幾乎沒有自己挑衣服的經驗。
我不能在閻世熄面前示弱，便指著雜誌說：「就依這書上的挑嘛！還不簡單。」
「你說的喔，那你什麼時候有空，我們去逛街。」
我沒有課後補習，回家也沒有門禁，不過真要我晚回家，我也不知道該去哪裡廝混。
「我都可以，就看你什麼時候有空。」
「嗯……讓我想想，」閻世熄想了一下，說：「我今天晚上要補習，那就明晚吧，順路去看文彊，他家在松山。」

閻世熜哪壺不開提哪壺，一提到王文彊，我就覺得渾身不自在，不知該怎麼回答。

「班花，你在發什麼呆，幹嘛不回話？」閻世熜問我。

我這才回過神來，對閻世熜直說「沒事」。

「提到文彊你就在恍神，你們到底怎麼了？到底有什麼心結還是冤仇？」

「冤仇——你講得也太誇張了。我們之間沒事啦，只是有點……小誤會，這話……說來話長。」

「我不想聽。」閻世熜阻止我說下去，又說：「班花你的故事都太冗長了，我沒時間聽。總之……你們不能這樣，都是同學和隊友耶。」

「我知道……。」

閻世熜看了看車窗外，對我說：「學校快到了，你明晚到底要不要約啊？」

「約啊、約啊，都約。」

不過只是去看王文彊而已，有什麼好怕的？

王文彊被球砸中的隔天，他自己發了幾張照片到球隊群組來，照片上他的臉腫得很厲害，鼻樑有些碎裂。家人幫他向學校請了一個禮拜假，要讓他好好休養。

「感覺好嚴重，你要好好休息，好好聽醫生的話。」我很禮貌地回了這段話。

王文彊沒回我，也沒私下傳訊。

到了禮拜一上課，胡孟暉跑來找我，嘴裡嚷著說不想打球了，說什麼被球砸到太可怕了。

「球來閃就好了，而且又不是每個投手控球都那麼糟。」我說。

「我不太會閃嘛。」

「要學啊！學長不是說過，打球第一要學的不是把球打出去，而是閃球，要學習怎麼避開危險。」

「你這傢伙！」胡孟暉用力摸了摸我的頭，把我服貼的鍋蓋頭給弄散，說：「你自己不上場，倒是說得一嘴好球，球從你眼前快速飛來，該怎麼閃？」

「蹲下去讓它飛過去就好了啊。」

「對喔……。」胡孟暉被我這麼一說，倒也無法回嘴。

我低下頭撥了撥頭髮，對胡孟暉說：「球隊那麼缺人，你怎麼可以說不打，況且你跟王文彊還沒分出勝負耶。」

上週的比賽，王文彊第一個打席就被頭部觸身球打退場，而胡孟暉上場三次，全都被投手三振。

回想起那天在救護車上，我緊緊握著王文彊冰涼的手。他畢竟是個高中生，發生了這樣的意外，內心必定是萬分害怕。

王文彊握著我的手，直到他的家人趕到急診室。

王文彊的父母看到兒子的狀況立刻歇斯底里起來，就算醫院主管都出來勸說，還是在那裡大呼小叫個沒完。

王文彊無奈地躺在病床上，臉上的紗布已不再滲出新的鮮血，看樣子鼻血應該已經止住了。他不斷向我擠眉弄眼，似乎想說些什麼，我將耳朵湊近他嘴邊，只聽他用氣音對我說：「班花，謝謝你剛剛陪我，我父母很鬧，你就先回去吧。」

「我沒事，可以再陪你一下。」

王文彊沒再說話，閉起眼睛，鬆開我的手。

我明白了，起身向王文彊說了聲再見，步出嘈雜的急診室。

急診室外的春光燦爛，是個適合逛遊的向晚時分，但我卻不知道該去哪裡，只能坐在醫院旁的樹下先發呆。

幾分鐘過去，我看到安鴻正帶著闔世熜等人匆匆趕來，連髒兮兮的球衣都沒來得及換。

我起身過去迎接他們，安鴻正臉色凝重地問我：「班花學弟，文彊還好嗎？」

「應該還好，鼻血是止住了，還要後續安排檢查看有沒有其他傷勢。」

安鴻正沒多說，一群人就繼續往急診室走去，我來不及跟他說要注意可怕的王家父母。

我拉了一下隊伍最後頭的蕭智麒，問他：「今天打得怎樣？」

「大家看到文彊這樣都無心打球了，才四局就被十六比一提前結束了。」

「那胡孟暉呢？他怎麼沒來？」

「他負責收球具，直接拿到你家放。」

「那你跟學長說，我也先回去了。」

「好。」

好不容易回到家裡，胡孟暉已經走了。

我洗好澡，吃完晚餐，躺上床，拿起手機，想發訊息給王文彊，但打了幾個字又刪掉，幾次來來回回，訊息發不出去，便把手機放到一旁。

我還是不太會處理這樣的事情。

雖然跟閻世熜約好要去看王文彊了，但越到接近放學，我心中越覺得忐忑不安。

李勤！不要怕！

其實我怕的不是情緒化的王家父母，而是怕是再次面對王文彊。

第十九章　可以砍掉這雙愛亂握的手嗎？

雖然王文彊和李漢宇是截然不同的兩種人，但每每提到王文彊，我就會想起李漢宇。

如果李漢宇上高中沒有爆炸性的長高，身高應該會跟王文彊差不多，不過李漢宇是貪吃鬼，常常找我去士林吃東西。愛吃的下場就是發福，大概已經到了肥胖等級，不過李漢宇是胖在身體，那白淨秀氣的臉龐還是一樣吸引人，反觀王文彊就是普通高中運動男孩，肌肉結實，面容黝黑，還長了些痘痘。

王文彊是個過分積極的人，但我不喜歡這樣，相對的李漢宇的城府很深，總是不動聲色，這或許與他小時候常被欺負有關。李漢宇就像一隻潛藏在水中的鱷魚，看準目標，一撲而上，撕咬成塊吞落肚。不過，我還是相信那天在河堤邊上，李漢宇流下的並非鱷魚的眼淚。

就在我說了那句「我可以當你的朋友啊」之後，我成了李漢宇在裡社子的第一個朋友。我是個開端，有一就有二，有二便有三，同學們開始發現新轉來的傢伙不是個怪胎，倒是個有點小聰明，而且鬼主意頗多的男孩。從此以後，李漢宇受歡迎的程度立刻直線上升。

李漢宇腦筋好，功課也不差，但他為了求取更好的分數會作弊，而幫他作弊的就是我這個傻子。某一次換位置後，李漢宇正好坐在我後頭，小聲對我說：「李勤，我今天都沒讀書，等一下考試一定考不好。」

我沒多想什麼，便回答：「考不好，下次考好就好啦。」

「不行啦，我媽說我如果沒考八十分，少一分要打一下。」
「誰叫你自己不好好讀書，怪我啊？」
李漢宇伸手抓住我的肩頭，輕輕捏了捏，像是在替我按摩一樣。
「你一定準備得很充分吧。」李漢宇對我說。
「還好啦，有稍微看一下。」
「別騙我了，你一定讀得很認真。」李漢宇話鋒一轉，說：「李勤同學，我可以拜託你一件事嗎？」
「什麼事？」
「待會考卷稍微拉下來讓我看一下好嗎？」
李漢宇的要求不就是作弊嗎？我才沒那個膽子。
「不行啦！這是作弊耶！」
「你狠心讓我挨打嗎？」
李漢宇走到我前方，彎下腰，手肘撐住桌子，用水汪汪的明眸，眨呀眨呀地勾引著我。
我真是一個不會「say no」的蠢蛋。
到了考試時，我緊張得要命，一直閃躲老師的目光，手卻偷偷把考卷往下放，讓後頭的李漢宇看。
因為太過緊張，考試的成績很不理想，倒是作弊的人分數比我整整多了十二分。
「你怎麼考這麼差？」拿到考卷後，李漢宇竟然還敢對我說風涼話。
「我太緊張了。」
「嘿，幹嘛緊張？」

「你說呢？」

「不過我當下知道你考不好了。」

「為什麼？」

「你的答案錯了好幾題。」

我真的很想揍他。

他就是這樣的人。

沒想到這樣的人，卻跟我越走越近，最後……

下了課，我跟閻世熜在外頭隨便吃了些東西，就往王文彊家移動。王文彊家住在普通的公寓裡，沒有電梯，我們爬上四樓，摁了門鈴。

來應門的是王文彊，臉上還是包著紗布，只露出眼睛部分。

看著王文彊的雙眼，那種尷尬的感覺又回來了。

王爸爸下班還沒回來，王媽媽正在準備晚餐。

我們才剛坐下，王媽媽就問：「阿彊，介紹一下你同學吧？」

「不用勞煩文彊開口，」閻世熜對王媽媽說：「我們自己介紹就好。我叫閻世熜，他叫李勤，都是文彊的同班同學，也是棒球隊的隊友。」

聽到「棒球隊」這三個字，王媽媽像是被激怒的河豚一般，膨脹起來。

「哎呀！棒球真的太危險了，昨天你們那個隊長有來看文彊，被我狠狠訓了一頓。這麼危險的運動，不是你們高中生該玩的，我們阿彊以後不去打球了！」

（王文彊不打球了？那球隊怎麼辦……）

「只是……。」閻世熜似乎想辯解什麼，我拉住他的衣襬，要他別多說話。王媽媽可不是好惹人物，要是惹到她，可能被唸到半夜都脫不了身。

「我們以後會注意安全的。」我對王媽媽說。

「注意安全也沒用啦，棒球那麼快，如果要砸到人，你們怎麼閃得掉？應該要讓學校禁止你們打棒球才能保障安全，我明天就打電話給校長！」

王媽媽話沒說完，王文彊突然用力一拍桌子，玻璃桌面發出巨大的聲響，所有人都嚇了一跳。

「妳夠了沒！是要講幾次？」王文彊對母親大吼。

「媽媽不講，你們會聽嗎？你都傷成這樣了！」王媽媽也拉高聲調與兒子對吼。

「碰」的一聲，王文彊這次是用拳頭敲桌面，還好是安全玻璃，不然真的會被王文彊給打碎。

「我已經答應退出球隊了，妳不需要再去對我同學說三道四，他們喜歡棒球，干妳屁事？」

「文彊，你怎麼可以這樣對媽媽說話！」

「那妳憑什麼這樣對我的同學說話！」

「算了，你們這些小孩，翅膀硬了就不聽父母的話了。」王媽媽拂袖而去，走進廚房。

客廳場面瞬時變得尷尬，緊握雙拳的王文彊餘怒未消，身體仍在微微顫抖。

「文彊你別生氣啦，」閻世熜拍了拍王文彊的肩膀，說：「大人嘛，總是這麼討厭，對吧？」

王文彊「嗯」了一聲，反而看向我，我趕緊將視線移向別處，閃躲他的目光。

「你臉還會腫嗎？」閻世熜問王文彊。

「一點點。」

「我想看耶，可以解開紗布讓我看一下嗎？」

面對閻世熜無禮的要求，王文彊沒生氣，倒是很乾脆，解開了紗布，露出整張臉。

王文彊的臉已經消腫大半，只有嘴唇上方還有點烏青。

「恢復得很好呢！應該可以不用包紗布了。」

王文彊把紗布丟到桌上，說：「那是我媽叫我包的，她整天在家看到我就是碎唸。外傷是好得差不多了，其實去壓它還是會痛，鼻樑骨有點裂開，醫生說先讓它自己復原看看，如果沒有比較好再處理。」

「這麼說來下禮拜就可以看到你囉。」

「這是當然，我已經快受不了我媽了。」

「話說，你真的不打球了嗎？」

「唉，」王文彊嘆了口氣，說道：「父母都這樣說了，我也無法違背他們的意思，反正就先退出一陣子，等風頭過了再說吧。」

「你不打球隊就缺人了，說不定要班花上場呢。」

一聽到要上場，我整個人慌了起來，連忙說：「下禮拜沒比賽，就請學長再去招募新血看看。」

「說到這，」王文彊對我說：「班花，你去跟胡孟暉說，之前打賭他贏了，我會離你遠一點。」

「嘿，幹嘛離班花遠一點，你不是坐他後面嗎？又不能隨便換位子。」閻世熜對於打賭的事情竟然完全狀況外。

「他沒贏啊，他被三振三次這哪叫贏？」我對王文彊說。

「他沒贏，但我短期內無法完成賭注，所以是我輸了。」王文彊的神情顯得很落寞。

我也不顧閻世熜在場，抓起了王文彊的雙手，對他說：「不可以！我不准你認輸！」

事後，我想起了某個場景。

就是在島頭涼亭所發生的事情。

「我可以當你的朋友啊。」那天我對李漢宇這麼說。

李漢宇用跟王文彊一樣的目光看著我，說：「真的嗎？」

「真的！」

我緊緊握著李漢宇的手。

我真想把自己沒事愛亂握的手砍斷。

第二十章　She is a spy.

我真的很不想知道二姊的「小」祕密，但有個人一直主動跟我透露二姊的事情。

我快被她煩死了啦！

這個人是當天在河堤旁烤肉的其中一個二姊的同學，個子不高，身材有些豐腴，名叫朱嘉囍。

朱嘉囍不知從那兒得到我的通訊軟體，我一時不察加了她，接下來就是沒完沒了的訊息騷擾。

「我今天看到你姊姊跟那個老師放學後一起去吃冰耶。」

「剛才老師上課的時候向你姊拋媚眼耶，嘖嘖嘖。」

「其實你姊和老師還滿速配的呢。」

除了主動提供二姊的消息外，朱嘉囍還會發來此類訊息：

「你喜歡師生戀還是姊弟戀啊？」

「我現在在你們學校附近耶，可以過去找你嗎？」

「為什麼你都已讀不回啊？」

面對這樣頻繁的騷擾，除了已讀不回，我還能怎麼樣呢？

不過從朱嘉囍所透露的資訊，倒是讓我有點擔憂二姊的「小」祕密。跟她交往的老師年紀大約三十出頭，還算年輕，不過聽說已經結婚還有小孩了。

嘿，這不就是婚外情嗎？

如果被老師的太太發現，二姊不就會被告妨礙家庭嗎？如果他們有那個的話，會不會被捉姦……

想到這裡我頭就疼了。我們李家已經有了一件官司，再加上二姊這件，會不會垮掉啊？

惹上官司的不是別人，就是我國中同學兼未來的姊夫——矮子邱。

警察上門那天，矮子邱正在我家幫大姊按摩大腿，大姊因為懷孕水腫，常常抽筋不舒服。

其他人坐在客廳裡看電視，忽然有人在敲外頭的鐵門。

我起身開門，門外站著的是一高一矮的兩個制服員警。

「請問……有什麼事嗎？」我問員警。

「邱政瀛在你們這裡嗎？」左手邊人高馬大的員警問我。

「在啊，請問有什麼事嗎？」這時的我，還不知道事情的嚴重性。

高大的警察已經看到客廳裡的矮子邱了，便對他說：「邱政瀛，有點事請你跟我們到派出所說一下。」

除了矮子邱、大姊和我以外，母親、妹妹都在場。

「什麼事情？是之前車禍的事情嗎？」矮子邱一臉茫然地說。

「什麼事情你自己知道。」另一個矮瘦的警察接著說。

「什麼事情？我不知道什麼事情啊？」矮子邱一臉無辜地說。

「什麼事情跟我們回警局就知道了。」

這群人一直在跳針「什麼事情」，聽起來有點煩。

「弟弟，來這坐。」母親扶著腰起身，要我回沙發上坐好。

我坐了回去，母親則走到兩個警察面前。

「嘿，警察先生，抑是愛叫你們警察大人？恁的態度嘛較好淡薄仔，警察的形象已經足穤矣，不需要到這來欺負查某人摻囡仔。這不若只有我囡婿閣未成年，連我後生、小漢查某囝都抑袂十八歲呢！」

「哎呀，李太太妳毋通生氣。邱先生進前定定[1]有去阮轄啉茶『協助』辦案，對派出所的環境真熟。這擺請邱先生去只是欲簡單釐清案情，無啥物大代誌啦。」高大的警察講話聽起來有點輕浮。

高大警察的這番話惹火了母親，她挺起懷孕的腰桿，狠狠瞪著他。

「我有無欲乎恁查嗎？重點是恁無講半句就走來阮兜，當一堆囡仔面頭前講欲調查啥物案件，攏免掛慮會佮個[2]驚到否？恁敢有將我這个做老母的放在眼內？」

「李太太，千萬毋通激動，妳腹肚閣有囡仔呢，按呢生氣無好啦。」矮瘦警察放軟姿態，婉言對母親說。

母親往前跨了一步，視線完全沒離開比她高三十公分的高警察臉上，昂聲說道：「啥潲？你們雄雄狂狂走入來阮厝內，一開喙就欲揣我囝婿去派出所問話，恁到底將我當做啥？」

「李太太歹勢啦，阮做代誌無想清楚，佇遮向妳會失禮，實在真歹勢。」矮瘦警察壓著高大警察的後背，一起向母親鞠躬道歉。

紙蓮花女王的威名，連警察都要敬畏三分。

「抑無恁就佇遮問，我欲聽看覓阮囝婿到底犯著啥物法？」

「李太太，阮警方偵查無公開，去派出所問代誌嘛攏有一定的程序。」

「程序？你叫是我毋捌恁的程序嗎？所以拄才講彼寡話嘛是程序囉？」

「不是啦，彼是阮的毋著，無好好仔將話講清楚。」

這時，老爸和里長阿伯氣喘吁吁地從門口跑進來，應該是有人私下跟他們通風報信，而母親剛剛的暴怒，看樣子是拖時間的緩兵之計。

「是啥物代誌，愛兩个警察來坤昇仔厝內問東問西？」里長阿伯問警察。

「無啦，就伊囝婿有一寡案情愛調去派出所問。」矮瘦警察說。

「按呢我佮伊做夥去。」里長阿伯說。

「好啦，逐家攏做夥去。」

於是兩個警察、里長阿伯、老爸和矮子邱，一起上了警車前往派出所。

1 定定（tiānn-tiānn）：常常

2 𪜶（in）：他們

這天晚上，母親難得哄我們睡覺。她在我們的床邊講了很多老掉牙的故事，我和妹妹也很買帳，聽一聽就睡著了。

這或許是母親最後一次講床邊故事給我們聽，再過不久，就得換成我們講故事給小妹妹還有外甥聽了。

午夜時分，父親、里長阿伯和矮子邱才回到家裡。果不其然，矮子邱出事了，他把自己的帳戶借給人家當詐騙人頭戶，警方還懷疑他是取款的車手。

這下子事情真的大條了。

第二十一章　女王的主場

母親是個家庭主婦，生活就是成日繞著老公孩子轉：煮飯、洗衣、掃地、指導我們功課，偶有閒暇時間則做做紙蓮花。她本以為孩子們長大一些，能有多一些時間過自己的生活。沒想到前陣子老爸換工作，當起流動攤販，母親只好當他的幫手，又開始忙進忙出，接著就不小心懷孕了。母親的生命史看起來是個傳統的女性，但真實的她卻一點都不傳統。

在母親的床頭櫃上有個小書架，書架上的書不超過十本。她不買書，書全都是從圖書館借來的，我們不知道她是用什麼時候看書，只知道書架上的書流動率很高。長大一些才知道，母親書架上的作者可大有來頭，有時連尼采、榮格，或是蘇珊桑塔格的大名，都曾經出現在書背上。

母親的睿智不是與生俱來的，而是閱讀讓她跳脫裡頭社家庭主婦的侷限，凌空萬里，用更廣闊的視野看全局。

其實我很支持她出來選里長，這樣能讓鄰居見識一下母親不只是紙蓮花女王，還是裡頭社的女王。在沒當里長之前，紙蓮花女王的主場在我們李家，是我們家無形的強大支柱。

前幾天爆發的矮子邱事件，真的非常大條。

原本就不喜歡矮子邱的老爸立刻發難，在吃飯時間鄭重地向全家宣告：「明天要召開家庭會議，討論一下政瀛的事情，請大家八點準時列席。」

聽到老爸這麼說，我偷偷看了妹妹一眼，發現她也在看我，我向她使了個眼色，然後將目光投向母親，她對老爸的話語完全沒反應，只是低頭吃著眼前的小魚干。

母親在懷孕之後特別愛吃某個牌子的小魚干，一天可以吃好幾包。

隔天晚上，阿嬤、阿屘叔公、矮子邱的媽媽，還有我們一家人都到齊了。大人們坐在沙發上，除了懷孕的大姊有張椅子坐，其他的小孩們都只能站著在一旁。

會議以討論矮子邱案情開始：雖然矮子邱一直喊冤，警方還是認為他是詐騙車手之一；邱媽媽說邱家已經找好律師，是阿嬤長期配合的錢律師。

矮子邱的案情並不複雜，在邱媽媽說明完後，大人忽然都靜了下來，客廳裡的十個人陷入了長長的沉默之中。

所有人都在等老爸開口。

但老爸並沒有說話，他在等待時機，讓大家的情緒累積到一定程度，才想開口。幾分鐘過去，所有人的臉色越來越難看，只有老爸用眼鏡鏡片下的雙目，不斷掃視著我們。過了一會兒，老爸終於說話：

「其實我們都願意相信政瀛是無辜的。帳號借人是幫助詐欺罪，不是什麼重罪，又加上政瀛未成年，可能就只是緩起訴了事。但當詐騙車手……這可不是開玩笑的。」

「親家，我們政瀛說他沒有當車手，他只是載朋友去領錢而已。」邱媽媽說。

「你們邱家要怎麼說那是你們的事情，人家警察又不這麼想。」老爸說。

這時換矮子邱按耐不住了，抗聲道：「我真的沒有當車手，是警察要我朋友亂咬的。」

「政瀛啊，你現在吵這些沒有用，重點是案子如果到了法官那邊要怎麼判。如果法官判你要去關，李愉跟孩子該怎麼辦？」

「我沒有犯罪，他憑什麼關我？」

矮子邱生氣了，頭腦簡單的他落入老爸的語言圈套中，老爸的目的是要讓矮子邱在所有人面前表現出他「不是個能負責任男人」的樣子。

「我是說『如果』，」老爸又拉長聲音叫了矮子邱的名字：「政瀛啊，你要把所有可能會發生的事情都一起想，你是要當爸爸的人了，還那麼粗線條不會想。你要回答我，如果不幸進去關該怎麼辦？」

矮子邱被老爸的話激的臉色一陣紅一陣青，回答也遲疑起來。

「如果真的進去……我出來以後會好好做人，努力賺錢照顧家裡。」

「上次摔車你也說以後要好好做人，結果還不是跟人家跑去當……。」

這次換邱媽媽打斷老爸的話：「親家啊，阮囝無做車手啦！」

父親自然不甘示弱，也提高聲量說：「如果政瀛要進去關很久，我女兒跟孫子該怎麼辦？你們要給我一個答案啊！」

「怎麼辦？看著辦啊！」

我們家的女王，終於說話了。

所有人都目光都投向母親，在大事發生時，母親就是家中的意見領袖。

「以前的事情我都不想講啦，但現在不講也不行。李仔坤昇，你別忘了你女兒兩歲的時候發生什麼事？你當時不也進看守所蹲了快一個月嗎？當初我什麼都沒想，就是看著辦，不然要怎樣？你該感謝我當初沒跑回家，就這樣傻傻嫁給你。任何人都會做錯事，被處罰過，出來改過就好了。人要看本質的，我當年覺得你本質不壞，所以等著你出來改過向善，政瀛的本質很好，就只是還沒找到人生目標而已。你都可以改過了，政瀛也可以啦！反正，我現在看著政瀛，就像看著當年的你一樣。」

這下子換老爸臉色難看了，因為母親說出我們從來不知道的往事。從小我們只知道老爸以前在外頭混過，但不知道他曾經坐過牢。

母親接著說：「關就關，沒什麼大，這種小案子也關不了多久。而且李仔坤昇你這個老番顛，知道什麼是無罪推定嗎？警察才在調查而已，連有沒有要送地檢署都不知道，你自己就先當法官把女婿給判個五年、八年。那麼愛當國民法官，怎麼不去跟法院申請？你在想什麼我都知道，你就是反對李愉跟政瀛結婚，想讓我的女兒沒老公，孫子沒爸爸。我沒說錯吧？」

「我沒有好嗎？哪個爸爸會這麼狠心？」

「你是不想，但你的行為就是這樣啊。」

「嘿！我只是很務實在談這件事情，拜託妳不要把它無限上綱，說什麼我想破壞女兒的幸福，我才不是這種人咧。」

「那好，我再問你。你覺得我們跟邱家是一家人嗎？」

「還沒結婚哪算得上一家人？」

「那就讓他們結婚啊，結了婚你就不會把政瀛當外人看待，大家就會同在一條船上了。」

這一幕簡直太精采了，母親在主場徹底擊敗來犯的老爸。老爸的盤算是利用家庭會議取消大姊和矮子邱的婚約，沒想到母親反將他一軍，把想跳船的老爸給牢牢綁在船桅上。

「對啦，當年你嘛是對看守所出來才佮淑惠結婚啊，個厝內是反對佮欲死咧，抑毋是我提錢去𡳞的。」

阿嬤在無意間又爆了個猛料。

會議結束，老爸屈服了，大姊回矮子邱家住，阿嬤與阿屘叔公也回去了。

我在回房間之前，聽到母親拉住老爸的衣襬，用撒嬌的方式對他說：「親愛的老番顛，我想欲食滷味，敢會使去社子彼攤幫我買無？」

老爸看樣子還在生氣，一聲不吭。

「唉唷，翁仔，拜託一咧，我枵[1]，李樂嘛枵呢。」

老爸還是沒說話。

「你莫抾恨啦，我真正足枵，拜託啦。」

老爸重重咳了一聲，這才說：「欲食啥啦？」

這話讓背對他們的我忍俊不住，竟然笑出聲音來。

「笑啥貨，囡仔人有耳無喙，莫偷聽大人講話！」

母親有點嬌嗔的聲音，從客廳傳來。

1 枵（iau）：餓。

第三部　男朋友

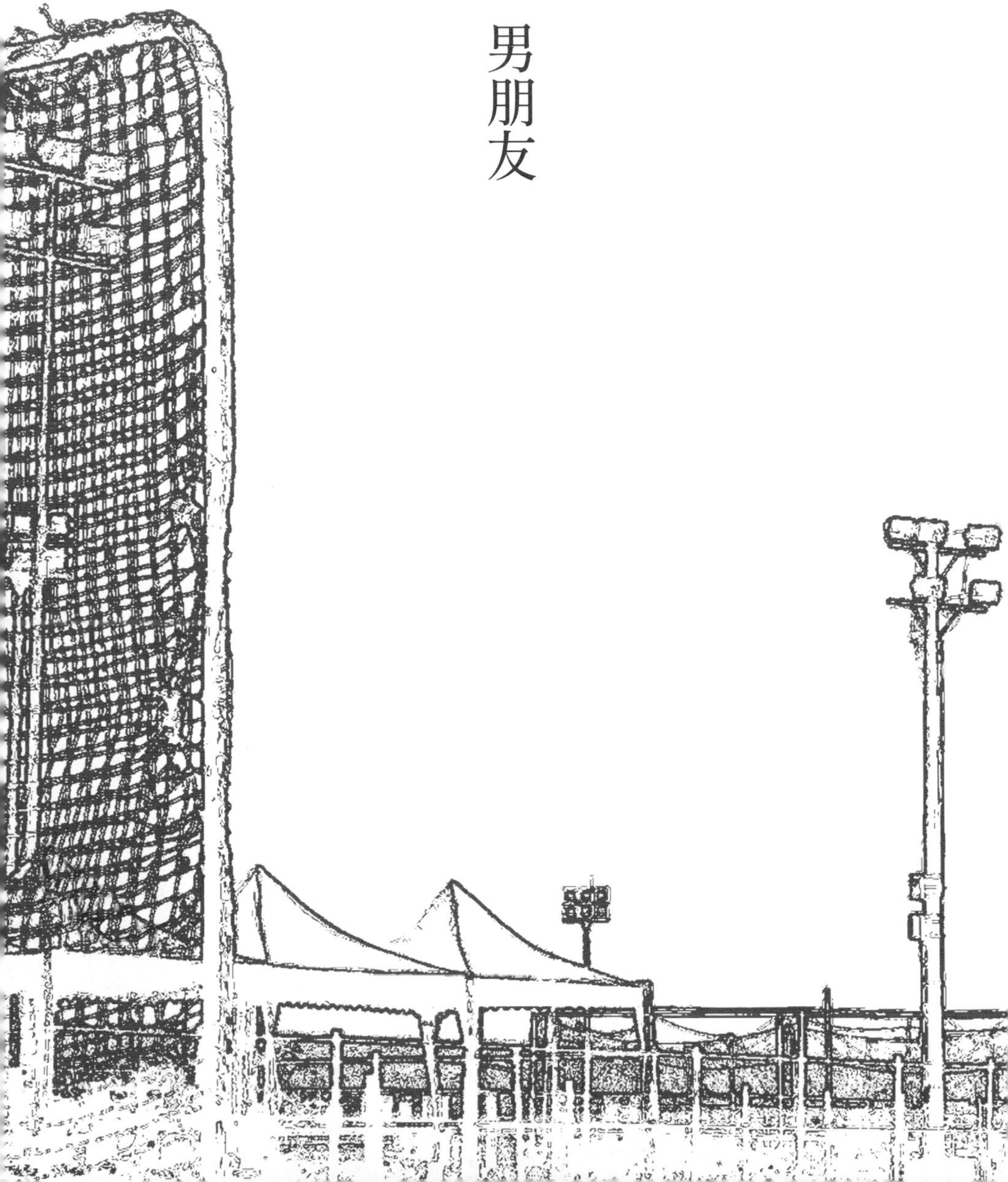

第二十二章　「班醜」閻世熜

王文彊傷癒回來上課，我本以為他會繼續緊迫盯人，沒想到他好像恢復「正常」了，跟我的相處就跟以前一樣。

難道是這顆觸身球讓他想通了嗎？我還滿希望是這個樣子。

倒是胡孟暉，我覺得他好像心情不是挺暢快，下課時很少來找我。

誰說男孩子都是粗線條？一個比一個還要少女心咧。

我就這麼過了一個平靜的週間，直到禮拜五早上。

一如往常，我一早就搭車到捷運站，準備換另一班公車。

有個背著我們學校背包的潮男，湊近到我身邊。這個人有些奇怪，也不好好排隊，就站在我身邊低頭玩手機。

我覺得這個人有點像閻世熜，但這個人沒穿校服，也沒向我打招呼，再加上我沒戴隱形眼鏡，在視線模糊的情況下也不好亂認。還有，閻世熜昨天跟我說他今天早上有事，要下午才會到校。

這個人給我的感覺實在太奇怪了，我從書包拿出眼鏡戴上，佯裝看書，實際上是用眼角餘光端詳身旁這個人。此人上半身穿著軍綠色的襯衫，下半身則是直筒長褲，腳上踩著一雙名牌棕色高筒靴，臉上戴著墨鏡，還抓了個刺蝟頭，算是會讓人想多看幾眼的人。

對方好像發現我在偷瞄他了，我趕緊將視線回到書上。
看沒幾行字，我想越覺得不對勁，旁邊這人的衣服怎麼跟那天我跟閻世熄去買的那麼像啊……
我猛然抬頭看向旁邊的潮男，發現他一直在看我。
這不就是閻世熄嗎？
閻世熄忍不住笑了出來，對我說：「班花你傻了嗎？怎麼認不出我來？」
「你的變化真的太大了，我認不出來。」
「是好的變化還是壞的變化？」
「好的吧……。」
「那週末可以去西門把妹了。」
「快點去，記得多把幾個唷。」
我話鋒一轉，問閻世熄說：「不過你今天不是早上要請假嗎？」
「我爸媽十一點的飛機，八點半再出門就好了。」
「所以你是刻意來向我炫耀春季新裝嗎？」
「嘿，班花你幹嘛這樣講，這些衣服可都是你挑的呢，那是成果展示，不是炫耀。」
「有的東西不是我挑的吧，那天沒有買墨鏡，而且你還去剪頭髮。」
「哼，你以為只有你會挑嗎，我自己也會買東西好嗎？至於這顆頭，可是花了我七百塊剪的呢，不錯吧？」
「是很不錯，不過你就是要我一直讚美就對了？」

「是的，補師快開啟讚美模式吧。」

「白痴喔。」我推了閻世熜一把。

這時公車進站了，閻世熜對我說：「車來了，你快上去吧，免得沒位置又要站。」

「好啦！」

我順著人龍往車門口移動，身後傳來閻世熜的聲音：「下午放學後我想特訓，你留下來幫我餵球吧，順便問文彊能不能一起。」

我只能回答一句「好」，就被人群擠上車了。

其實這聲好，在我心裡也只是好一半，因為我不知道該怎麼與王文彊說話。

到了學校，我把這個任務交給蕭智麒，他去問的結果自然是被王文彊拒絕了。

「我爸媽在學校裡有眼線，讓他們看到我碰棒球就慘了。」王文彊對蕭智麒說。

既然王文彊都這麼說了，就據實以告吧。

下午閻世熜出現了，早上那漂亮的頭髮塌掉一半，腳上穿回原本骯髒的白色破運動鞋，上半身穿著制服，下半身則是太過寬鬆的籃球褲。

「班花，你幹嘛那個表情？」閻世熜問我。

「你現在一點都不潮，造型好糟。」

「在學校裡哪需要什麼造型？」

「雖然在學校不能穿漂亮衣服，但也可以稍微打扮一下啊，你看很多人穿制服也是很帥嘛。」

「班花你想當我女朋友喔，怎麼管那麼多？」

「你胡說什麼？」

「班花配班草，班對耶。」

「你又不喜歡男的。」

「對厚，那你要失望了。」

「而且你穿得那麼醜，只是班醜，不是班草。」

「不跟你抬槓了，」閻世熜接著問：「文彊怎麼說？」

我搖了搖頭，說：「人家父母都嚴禁打棒球了，我們找他豈不是害他嗎？」

「那就只有你這個肉腳陪我練習啦。」

「你可以找強一點的，不要找我這個肉腳。」

「開玩笑的，是因為班花你人最好，所以才找你的。」

閻世熜又搔了搔我的腦袋，把我的頭髮弄亂。

個子高的人真的很討厭。

晚春的臺北城午後下起雨來，天氣忽然變得又濕又涼，大多數的人都只穿短袖，被突如其來的寒意逼得瑟瑟發抖。

還好我書包裡有件新買的棒球風衣，剛好可以保暖。

這雨說大不大，說小不小，不過操場上倒是一片濕漉漉。放學後閻世熜喊肚子餓，說要到校外買些東西進來吃，讓我先幫他把書包和裝備帶到操場。

原本閻世熜還找了胡孟暉和蕭智麒，胡孟暉說晚上要補習，蕭智麒則看天氣不好打了退堂鼓。結果還是我一個人要陪閻世熜公子練劍。

我獨自一人走向操場，忽然有個身影從前方走廊走了出來，那是我熟悉的人——王文彊。

王文彊看到我便停下腳步，就在我前方等待。

我走了過去，先發制人，問王文彊道：「你怎麼還在學校？不回家嗎？」

「現在還早，不太想回家，來看你們練習。」

「天氣那麼差，我看練也練不久吧。」我說。

「沒關係，練完我跟你們一起走。」

「你只穿短袖，真的不冷嗎？」

「還好，我不怕冷。」

操場上淒風苦雨，王文彊陪我躲在司令台的屋簷下，強勁冷風吹亂了我的頭髮，我用手把它撥好。

「你頭髮長了，該去剪一剪了。」王文彊對我說。

「嗯……過幾天去剪。」

雨中，兩個男孩並肩站在司令台的屋簷下。

除了微微雨聲，四下寂然。

第二十三章　第一次

猶如後母翻臉般快速的晚春天氣，中午還熱到得在教室裡開電風扇，沒想到下午五點氣溫竟然降到低於十八度，潮濕的天氣加上開放的操場空間，這寒意更使人難以招架。

我和王文彊靠著牆，站在司令臺的屋簷下。

一陣冷風吹來，我發現王文彊竟打著哆嗦。

（這傢伙明明就會冷，還嘴硬說不冷。）

我打破沉默，開口問王文彊說：「你真的覺得不冷嗎？」

「還好。」王文彊嘴上這麼回答，身子倒是誠實地縮了起來。

我從書包裡拿出一件放在塑膠袋裡的棒球風衣，遞給王文彊，說：「這件先你穿上吧。」

王文彊接過風衣，面露疑惑的表情，對我說：「你怎麼又有一件風衣？」

「其實這件本來是你的，上禮拜廠商送貨來，學長叫我拿給你，但你上禮拜請假，又說不打球了，所以風衣就沒拿給你，一直放在袋子裡。現在天氣冷，我剛好想起還有這件，你就先穿上吧。」

王文彊真的冷到了，打開塑膠袋，穿上風衣。

風衣的配色滿適合王文彊的黑皮膚，穿上身後整個人帥了一些。

如果他可以再多生點肉，會更好看。

過了一會兒，我問王文彊：「比較不冷了吧？」

「嗯，風衣挺保暖的。」

「學長挑的東西都不會差的，你穿起來好有氣勢，不打球太可惜了。」

「嘿，你們一天要講幾次不打球的事？不能打球我也覺得很難過啊。總之現在事情還在風頭上，等一、兩個月後，我再跟父母談看看嘛！」

「對不起啦……。」

王文彊學著閻世熜的舉動，搔了搔我的腦袋，把我的瀏海弄亂。

我再次努力將頭髮撥回來，對王文彊說：「如果是兩個月後才回來，北區聯賽就打一半了耶。」

下個月中旬大臺北地區高中球隊的大賽——臺北區中等學校棒球聯賽——即將盛大展開。

「我們球隊這種陣容，我打不打都進不了複賽的。」王文彊說。

「嘿！你什麼時候開始說起洩氣話了？之前輸球都是你在鼓舞士氣呢。」

「那是以前還是隊員啊，總得昧著現實講一些騙人騙己的話，現在我離開了，自然要誠實把話告訴你。」

「你太誠實了。不過，球隊爛歸爛，還是很需要你嘛！」

「學長不是說要找新人嗎？還有班花你也可以參加練球，守外野不困難的。」

「你別虧我了，我這種底子，怎樣練都練不起來。」

就在我和王文彊難得破冰閒聊之際，閻世熜拿著食物和飲料出現在操場那頭，他看到我們躲在司令臺下，便三步併做兩步跑了過來，說：「嘿，文彊你也在喔，是要跟我們一起特訓嗎？」

「我不能打球，只是來看你們練習的。」

閻世熜手上拿了兩個關東煮的碗，裡頭放著食物和熱湯。

「在一邊看不會手癢嗎？」閻世熜把一個保麗龍碗遞給我，一邊問王文彊。

「當然手癢，心更是癢到不行。但如果偷打球被我父母知道了，那可真是『代誌大條』，所以我在旁邊看就好了。」

「好吧，不過天氣那麼冷，一起吃關東煮吧。」

閻世熜從碗裡拿了一串貢丸給王文彊，我也拿出一支黑輪給他，王文彊沒在客氣，接過食物張口就吃。

對嘛！這才是同學之間的感情啊，為什麼一定要搞得這麼僵呢？

同學之間的友情，隊友彼此的關心，加上熱騰騰的食物，一下子就將我們身上的寒氣給驅散了。

「吃飽了，開練吧！」閻世熜拿出手套，向著空蕩的操場大聲吆喝。

老天爺似乎也被我們的熱情所感動，雨停了，原先籠罩在天空的烏雲散開了一些，從縫隙裡透出蔚藍的青空。

潮濕的操場草地無法做太多練習，我和閻世熜丟了一下球，把身體熱開。

這種熱身接傳在棒球術語裡叫「catch ball」，日本人把它讀成「キャッチボール」，至於臺灣人就直接喊成「ke-ji-boo」或「KGB」了。

「班花，你最近接球進步很多耶，都沒什麼漏接。」

閻世熄丟了一個不慢的球過來，我用手套牢牢接住，投回給他，說：「因為我不想讓球掉到地上弄濕。」

王文彊在一旁說：「班花，你好好練，我的缺就讓你扛了。」

被王文彊這麼一說，我瞬間恍神，漏了閻世熄丟過來的球。小白球在地上不斷滾動，直滾到操場另一頭。

「Sorry，我去撿球。」

我轉身跑去撿球，心想：「暫且不論技術好不好，我真的還沒做好上場的準備……。」

總算把球撿了回來，但這顆球長時間在潮濕的草地上滾動，已經被雨水沾得又濕又重，無法再用了。

閻世熄從球袋裡拿出一顆乾球，丟向我——這次不能再漏接了，我將球緊緊接在手套裡。

「我丟快一點喔，把手臂再熱開一些。」閻世熄說。

「好。」我擺好姿勢，迎接閻世熄的快速球。

之前隊長安鴻正曾帶過測速槍來幫全隊測球速，閻世熄是除了學長以外，球速最快的球員，可以丟到115km/h。學長看到這數字，眼睛大為一亮，當下就叫閻世熄開始練投手。至於我的球速嘛——別提啦！用盡了吃奶力氣丟也只有88km/h。

閻世熄的球真的好快，丟過來的時候都有嘶嘶的破風呼嘯聲，接得我心驚膽戰。

「嘿，你要來幫我接嗎？我好怕被他的球打到喔。」我向屋簷下的王文彊求救。

「我是很想幫你，但是……不行。」

唉，我只能硬著頭皮接了。

我差勁的接球技術加上闔世熜尚需鍛鍊的控球水準，一連幾個球都飛到我身後，在草地上全弄濕了。

「球都濕了，先休息一下，然後打個網吧。」闔世熜說。

「打網」也是棒球術語，基本上是兩人一組，一個人將球拋給打擊者揮擊。球會往一個移動式的打擊練習網中打，所以球不會亂飛，都會掉在網子裡。一次打網大概會打二十至三十球，然後換人。透過打網，可以發現打擊者的姿勢跟揮擊軌跡有沒有問題。

闔世熜跟王文彊一起從儲藏室裡搬來打擊練習網，放到定點。

「你要打一下嗎？」闔世熜問王文彊。

「齁，你又在引誘我了，我不能碰棒球啦。」

「你是用球棒碰啊，又不是用手去接。」

「你這傢伙真的很討厭耶。打就打，但你們要保密喔。」

我們三個都笑了。

王文彊走到屋簷外，說：「雨停了呢。」

「老天爺為了你久違的打擊練習把雨停了啊。」闔世熜說。

「少胡說八道了。」

王文彊從球棒袋裡拿出一根黃色塗漆的球棒，說：「這支的塗裝也太閃亮了吧。」
「那是新的公用球棒。」我回答道。
「原本那根呢？不是用得好好的嗎？」
「之前練球被我打裂了。」
王文彊用不可思議的表情看著我。
「你打斷鋁棒？也太猛了吧！」
「那根爛棒子不知道已經打了幾年，之前在打的時候棒身的裂痕已經很大了，班花是運氣好，棒子一碰到球就斷了。」閻世熜說。
王文彊拿起球棒，揮了幾下，說：「好像比之前的輕一些，揮起來挺順手的。世熜，球棒打球過了嗎？」
「還沒，本來是今天練習要第一次打。」閻世熜說。
「那它的第一次要給誰呢？」王文彊講起怪怪的雙關語。
「我都可以，我沒有那種奇怪情結。」閻世熜說。
「班花呢？」
「我那麼弱，打不到甜蜜點棒子會壞掉吧。」
「那就交給我吧。」
王文彊拎起球棒，站到網前揮棒。
「不過我需要打擊手套。」王文彊說。
打擊的時候大多數人都需要戴打擊手套，一來防止球棒不慎脫手而出，二來可以避免手掌與球棒握把過度摩擦而破皮。當然也有那種天生很厲害的人，完全不需要戴打擊手套。另外，打擊手套常被球員們簡稱「打套」。

「就先拿我的用吧。」閻世熄說。

「你的喔……我覺得有點噁心耶，上頭一定有很多陳年手汗。有比較新的嗎？」

「哪會噁心？那可是吸附很很多我的強打靈氣呢。如果你要新一點的打套，那就得看班花有沒有了。」

我從裝備袋裡拿出仍然嶄新的打擊手套，它只用過兩次。

我把打擊手套拿給王文彊，他看了看，問我道：「你的打擊手套好新喔，有用過嗎？」

不等我回話，閻世熄竟接話說：「沒用過才好啊，很緊呢。」

這無聊的黃腔竟然讓我耳背一陣發燙，低頭看著草地，完全不敢看王文彊。

連天空也感染到尷尬的氣氛，突來雨絲竟隨風緩緩飄下。

第二十四章　告白要選在公車上

我是個害羞的人，就算喜歡人家也不敢說出口，只在心裡偷偷喜歡。

至於向我告白的人呢？

我小時候長得白白嫩嫩的，偶爾有幾個女生曾經對我告白過，但她們都沒成功。

畢竟我沒那麼喜歡女生。

唯一告白成功的人是男生李漢宇，那次告白的場所、氣氛，還有時間點都很奇怪。

還記得那天放學，李漢宇從身後叫住我，說：「嘿，李勤，你今天晚上要吃什麼？」

「回家吃啊，我媽有煮晚餐。」

「我媽也有煮。」

「那你幹嘛問這個問題？」

「因為我不想吃我媽煮的。」

「那你想吃什麼？」

「我想吃漢堡。」

「吃漢堡可以去士林吃。」

「那你呢？」
「不是跟你說過回家吃啊。」
「跟我一起去吃漢堡如何？」
「我媽會唸，而且漢堡很貴。」
李漢宇拿出手機，點開一個網頁讓我看。那是一張折價券，上頭寫著「買巨無霸套餐，送小套餐」。
李漢宇對我說：「我花錢買巨無霸套餐，你就吃送的小套餐，這樣就不用花錢了。」
「不行啦，我媽煮好了不回去吃，剩飯剩菜太多她會不開心。」
「那我去你家幫你跟她講。」
李漢宇拉起我的書包背帶，就往我家的方向走。
我們在路上碰到穿著跆拳道服的妹妹，她正要去練習。
「嘿，李快小朋友，妳好啊。」李漢宇嬉皮笑臉地喊著妹妹的本名。
妹妹最討厭「李快」這個名字，更何況是出自哥哥的白目同學，臉色一沉，直瞪著李漢宇。
如果這事發生在現在，妹妹可能就直接開扁了，不過兩年前的她身高還不到一五〇公分，跆拳道也剛入門不久，是打不贏已經長個子的國中屁孩李漢宇的。
妹妹氣嘟嘟地走了，我和李漢宇繼續往我家方向走。才剛接近我家大門，母親從門口跑了出來，手裡拿著妹妹的護具，對我說：「兒子呀，你回來的正好，幫我拿去你妹妹，我在煎魚走不開。」
李漢宇不等我開口，直接問母親道：「李媽媽，我跟李勤想去市區吃晚餐，可以嗎？」
「隨便啦，先把東西拿去給你妹妹再說。」母親把護具塞到我手裡，一個轉身就奔往廚房。
母親的料理程度很普通，但卻特別愛做魚的料理，因為她喜歡吃，只是她最不會做的也是魚料理，常常把魚給煮爛或煎焦。

一股焦味從屋內傳來，我想這尾魚應該是煎壞了。

我突然慶幸自己不用在家吃晚餐。

當時的妹妹還沒現在彆扭，收過護具向我說了聲謝謝，接著對我說：「你那個同學太可惡了，下次再聽他這樣叫我，我一定要蓋他布袋丟到河裡。」

「放心啦，以後一定叫他閉嘴。」

送完東西給妹妹，李漢宇和我一起走到公車站。不久，公車來了，我們一同上車，就坐在車子後方兩人坐的椅子上。整路李漢宇都在聊遊戲的事。我對這些手機遊戲，真的不是很懂。家裡那臺桌上型電腦是四個小孩共用，沒什麼機會可以玩遊戲，而我手裡的手機也是兩年前的舊款，只能玩玩簡單的小遊戲，那種需要強大硬體配合的線上對戰遊戲，我的爛手機根本跑不動。

「十八號，你都不回話耶。」李漢宇問我。

我的座號是十八號，李漢宇的座號則是十九號，我們常以座號稱呼彼此。

「你講遊戲什麼的，我都不懂，沒辦法回應。」

「那我要講什麼你會比較懂？」

「你可以跟我聊美劇。」

「我又沒看美劇，怎麼聊？」

「那是你的問題，怪我囉？」

「那不然——」李漢宇想了想，說：「我們聊愛情好了。」

「國中生聊什麼愛情？」

「為什麼國中生不能聊愛情？很多人國小就在談戀愛了。」
「那是他們在談戀愛，我沒有啊！」
「聊一下又無妨，你緊張什麼？我先問你，你喜歡的男生還是女生？」
「什麼？你這是什麼怪問題？」
「才不怪咧，現在很多人是同志或是雙性戀，要尊重與你對話人的性傾向。」
「你哪時懂這麼多了？」
「性別議題本來就是該關心的事情啊。」
「好啦，別說教了。那我問你，你喜歡男生還是女生？」我以其人之道還治其人之身。
「應該是男生吧。」
李漢宇答的是如此輕描淡寫。
我傻了，壓根想不到竟然有人那麼大方承認自己喜歡男生，而且這個人還是我的國中同班同學。市區的人也太開放了吧？
「那你喜歡男生嗎？」李漢宇又問。
「不算討厭吧……。」
「那你討厭我，還是喜歡我？」
李漢宇是長得不錯，但我對他真的還不到喜歡的地步啊……
「還好。」我說。

「但是我喜歡你耶。」

什麼！

所以這是告白嗎？

嚇！我被男生告白了！而且還是同班同學。

第二十五章　公園是告白的好地方

被李漢宇這麼一告白，我真不知道該怎麼回答。

「幹嘛不說話，你不喜歡我嗎？」李漢宇問我。

「我……我……還好啦……。」

「還好，那你之前為什麼要握我的手？而且還對我好？」

呃，李漢宇，你是真笨還是裝傻？那天你明明在堤防上哭，我是看你可憐才牽你的手安慰你，你怎麼可以亂解釋成我喜歡你？

「這只是……只是朋友的行為……。」我的回答有點支吾。

「嘿嘿，十八號，你臉紅了喔。」

「有嗎？」我用雙手遮住臉頰。

「我喜歡你，你也喜歡我，我們交往，如何？」

李漢宇你在亂講什麼！我沒有……才沒有喜歡你咧！

「臉紅不講話？是太感動嗎？」

我沒說好，也沒拒絕，就這麼陰錯陽差地開始與李漢宇八個月又十一天的交往。

我的初戀定情地是公車，定情物是李漢宇點巨無霸漢堡餐贈送的小漢堡套餐。

最討厭的是，我那天沒吃飽。

好不容易輪到我打完網，天也黑了。

閻世熜對我跟王文彊說：「看不到球啦，可以解散回家了，希望明天比賽可以打好一點。」

我們一起把打擊網和公用的球具搬進儲藏室，然後回到司令台，拿起自己各自的東西，一起離開夜色晦暗的操場，走出校門口。

「文彊，你應該是要去坐捷運吧？那就先說再見囉。」閻世熜說。

「不，我跟你們一起走。」

「我們是要去搭公車往士林，跟你家完全反方向耶。」

「沒關係，我跟你們走一段路。」

我和閻世熜都以為王文彊想在路上跟我們說些什麼，沒想到走往公車站牌兩百公尺的路上，三個人都沒說話。

公車站牌就在眼前，王文彊才突然開口說：「阿熜，我想找班花私下聊些事情，你可以自己先回去嗎？」

「私下聊事情」……該不會……

原來王文彊還沒死心啊。

我在心裡祈禱閻世熜對王文彊的奇怪舉動提出質疑，沒想到閻世熜卻說：「你們還有事喔，那好吧，我先回去了。」

閻世熜伸了個大懶腰，張著嘴用含糊的聲音說：「今天東奔西跑又練球，我累死了，班花我就不跟你一起回去囉。」

「好！」王文彊幫我回答倒是很快。

公車半分鐘後就到了，我和王文彊目送閻世熜上車離去。

「我們去旁邊的公園吧，我有話想對你說。」

不用想也知道王文彊想說什麼。

該來的還是會來。

王文彊是個本性善良的人，但就是太過熱情，甚至到了有點偏執的狀態。像我就是懶，對事情總提不起勁，也不愛被控制和強迫。在我眼裡，王文彊的外型實在有點普通，頂多是一般男孩子的外表，有些樸實，倒給人一種安定感。其實最傻的人是我，要不是胡孟暉提起，我根本不知道王文彊喜歡我。

因為下雨的緣故，小公園裡沒人。王文彊從書包中拿書紙巾，將長椅上的雨水擦乾。

「我們就坐這兒吧。」

我和王文彊坐了下來。

公園裡十分靜謐，我靜靜等候著，等待王文彊開口說話。

「今天——」沉吟了一會兒，王文彊終於開口說話：「我其實滿開心的……。」

王文彊的聲音有點沙啞，帶著些微顫抖。要告白嘛！總是會緊張發抖的。

我沒回答，讓王文彊自己說下去。

「我本來以為你會討厭我、躲避我，沒想到還是當朋友。」王文彊說。

「你想太多了，我們一直是朋友啊。」我說。

「你知道情人節的巧克力是誰送的嗎？」

「我知道啊，真是謝謝那個送巧克力的人。」

王文彊低頭看著地面，用腳踩了踩潮濕的落葉，對我說：「其實我喜歡你很久了。」

「是有多久啊？」

「一年級開學沒多久就喜歡上你了。」

「不錯啊。有人喜歡我，感覺挺幸福的。」

「你那麼多人喜歡，當然很幸福。」

「很多人喜歡？是誰呀，我怎麼都不知道？」

「孟暉啊，阿熜啊——」

我笑了出來，覺得王文彊好天真，便對他說：「胡孟暉喜歡的是女生，我還陪他跟女生吃過飯咧，他會跟你對嗆是想保護我，才不是喜歡我咧。至於阿熜，他對每個人都是這麼好啊！」

「是這樣子嗎？那高昊呢？」

「高昊？」

王文彊所說的高昊，也是我們的同班同學，是個數理狂人，常常去參加各種科展或競賽。我跟這樣的人很難有交集，同班這麼久連話也說不上幾句。高昊是活在自己的科學世界裡，不太搭理別人。

「巧克力就是高昊送的。」

呃，我跟胡孟暉一直都以為巧克力是王文彊送的……

「高昊？他為什麼要送我巧克力？」

「他也喜歡你呀。」

我努力在腦海中翻找高昊的臉，好不容易才浮出那張有點嬰兒肥，戴著厚重鏡片的面目。

「這個嘛……高昊真的不是我的菜呀。」

「我也這麼覺得。不過，你的菜是哪種類型呢？」

王文彊應該很想要我直接回答「你就是我的菜」吧。

就在我不知道如何回答的同時，手機響了。

我從書包裡拿出電話，竟然有八通未接來電，哎呀！怎麼完全沒注意到手機？

來電者是母親的號碼，我趕緊把電話接通。

電話那頭傳來是小妹急促的聲音：「哥！你跑去哪裡了，都不接電話。媽媽現在在醫院，你趕快過來。」

「怎麼了？為什麼會在醫院？」

「媽媽下午突然羊水破了，肚子裡妹妹的狀況好像怪怪的，緊急送到醫院觀察，現在已經進產房了，你快點過來就對了！」

我記得母親的預產期是下個月底，現在才月中就進產房，那不就是早產嗎？

王文彊見我臉色不對勁，連忙問：「怎麼了嗎？」
「我有急事得先走了。」
「什麼急事？」
「我媽現在在醫院裡！快生了！」
聽我這麼一說，王文彊也楞住了。我沒時間理他，拿起書包和提袋，快步離開公園，剛好路上來了臺計程車，我直接跳了上去。
王文彊追了過來，隔著車窗對我說：「希望李媽媽和baby都可以平安。」
「好，謝謝你。」
計程車往醫院的方向急馳，我的心中惶恐不已。若是母親和李樂有什麼三長兩短，什麼談戀愛、交往全是空話。
我閉上眼睛，雙手合十，替母親和李樂的安危默禱。

第二十六章　李樂的翹屁股

計程車到了醫院，我衝入大門，像無頭蒼蠅般亂闖。

在哪裡？我媽在哪裡？

「同學，你在找什麼？」熱心的警衛把我攔下來。

我這才回過神來，問警衛道：「我媽媽來你們這裡生孩子，她的病房會在哪裡？」

「婦產科病房應該是在三樓，不過你最好是打電話給你家人問清楚。」

與警衛的對話讓我情緒穩定了些，拿出手機發訊息到家人的群組裡，但過了一會兒訊息都沒人回，再打電話給爸爸和妹妹也沒人接。

我對警衛搖了搖頭。

警衛指著電梯的方向，對我說：「你去三樓問護理站看看吧。」

我急匆匆地進了電梯，到了三樓開門，就看到矮子邱在等電梯。矮子邱滿臉愁容，眼眶泛紅，好像剛哭過。

「嘿，你怎麼了，我家人在哪裡？」我拉住矮子邱問道。

「媽媽在三一二號房。」

「那你要去哪裡？」

「我去樓下抽根菸。」

我沒時間理矮子邱，直奔病房，心中忐忑不安。

（矮子邱為什麼要哭？）

二姊和阿屘叔公靠在病房外的牆邊聊天。

二姊看到我，開口問道：「你怎麼現在才來？」

「我放學後去練球，忘了看手機。」

「買給你手機跟白買一樣，有急事也找不到。」

二姊連這種時候也要酸我。

「你們怎麼在外面？」

「媽媽在擠奶給妹妹喝，爸爸、阿嬤都在裡頭，人太多了，我們就先出來。」

「媽媽還好嗎？」

「媽媽應該還好，妹妹比較不好一些。」

「怎麼說？」

「妹妹因為早產，所以要先住在新生兒加護病房。主治醫生說妹妹目前狀況還算穩定，不過還是需要密切觀察，得住院一陣子才能回家。」

「拄出世煞愛留佇病院無法度轉去，恁小妹實在可憐呢。」阿屘叔公在一旁喃喃自語，竟擦起了眼淚。

阿屘叔公感情豐富，常常看他在哭。

「那什麼時候可以看到妹妹？」我問二姊。

「加護病房都有探望時段，只能在固定的時段進去看她。」

「唉，可憐的囡仔……。」阿屘叔公還在自言自語。

此時病房門打開了，阿嬤出現在門口。

「屘仔，莫哭啊，咱先轉去，病房裡底人傷濟啊，無所在通坐。而且我擱愛傳一寡物件，淑惠出院了後欲佇厝內坐月內。」

於是阿嬤和阿屘叔公先走了。

我跟二姊進到病房，是間雙人房，另一床有人，不過正好不在。

母親坐在床邊，吃著醫院準備的月子餐，邊吃邊搖頭。

「月子餐足歹食。」

不過母親看到我，立刻笑著說：「弟弟你來啦，剛剛妹妹打給你都沒接，害我們都有點擔心。」

「對啊，打什麼球，家裡出事了都不知道。」妹妹在一旁說。

母親雖然臉上掛著笑容，但身體還是很虛弱，蒼白的臉上沒什麼血色，手上還打著點滴。

母親這陣子都不太舒服，因為妊娠血壓高常常覺得頭暈，四肢也浮腫得厲害。雖然這樣，她還是每天做晚餐餵飽一家人，還常常幫忙關心同樣懷孕的大姊。今天中午，矮子邱收到檢察官的傳票，上頭載明他因詐欺罪將在下個月召開偵查庭。母親沒有生氣，反而鼓勵矮子邱，要他配合律師，把事實告訴檢方，案子一定沒問題。不過老爸有發現母親午餐沒吃多少，應該心裡還是掛慮著女婿的案子。吃完午餐，母親說她人不舒服要去房間裡躺一下，沒想到一覺醒來就發現破水，老爸聞訊從菜市場趕了回來，將母親送到醫院。醫生做了檢查，發現母親腹中小妹的狀況有些異常，立刻安排緊急接生。

這時值班護理師來了，說七點半的探望時間快到了，家人可以進病房探視小妹。

於是我們一家人推著坐在輪椅上的母親，換上探視衣，進入加護病房。

護理師將小妹的保溫箱推到窗邊，裡頭的小嬰兒真小，除了保溫箱上貼的「方淑惠之女」以外，我根本認不出她是李家的小妹妹。

小嬰兒的皮膚又黑又皺，真的不太好看。小妹的眼睛尚未發育完成，先用紗布蓋著，因為她也有點黃疸症狀，得照藍光燈。小妹的姿勢很奇怪，上半身趴著，包著小尿布的屁股卻撅起來，迎著光源。

我們看著小妹，沒有人說話，氣氛顯得有點凝重。

二姊打破沉默說：「我覺得小妹妹以後一定很多人喜歡。」

「為什麼？」老爸問道。

「你們看她趴在那裡，屁股有夠翹，長大身材一定很好。」

大家終於都笑了。

「那她要像我才好，不要像姐姐這樣矮肥短。」妹妹插嘴說。

「我矮肥短，那妳高有什麼用，胸前還不是一片飛機場。」

「我才國中，還會發育好嗎？」

「不會長了啦！我國中就D罩杯了。」

二姊自傲地挺起胸膛。

大家笑得更開懷了。

「只要平安長大，矮肥短或飛機場都沒關係啦。」

母親說的話，代表她最真實的心願。

第二十七章　地下班對

這天晚上，我們家四個人一起搭公車回裡頭社。坐在前座的二姊在玩手機，小妹在睡覺，我和矮子邱則坐在後排。

「我覺得我會被關。」矮子邱壓低聲音對我說。

「被關就被關啊，出來好好做人不就得了。」

「哪有你講的那麼簡單，你怎麼不進去關看看？」

「我安安份份，沒卡到事情，有事情的可是你喔！」

「就只是想賺錢，哪知道事情那麼嚴重。」

「你就好好把事情交代清楚，看法官要怎麼判，要是他判你去關，那也是無可奈何。」

「我不想被關，所以最近得表現好一點。」

「要怎麼表現好一點？」

「錢律師說我得做好青年的樣子給檢察官看，現在我早上都會去菜攤那裡幫忙搬東西，順便賺點工錢。」

「這樣不錯啊，總比沒事做好。」

「搬貨累得要死，錢又少，還被你爸冷言冷語，我不太想做了。」

「不做你要幹嘛？」

「你阿嬤那邊錢比較多，但他們都不讓我去。我想一想，乾脆回去讀書好了。在社會打滾了一陣子，感覺沒想像中自由，還惹了一堆事，學校比較單純。」

「你會這樣想很好啊，回去讀書也可以給法官好印象。」

「不過我想讀好一點的學校。」

「為什麼？去讀原本那間就好了啊。」

「你傻了嗎？那間裡頭都是我認識的人，素質都很差啦！再回去那裡，別說讀書，過沒幾天就被找去外頭混了。」

「這麼說倒也沒錯。」

矮子邱嘆了口氣，說：「但轉學又得考試，你知道的……我跟書本根本就無緣。」

「去補習啊，我可以幫你打聽厲害的老師。」

「我哪有錢補習？家裡的錢都拿去請律師了，而且你姊快生了耶，她說想住月子中心。」

「月子中心，那不是很貴嗎？」

「超貴！什麼都要錢，乾脆不要結婚好了。」

「不結婚的話我爸媽一定會殺了你。」

「不至於吧。你老爸不是很討厭我嗎？不結婚剛好順了他的意。」

「哎呀，他是刀子嘴豆腐心啦！他怎麼可能討厭未來的女婿呢？」

這話當然是謊言，我覺得老爸很不喜歡矮子邱。

此時，二姊忽然回過頭來對我們說：「李勤你功課不是很好，那就負責教政瀛啊。」

「妳在偷聽！」我和矮子邱異口同聲叫了起來。

「你們這兩個白癡話講那麼大聲，我當然有聽到啊。」

我和矮子邱臉上瞬間出現三條線。

要我教矮子邱讀書？我不被他欺負就很好了，哪教得動他啊！

「對啊，教我嘛。我會乖乖上課，如果有工作賺錢也會給你補習費。」矮子邱又在隨便開支票了。

不過說到錢，我倒是有點心動，之前買球具把存款全花光不說，還跟妹妹借了五百塊。但是……矮子邱要付的錢那麼多，哪來閒錢付補習費？

我陷入思考之中。

「李勤你幹嘛不回答？」二姊問我。

「我得好好思考一下。」

「好啦，你慢慢想，離開庭還有一個多月。」矮子邱說。

回到家，阿嬤已經先到了，備妥了一些東西讓我們果腹。吃完東西，洗好澡，我累得要死。妹妹還在外頭看電視，我直接進了房間，爬上床去。

躺在床上打開手機，我本來以為王文彊晚上還會發訊息來，沒想到他一點消息也沒有，反而是閻世熄有發訊息來。

「你跟文彊真神祕，到底是要討論什麼啊？」閻世熜在訊息裡寫。

「沒什麼啦，就一些雜事。」我這麼回覆。

「討論雜事還要打發我先走，你當我三歲小孩啊。」

「你別問啦，我現在很心煩。」

「你每天嘻嘻哈哈，哪有什麼好煩的？」

「真的很煩。我媽今天突然早產，緊急送到醫院接生，現在跟我小妹妹都住在醫院裡。」

「這也太驚悚，你可別胡說八道。」

「我幹嘛詛咒家裡的人？我說的都是真的。」

我把事情始末告訴閻世熜，這傢伙不太關心我的媽媽妹妹，倒是比較在乎我明天不能去參加棒球比賽的事情。

「你要先跟學長講，他才能安排明天的事情。」閻世熜提醒我。

「好啦，我現在去聯繫學長。」

我直接打了電話給隊長安鴻正，隊長說明天會安排人來家裡拿球具，還祝福母親和小妹妹平安。

比起閻世熜，安鴻正還比較會做人。

我順便發了訊息給王文彊，向他說明今晚的事。

「我不會介意啦，在這麼緊張的時候竟然發生這麼大的事，我只能說我們運氣真的很好。有什麼事，就等下週見面再說吧。」

不知道為什麼，我突然覺得自己有點虧欠王文彊。

在告白的場合落跑，感覺好糟糕。

基於補償心理，我做出一個連自己事後都難以解釋的決定。

我發了訊息給王文彊，說：「我們交往好了。」

「真的嗎！」

「是真的。不過你要把現在的表情錄下來給我看，要錄一分鐘。」

「什麼？」

「快點錄，不然我不要跟你在一起。」

「喔，好啦。」

我想看王文彊現在的表情，一定很有趣。

在等待王文彊錄影的同時，我一邊思考到底什麼是談戀愛？要到很愛很愛對方才能在一起嗎？對於一個人，難道不能愛他某些部分，又不喜歡某部分嗎？

舉例來說：我愛李漢宇的聰慧，厭惡他的輕浮。

我愛閻世熜的爽朗，受不了他的隨性。

我愛胡孟暉的義氣，但他的小心眼讓人不舒服。

我愛來劭辰的幽默，可是除了幽默以外，這人別無優點。

我愛安鴻正的執著，只是過度的執著就是對他人過度嚴苛。

至於王文彊，他是總是為人著想，但心思太細就是常鬧彆扭。

如果有這樣的一個人，身上集滿這些人的優點，他會是一個完美的人嗎？還是一個讓人生厭的怪胎呢？

王文彊終於傳來一分鐘的錄影，我打開影片來看。

前面十多秒，王文彊顯得很不自在，一下子托腮抿嘴，一下子揉鼻子。半分鐘過去，他的神情開始露出喜悅，嘴角上揚，最終完全失守。在影片的最後，他笑著說：「我沒辦法一直看鏡頭啦！班花你到底要我錄這個幹嘛？」

我回覆他說：「我就是想看你現在的樣子。」

王文彊丟了一張無奈的貼圖給我。

「你現在的樣子很不錯，所以我確定要跟你在一起。恭喜你，從明天開始，我們就是『地下班對』了。」

「好開心喔。」

「給了你一個滿意的答覆，我可以告退了嗎？今天很累，得準備休息了。」

「好，快去休息吧。」

現在的王文彊，我說什麼他都好。

折騰了一天，我確實很累，關了燈卻躺在床上翻來覆去睡不著。我心裡想著，既然答應了王文彊，之後該怎麼走下去呢？我心底實在沒個譜。

我又想起了在醫院裡母親與小妹妹李樂，希望一家人都人平安。

然後我的思緒回到十多公里外的王文彊，他現在說不定也是輾轉反側、難以成眠呢。

第二十八章　他是我們的班花，千萬不要小看他

我不知道昨晚自己是什麼時候睡著的，我只知道才在睡夢中就被人給搖醒了。

「哥！哥！快點起來！」

我睜開惺忪的雙眼，發現搖我的人是妹妹。我立刻坐了起來。

「怎麼了？醫院有事情嗎？」

「沒啦，是你們棒球隊的人來找你。」

什麼？棒球隊的人？

我走出房門，隊長安鴻正、我的同學閻世熜、胡孟暉、蕭智麒都穿好球衣，在客廳裡或站或坐著。

胡孟暉一看到我便說：「班花，來打球啦，今天我們只有八個人。」

「昨天不是說剛好九個嗎？」

「高三的蔡士翔學長腸胃炎急診，今天沒辦法來。」

「我也沒辦法去啊，我媽和妹妹都在醫院裡，得在家裡留守。」

「剛才我們遇到李爸爸，他說家裡人手很夠，你可以放心去比賽。他已經去開車了，等一下就來接我們一起去球場。」

天啊！老爸都這麼說了，我根本無法逃避啊……

去球場當經理打雜是一回事，但我一聽到今天的任務，雙腿就忍不住發抖。

安鴻正對我說：「今天加上你只有九個人，所以嘛，班花學弟，你今天打第九棒，右外野也麻煩你了」，安鴻正接著說：「你放心，右外野沒什麼紮實的球，守備上應該還好。至於打擊，就多等球，如果有可以攻擊的球路，就試著打看看吧，說不定會有意想不到的結果。總而言之，你壓力別太大，放輕鬆自然就會有好表現。」

我整個人傻了，楞在那裡不知如何是好。

胡孟暉拍了拍我的肩膀，笑著說：「班花你是不是還沒醒啊，杵在那裡幹嘛？還不快去換球衣？」

完蛋了，這下真的躲也躲不掉了。

我回到浴室匆匆換好球衣，一開門妹妹竟然就站在門外。

「哥哥，你穿上球衣挺帥的嘛！要好好打喔。」

「妳別糗我了好嗎？」

「你行的，我們家的運動神經才沒那麼差啦。」

妹妹說完，擺出跆拳道的姿勢，在我面前比畫了兩招。

我真沒心情跟她玩笑。

老爸跟里長阿伯借了廂型車，把我們這群男孩和球具一塊載到球場。

「聽說今天是我們家李勤棒球生涯第一次先發呀？」在路上老爸問道。

「對呀。」坐在副駕駛座的安鴻正說。
「那要李勤好好加油了，他妹妹剛出生，今天球運一定會很好。」
「對呀對呀！」我身邊的閻世熜也開始起鬨。

「他是我們的班花，
千萬不要小看他；
他是我們的班花，
強力擊出——全壘打！」

閻世熜瞬間編好這不倫不類的加油詞。
我只能在一旁傻笑。
我的手機忽然震動了一下，原來是王文彊回訊了。我剛才在浴室換球衣的時候，偷發訊息給王文彊，拜託他今天來打球。
「親愛的李勤寶貝，這事我真的幫不了你。我父母可怕的模樣你又不是不知道，就別害我了。放輕鬆，正面一點，想著『今天我是先發耶，要好好享受比賽』這樣就對了。我會在家裡努力幫你祈禱，求神讓你有好表現。」
王文彊的論調跟安鴻正差不多，了無新意。
我一緊張就想拉肚子，才到球場就找廁所，拉了泡臭烘烘的軟屎。
拉完屎，我拎著手套到外野進行守備練習，一點都不意外，我漏了好幾個平凡的飛球。

當我垂頭喪氣走回休息室時，還隱約聽到對方的球員說：「這個十六號的小矮子不太會接，等一下多打到他那邊啊。」

唉，十六號的小矮子李勤啊！你還真讓人看不起咧。

比賽開始了，對方先攻，我們先守。

我站在右外野的草地上，雖然涼風襲襲，我卻滿頭大汗，汗水不斷從我的鬢角滑落。

這場比賽的對手其實不強，戰績跟我們半斤八兩，不過我們的先發投手依舊投得跌跌撞撞。雖是如此，對方在跑壘上的連番失誤，讓我們頭兩局都沒失分，我站的右外野也沒半顆球打過來。

「最好是整場都沒球打過來。」我在心中不斷祈禱。

到了第三局，對方的打擊開始有回應了，一出局之後連續安打攻佔一三壘。

看著投手蹲在投手丘旁頹然模樣，我們應該是守不住了。

就在我胡思亂想的同時，「鏘」的一聲，對方打者打出一個高飛球。一開始還我以為球會飛向中外野的蕭智麒，沒想到這球越看越詭異，竟離我越來越近、越來越近。

「班花，快跑！跑向前接球！」一壘手胡孟暉向我大喊。

聽到他喊，我這才拔腿往球的方向狂奔。

高飛球瞬間失去往前飛行的勁道，快速往地面下墜。

「慘了，球要落地了！」我在心裡暗叫。

管他的，接接看吧！

我將左手伸了出去，「撲」的一聲，小白球就這麼妥妥地落在我的手套中。

哇！我接到了！我接到了！我接到了——

我興奮地高舉手套，向全場證明我接到這顆球。

二壘審高高地舉起手判定打者出局。

「傳一壘！快點傳一壘！」隊友們齊聲大叫。

我這才發現先行離壘的對方跑者，正努力繞回二壘往一壘跑，避免被回傳球封殺。

「快點傳一壘啊！」蕭智麒也在我身後大喊。

於是我把球從手套拿出來，用盡吃奶的力氣，丟向一壘。

應該會暴傳吧……

忽然，此起彼落歡呼聲響起，奇蹟再次發生，我丟出的球穩穩落進一壘手胡孟暉的手套。

雙殺守備！三局上半結束！我們沒有丟掉任何分數！

回到休息室，隊友把我當成英雄對待，倒水的倒水、擦汗的擦汗、按摩的按摩。我笑得嘴都合不攏了，這不但是我在正規比賽中接到的第一個球，竟然還造成了一次關鍵的雙殺守備！

WOW！這真是太神奇了！

第二十九章　嘿！男朋友

「上個半局有精采守備的人，下個半局總會輪到他上場打擊，並且會擊出精采的一球。」這是棒球比賽中經常被提起的球場傳說。

三局上半，我完成了一次不可思議的雙殺守備，下個半局就這麼剛好，輪到我第一個上場打擊。

我戴上有點太大的打擊頭盔，弄緊打擊手套，拎起球棒，站上打擊區。

這時休息室傳來令人害羞的李勤專屬加油詞：

「他是我們的班花，
千萬不要小看他；
他是我們的班花，
強力擊出——全壘打！」

對方投手好像被熱烈的加油聲嚇到了，一開始丟了兩個壞球。

（反正也打不到，不如等保送吧。）

不過投手卻沒讓我得逞，回過神來投出這個打席的第三球，是顆正中好球。

「來，投進來，他不會打啦！」對方捕手是個碎嘴的中年人，直接對投手喊話。

一向溫和的我被捕手的話給刺激到了。

「哼，竟敢瞧不起我。既然都接得到球了，我也可以把球打得遠遠的！」

對方投手做好投球動作投出，我直盯著來球，用手中的球棒猛力一揮。

原本嘈雜的球場瞬間安靜下來，所有人面面相覷。

原來我揮了個大空棒，而投手則投了個超級大暴投，球大概從本壘板外側一公尺外飛過，捕手根本接不到，球直接落在本壘後方的擋網。

我竟然去揮這麼離譜的壞球，也難怪大家全傻了眼。

「班花，你要看球啊！打擊不可以閉眼睛啦！」站在一壘指導區的隊長安鴻正對我大喊。

如果安鴻正不喊，我根本不知道自己是閉著眼睛揮棒。

「來啦，投入來，伊拍無啦！」捕手也向投手喊話。

投手再次投出，這球是個偏慢的直球，應該是個很好攻擊的角度。可是我卻沒自信出棒，竟站著不動，眼睜睜看著球進了捕手手套。

「好球！三振！」裁判做出拉弓的姿勢，判我出局。

我扛起球棒，低著頭走回休息室，心想果然還是不行。

「沒關係啦，下次好好打就好了。」

「對呀，我剛才也是被三振嘛，不要緊的。」

隊友紛紛過來安慰我。

這時，我聽到蕭智麒跟球場安全網外的某個人在講話：「嘿，文彊，你來了喔。要下來打嗎？」

原來王文彊來了。

「我只是來幫你們加油的。」王文彊說。

「進來休息室嘛，不要站在那裡。」

「好。」

王文彊從入口走了進來，進到休息區，找了個空位坐下。

同時間，第二棒的胡孟暉打出一支平飛安打，讓三壘上的安鴻正回到本壘得到一分。我們球隊難得領先，休息室瀰漫著歡欣鼓舞的氣息，王文彊也在一旁開心不已。

在愉悅的氣氛下，我和王文彊的眼神幾次交會，卻覺得有點尷尬。

雖然說要與他交往了，但我還是覺得不太自在。

「班花剛剛完成一個雙殺守備耶，你有看到嗎？」蕭智麒跑到王文彊身邊宣傳剛才我的大功勞。

王文彊沒看到雙殺場面，倒是有看到我被三振的醜態。

我的球技有多少斤兩，王文彊怎會不知道呢？

三局下我們拿到兩分，但很快在四局上加倍吐了回去。先發投手連續保送，再加上安打，還有右外野手李勤的接球失誤，讓比數成了二比四。

精采守備的喜悅全沒了，代之而起的是失落與懊悔。

王文彊不知何時坐到我身邊，拍了拍我的肩膀，輕聲說：「失誤沒關係，只要專心處理打來的球，把基本動作做好，千萬別著急。」

唉，你講的我都懂啊，但球飛到你頭頂上，緊張都來不及了，哪還有心情慢慢處理？

接下來的比賽我們的投手和守備都崩潰了，我雖然沒再發生失誤，但之後兩次打擊，一次被三振，第一次終於碰到球，卻是個軟綿綿的內野小飛球，被一壘手輕鬆接殺。

我是整場比賽的最後一個出局者。

比賽結束，隊長安鴻正依照慣例集合隊員檢討。我本來以為身為輸球戰犯之一會挨罵，但平日一向嚴格的安鴻正，只有在檢討裡提到我的雙殺守備，還要我繼續加油，其他什麼話也沒說。

安鴻正說：「今天的比賽我覺得大家表現還可以，一開始比分有咬住，甚至還有領先。可惜到了比賽中後段大家自亂陣腳，把領先優勢給搞丟了。棒球這項運動沒有什麼成功捷徑，就是苦練再苦練。班花學弟，你也要一起苦練！大家知道嗎？」

「知道！」所有人大聲回答。

「好，下場比賽大家拿出這樣的精神，我們的贏面就很大了！」

今天輪到徐壯書學長、蕭智麒負責拿球具回我家，王文彊也自願幫忙，我們背起球具，搭上回程的公車。

回到家，放好球具，三個隊友沒多說什麼，便離開了。

我本來以為王文彊會來糾纏我，沒想到他也就這麼走了。

我覺得好累，也懶得想王文彊的事，只是進到浴室，洗了個舒服的澡，然後出來吃了些東西，準備上床補個眠，睡到下午再去醫院看媽媽跟小妹。
就在我躺上床準備睡覺之際，手機響了起來，是王文彊打來的。
「嘿，你在幹嘛？」王文彊問道。
「準備上床睡覺。」
「大白天的幹嘛睡覺？你不過來島頭這裡陪我聊天嗎？親愛的男朋友。」
嗯……男朋友。
我現在的確是王文彊的男朋友沒錯。

第三十章　水門外

王文彊都在島頭等我了，我也不好意思藉口睡覺而不去找他，只得匆匆換上外出衣服，出門前往島頭，盡身為男朋友的「義務」。

經過這幾天的折騰，我覺得很累，一點都沒有談戀愛的閑情逸致。

到了島頭，王文彊坐在涼亭裡，吹著從從河口吹來的風，喝著飲料，一派輕鬆。

王文彊看到我來，拋了個鋁箔包飲料給我。那是我最愛喝的紅茶。

王文彊的確很懂我的喜好。

我在王文彊對面的木製長椅上坐下。

「你不跟我坐在一起嗎？」王文彊問我。

「這裡都是認識的人，我們太過親密會被人看到。」

「這倒是沒錯。」

我擠出微笑，點了點頭，喝了一口飲料，對王文彊說：「沒想到你今天會來看我們比賽呢。」

「來看男朋友打球，是天經地義的事啊。」

「可是我打得很爛……。」

「第一次先發，能有這樣的表現已經超出我的預期了。」
「所以你預期我打很爛囉。」
「倒也不是啦⋯⋯。」

我「嘿嘿」笑了兩聲，說：「我自己也覺得會打得很爛。」
「對啊，要多練習，這樣才會進步。」
「練習呀──那我的男朋友以後要陪我練習嗎？」
「這個嘛⋯⋯。」
「你又要說一樣的話了吧？那我不勉強你喔⋯⋯。」
「別這麼說，你沒有勉強我。如果別人問我，我當然得婉拒，如果是男朋友就另當別論了。我們可以偷偷找個沒人的地方，來『特別訓練』一下。」
「感覺『特別訓練』這四個字有加重點符號喔。」
「沒有啦！我是開玩笑的。」
「我的確需要特別訓練，今天的表現太差了。」
「你不排斥上場了嗎？」
「其實上去比賽也沒那麼可怕，不過我還是喜歡當打雜經理。不過打雜歸打雜，還是要做好上場的準備！」
王文彊對我豎起大拇指，對我說：「很好，有氣魄！」
我話鋒一轉，對王文彊說：「昨天突然跑掉，真是很對不起。」

「你不是道歉過了，幹嘛又道歉一次？」

「我怕你會在意。」

「雖然我常忘不了一些瑣碎的事情，但這件事情我真的沒放在心上。」

「你不在意就好。不過，我們該麼交往呢？要像二年級那對學長一樣在學校裡高調放閃嗎？」

「不要！那一對情侶簡直要把我閃瞎了。你敢像他們一樣高調嗎？」

「我那麼膽小，怎麼會敢？」

「那我們只好低調了。」

只是我們該如何低調？要多低調？我心裡沒個譜，也沒問王文彊。

一陣涼風吹來，吹起了我有些過長的髮稍，我用手壓住亂舞的頭髮。

「別撥了，我喜歡你這個樣子。」王文彊說。

「我的額頭又高又平，很難看。」

「如果你難看的話，我就不會喜歡上你了。」

「別再說這些肉麻話了，我會害羞。」

王文彊忽然起身，走到我身後，伸出雙手環抱我。

「別這樣，會被人看見啦。」

王文彊沒有放手的意思，我又說了一次：「不要這樣，這裡有很多人會經過。」

王文彊還是沒放手。

我只能用力推開他的雙手。

王文彊一臉無辜地看著我，問：「你為什麼要推開我？」
「我剛剛跟你講的話你沒聽見嗎？」
「有啊。」
「那你為什麼不放開，如果被人看到的話，事情一下子就會在村裡流傳開了。」
「我真的很想抱你。」
「你可以抱我，在這裡絕對不行。」
「好吧……對不起……。」

我突然覺得，依王文彊的個性，要「低調交往」還真不容易。
「這附近有哪裡可以讓我好好抱你呢？」
王文彊還是想抱我。
「讓我想想。」
我想到幾百公尺外有一處堤防水門，那裡的排水溝污水很多，味道頗臭，除了偶爾會有釣客垂釣外，沒什麼人會去那裡。
只是……為什麼一個美麗的週末午後，我要帶這個無法控制自己的男人，到臭臭的水門外，只是為了讓他抱我一下？
談戀愛真是麻煩呀！
王文彊運氣不錯，水門附近沒有人在釣魚，但附近真的頗為腥臭。
才走下水門堤防，王文彊立刻一把抱住我，親了一下我的額頭。

這就是矮個子的弱勢，人家只要一低頭就親得到。

「我好愛你喔。」王文彊說。

我只「嗯」了一聲當做回應。

「你不愛我嗎？」

「不，我只是覺得有些緊張。」

王文彊放開我，雙眼盯著我瞧，說：「所以你緊張到不愛我囉？」

「愛這種事情是要慢慢培養的，從好感、喜歡到愛，沒辦法這麼快達到啦。」

「你怎麼變成哲學家了，說的話好深奧。」

「唉唷，我喜歡你啦。」

王文彊聞言大喜，再次將我摟入懷中。

雖然他的肌肉還不夠碩實，卻也足夠讓我覺得有些幸福了。

比起「喜歡」或「愛」，我在意的是幸福。像是我的家庭，雖然人口眾多，居住環境也不怎麼好，也都是一些平凡人，但這群平凡人有優點，也有很多缺點，這些優缺點結成了一個幸福洋溢的家庭。而現在抱緊我的王文彊，是否能給我這樣的幸福呢？我不知道。

我們約莫擁抱了五分鐘，我覺得有些久了，便對王文彊說：「可以了嗎？等一下我還要去醫院看媽媽和妹妹。」

「好。」終於滿足的王文彊放開雙手。

「那我們走吧，這裡好臭。」

「等等」，王文彊拉住我，說：「我可以跟你接吻嗎？」

要接吻是沒問題，但選在臭烘烘的堤防邊張嘴接吻，也太煞風景了吧。

「可以嗎？」王文彊又問了一次。

他很喜歡在短時間內一直問同樣的問題。

我是很想對他說改天挑一個好的地方完成這「神聖的大事」，但看著他猴急的樣子，只好妥協，對他說：「那就來吧。」

王文彊閉上雙眼，用手捧住我的下頷，嘴唇直往我面前湊了過來。

我們四片嘴唇碰在一起，我將嘴微微張開，歡迎王文彊的舌尖蒞臨，沒想到王文彊沒把舌頭深入我嘴裡，而是用力吸起我的嘴唇。

呃……

這是接吻耶！不是吸燒酒螺啦！

第三十一章　接吻教學時間

「等一下！」

我從王文彊的懷裡掙脫，把頭一甩，逃離他有如章魚吸盤般的嘴唇。

「怎麼了？」王文彊滿臉疑惑地看著我。

「我們是接吻，不是吸嘴唇啊……。」

「我以為這樣是接吻耶，不然要怎樣才算是接吻？」

呃……王文彊到底有多單純啊。

「這我也不會講啦，基本上就是兩個人的舌頭交纏，而不是用力吸嘴唇，那很奇怪耶。」

「你怎麼這麼懂接吻？」

「那是常識吧。」

其實我的初吻早就獻給李漢宇了，不過我現在還不想對王文彊坦承這件事。

「那再親一次，你可以引導我怎麼親。」王文彊說。

「不行啦，有人來了。」

我指著遠方走來一個釣客的身影。

「真掃興耶。」

「改天啦，這裡真的很臭，好沒感覺。」
「好吧。」
王文彊似乎有點落寞，而我卻為危機解除而感到竊喜。
「那你現在要去哪裡？」王文彊問我。
「我本來是想睡一下之後去醫院看我媽和妹妹，結果被你叫出去，現在時間看來差不多真的該過去了。」
「我也想跟你一起去。」
「你去那種場合幹嘛？很奇怪耶。」
「我受傷的時候你有來看我，現在換我關心一下你的家人也是應該的。」
我找不到拒絕王文彊的理由，卻又覺得他出現在那種場合，一定會很奇怪。
「醫院離這裡很遠，公車要轉兩次。你太晚回家家人不會問嗎？」我由衷希望王文彊打退堂鼓。
「我只要不打棒球，他們都不會管我去哪裡。」
王文彊一句話就澆熄了我的妄想，只得硬著頭皮帶他去搭公車。
上了公車，王文彊安靜了一會兒，車到社子才開口問我：「接吻哪是常識？沒有人會教這種事吧。」
「這哪需要教，國外電影、影集裡面都很常見啊。」
「電影會拍到演員伸舌頭嗎？」
「電影看不到的，網路上就有。」
我拿出手機，打了關鍵字「接吻」去搜尋，一堆相關訊息立刻出現了。
「你是靠這個學接吻『常識』的喔？」

「是啊。」
「我還以為你是看A片學的。」
「我哪有你那麼下流。」
「不是看A片學的，難道是……。」
「你別亂講喔。」
王文彊「喔」了一聲，把話題轉到棒球上，開始討論起我今天的表現和缺失，我沒有很認真聽，但非常支持王文彊聊棒球。
聊著聊著，醫院就到了，我和王文彊下車，前往病房。
進到病房裡，果然不出所料，場面一陣尷尬，母親躺在床上休息，三張椅子上坐著的是外公、外婆和阿嬤，他們年紀加起來大概有兩百多歲。他們看到陌生的男孩，臉上充滿著疑惑。我只能得拚命向老人們介紹我的同學王文彊，這時母親勉強睜開眼睛，對我們說：「今天醫生說傷口好像有點感染，可能要多住一天才能出院。我剛才吃了藥，頭很昏，不好起身招呼文彊……。」
王文彊一聽此話，連忙搖手說：「伯母不用麻煩，我看一下就走了。」
「對啊，病房裡人多，我們就不打擾了。」我一邊說，一邊把王文彊推出病房，沒想到病房門一開，讓人恐懼的場面出現了。我那可怕的二姊就站在病房門外，她看到我和王文彊，面無表情地上下掃視。
我勉強堆起笑臉，說：「她是我二姊，這位是我同學，叫王文彊。」
「妳好。」王文彊先開口示好。
二姊沒說話，只是看了王文彊一眼，閃過我們，走進病房。
我在王文彊耳邊說：「快走啦！」

穿過走廊，到了電梯口，我們停下腳步，王文彊問我：「到底怎麼了？」
「你先回去好嗎？」
「為什麼？」
「我覺得有人起疑了。」
「誰啊，你媽他們看起來都很自然啊。」
「是我姊啦。」
「你二姊？她看得出來喔？」
「你跟她不熟，她那眼神，我一看就知道她起了疑心。」
「那你小妹妹怎麼辦？我還沒看到她耶。」
「我們會好好照顧她的，你不用擔心。」
「喔……好啦……那我先回去了。」
我按下電梯鈕，看著電梯一樓一樓下降，心中的緊張情緒也逐漸緩解。
沒想到王文彊忽然一個轉身，對我說：「我不想坐電梯，你陪我走樓梯下去。」
王文彊直接拉起我的手，往樓梯間走。
王文彊打開安全門，樓梯間有點暗，他也沒下樓，只說了句「這裡不錯」，就直接把我摟在懷中，吻上了我的雙唇！
我根本來不及掙扎，王文彊的舌頭就伸進我的嘴裡，搗動起來。
真有你的，現學現賣耶！

第三十二章　還好，有島頭

「拜託別親了，這裡可是醫院耶。」我再次將王文彊推開。

王文彊舔了舔嘴唇，面露滿意的表情，對我說：「原來這就是接吻呀，還真舒服呢。」

「你夠了喔，別再佔我便宜了。」

「嘿，我哪有佔你便宜，你自己也很陶醉其中吧。」

「要陶醉也得找個適合的地方，在醫院樓梯間真的很奇怪。」

「你任何地方都很奇怪吧。」

「對，我的個性很奇怪，怎樣？」

我刻意在話中挑釁王文彊，想看看他有什麼反應。

「沒事……我喜歡這樣的你。」

沒想到王文彊沒跟我吵起來。不錯，我喜歡這樣的男人。

「如果你喜歡我，那就快回去吧，醫院裡進進出出都是我家的人，媽媽跟妹妹的事情已經夠忙的了，我不想再節外生枝，好嗎？」我對王文彊說。

「好啦，再讓我抱一下好不好。」

王文彊還真是第一次談戀愛，對他來說什麼事都新鮮，什麼事都想嘗試。

我萬般無奈地再次讓王文彊擁入懷中，他小小的雙眼閃爍著愛意，凝視著我，我看出他又想做什麼。

我捂住王文彊的嘴巴，說：「你不可以再親我了。」

好不容易送走王文彊，回到病房門口，二姊沒進去，倒是靠在牆邊玩手機。一見到我出現，二姊將眼神從手機畫面移開，露出冷冷的笑容，說：「李勤，那是你的新男朋友啊？」

我就像說謊被揭穿的小學生一般，臉上一陣火燙，連忙否認：「才不是咧，他只是我同班同學。」

「少別騙我了，我可是你的二姊李悅耶，你有什麼事情是我看不穿的呢？」

「二姊——真的不是男朋友啦。」

「我只想告訴你，交往對象可要好好選，可別像上次那個一樣，外表好看，骨子裡卻是個渣男。」

二姊話中所說的「上次那個人」就是李漢宇，當初我和他交往時，在學校裡有不少流言蜚語，當時同校三年級的二姊肯定聽了不少。不過我不覺得李漢宇是渣男，只是他真的很愛亂放話又喜歡曲解我的意思。

像是有一次，李漢宇在士林的餐廳偷親我，被二姊的同學看到。李漢宇怕事情外洩，竟然到處先放話說二姊同學喜歡我，甚至害我被國三的學長找出去對質，最後是二姊出面才把我從小混混學長手中保了下來。

「你要喜歡男生或是女生我不想管，但像那種男的，你少跟他來往！」二姊事後對我說。

我跟二姊真的不好，她我總是又兇又冷漠，但我覺得她遺傳到母親的聰明睿智，看人或事都很有見地。

不過這個印象到了發現二姊跟學校已婚老師談戀愛時卻破滅了。

「二姊怎麼會跟已婚老師交往？」我想了好久，還是百思不解。不過，這不可能直接問二姊。我私下問了二姊的同學朱嘉囍，朱嘉囍只是說老師上課很活潑，人則是很樸實，或許是這樣的性格讓二姊喜歡上他。

但千喜歡萬喜歡，怎麼可以喜歡上已婚的老師？

針對王文彊的事，二姊又對我說：「剛才那個男的看起來比較老實，不過這種人多半都很死心眼，要小心他太黏你。」

王文彊的個性的確如此，但我也不知道該怎麼辦。

我們家人的感情狀態通常很謎，從母親對老爸難以理解的迷戀，到大姊與矮子邱的姊弟戀，再到小妹出拳毆打心儀的男生，李家人的愛情故事，還真是曲折離奇。

除了二姊以外，家裡只有小妹知道我喜歡男生，但小妹不知道我曾經交過男朋友。

大姊的感情觀也是個謎，她在懷孕之後就邱家李家兩邊跑，難得在家裡遇見她，身邊也有矮子邱或是其他人，我沒什麼機會可以跟她單獨聊天。比起刻薄的二姊和古怪的小妹，大姊的個性是跟我比較合拍的，但這幾年她卻常常處在戀愛狀態，平均幾個月就換一個男友，當然就沒多餘的時間關懷我這個弟弟。

還好，有島頭。

記得那天是個淒冷的冬夜，我下公車走回家時天已全暗，我縮起身子，匆匆經過島頭。

每次經過島頭，我都會不經意地往涼亭附近看一下，這是一種長久累積習慣性的動作，因為黑傑克叔公還在世時，經常突然從涼亭衝出來攔住我們，然後開始狂暴地訴苦。

島頭涼亭裡最常見的身影是老爸，接下來是阿屘叔公，至於二姊就算看到我也會當做沒看見，當然還有以前的李漢宇，或是一些兒時玩伴會在那裡嬉鬧。大姊很少出現在島頭，沒想到那天卻被我遇上了。

天冷又下著細雨，大姊坐在涼亭椅子上，身旁一個人也沒有。

看到這場面，我突然擔心起來。

十九歲的年紀，高中還沒畢業就懷孕，婚事又不受家人祝福，未來老公是個遊手好閒屁孩，前途一片茫然，這要是我也會想要做某件事……

欸！這可不行啊！

第三十三章　承諾

我衝進島頭涼亭裡，對大姊說：「姊，你怎麼一個人在這邊？」

「唷，你下課了喔。」原本低著頭的大姊，這才抬起頭看了我一眼。

我看到涼亭桌上有喝過的啤酒罐，便對大姊說：「姊，妳在這裡喝酒喔！孕婦不是不能喝酒嗎？酒精對孩子很不好。」

「才喝幾罐而已，還好……。」

「妳說話都不清楚了，別喝了好嗎？」

大姊拿起酒罐，直接在我面前喝了一口，說：「我沒醉啦，而且酒開了不喝浪費。」

「妳別喝，我幫妳喝。」我搶過酒罐，喝了一大口，在冬夜裡牛飲，真是痛苦。

「嘿！你幹嘛喝我的酒？」

我沒回答大姊，反倒問她：「姊，妳怎麼躲在這裡喝酒？」

「心情不好嘛。」

「為什麼心情不好？」

大姊指著自己的肚子，說：「因為它啊。」

「小嬰兒，很可愛啊。」

「十九歲的小孩生的小孩，一點都不可愛。」

「姊！別想太多啦，有什麼事我們家人都可以幫忙啊。」

「你們要幫忙多久？要幫忙一輩子嗎？」

「爸媽一定也會幫忙到底的。」

「你不會覺得很丟臉嗎？養小孩還要父母幫忙。」

看到大姊的樣子，我想起了我們的父母，當年他們也是差不多大姊這個歲數就懷孕生子，而且還一口氣生了四個。我不知道父母是怎麼撐過來的，至少他們把小孩都養得不錯，並且準備迎接第五個。

「妳可以問爸媽，依他們的經驗，一定可以教妳很多。」

「不，爸媽是強大的人，我跟政瀛都很廢，完全不強大。」

「我覺得爸媽剛結婚的時候，也不知道自己以後很厲害吧。」

「不要一直提爸媽啦！光是懷孕害喜就夠我受了，一直想吐，很想死！」

「不要這樣，矮子邱很體貼，可以讓他多幫妳，妳就多休息調養身體。」

「哈哈哈，他幫我？你在開玩笑嗎？那個白痴不要出事情就好了。」

其實，我打從心底也不覺得矮子邱未來會是個盡職的父親。

「所以姊，妳不喜歡矮子邱嗎？」

「我喜歡他啊，但是……哎呀，這很複雜啦。」

「那矮子邱是哪一點吸引妳的？」

「他啊……就看起來很體貼，講話又好笑。」

呃……只是講話好笑，就把一生的幸福葬送在這傢伙手上。

「拿來啦！」姊姊從我手中搶過啤酒，喝了一大口，接著說：「煩耶！為什麼我酒量這麼好，都喝不醉！」

我再把酒從大姊手上搶來，將罐中剩下的酒一飲而盡：「姊，拜託妳別喝了啦。」

「事到如今，我也不怕出糗了。老實告訴你，矮子邱是被我倒追來的。」

我嚇壞了。

大姊像媽媽，雖然個子不高，卻也是個清秀佳人，國中以來也不乏追求者。她竟然倒追矮子邱，這真是讓人難以理解。不過……女追男是我們李家長久以來的傳統，阿屘叔公就是阿嬤在淡水街上做生意時認識的。阿屘叔公當時與前妻婚姻不睦，處於分居狀況，阿嬤為了讓阿屘叔公恢復「自由之身」，花了不少錢才讓阿屘叔公跟他老婆離婚。至於母親當初也是學姐追學弟，輕易將老爸追到手。但大姊的狀況不太一樣，套用一句臺灣俗話，就是：「揀來揀去，揀到一個賣龍眼的。」

「不過大姊，妳怎麼會——」我指著大姊的肚子問。

「你是說懷孕嗎？情侶做那件事很正常啊。」

恩……這的確很正常，是我太保守了……

大姊又說：「我們都以為不要射在裡頭就不會有事，沒想到……一開始發現懷孕，矮子邱說要把它拿掉，但我卻下不了決心……唉，捨不得啊。」

「對呀，畢竟是親生骨肉。」

「還是……趁現在還能拿，去醫院把它拿掉？」

「不行啦！怎麼可以把拿掉！」

「不拿掉，那生出來以後要怎麼辦？」

「就說我們全家人都可以幫忙啊！」

「好！不要拿掉。」

大姊站了起來。

「嘿！姊，妳要幹嘛？」看到大姊倏然起身，我也慌了手腳。

「那我就跟他一起死吧！」

大姊衝出涼亭，往河邊跑去。

我有點喝醉，一時之間竟起不了身阻止大姊。

還好老天可憐大姊，岸邊草地高低不平，大姊摔了一大跤，坐在地上直喊疼。這下我才有機會追了過去，牢牢將大姊抱住。

大姊放聲大哭。

「姊，妳有沒有怎樣？肚子有沒有不舒服？」

大姊的淚珠在黑暗中分外閃亮。

「你都只管他，不管我的死活嗎？」

「我管、我管，我都管！」

「這是你說的喔！」

大姊將頭埋入我的胸膛，繼續大哭。
一陣涼風吹來，把我的酒意吹散。
我忽然感到納悶不已：為什麼是我抱著矮子邱未來的老婆？為什麼是我替矮子邱對她做出承諾？

第三十四章　嗨！前男友

大姊最後還是撐了過來，再三個月就會幫爸媽增添一個外孫，屆時小妹妹也會有一個同齡的玩伴。至於矮子邱，官司雖然看起來不太樂觀，他還是很認真地在白天在菜市場搬貨，晚上則去加油站打工。媽媽住了幾天醫院後出院了，但沒有回裡社子的家，而是到阿嬤在北投的家裡做月子，至於妹妹的情況一天天穩定，但還是得在醫院裡住個幾天。

我跟王文彊沒什麼時間和機會談戀愛，只能趁著中午吃飽飯後的時間，跑到頂樓上聊天，偶爾摟摟抱抱或是接吻一下。

雖然我跟王文彊都極力保守祕密，但這樣的大事卻逃不過胡孟暉的法眼。

開始交往後沒幾天，胡孟暉跑到我身邊，小聲地說：「嘿，班花，你不是跟王文彊在一起呀？」

「不要亂說，才沒這回事。」

「這幾天你們中午都會在同一個時間點消失，肯定跑去哪裡親熱了。」

「親熱個屁！」

「那你去哪裡？以前你可是連去廁所都嫌遠耶。」

「總是要改變一下自己，偶爾出去走走嘛。」

「你去走，那為什麼王文彊也不見人影啊？」

「我又不是他肚子裡的蛔蟲，哪知道他去哪裡？」

胡孟暉「嘿嘿嘿」笑了起來，用更小的聲音說：「學校裡沒什麼幽會的地方，應該只有頂樓可以去，你們該不會去那裡那個那個了吧。」

「哪個哪個？」

「就那個那個啊！」

「你很無聊耶，沒有好嗎？這事怎麼可以亂來？」

「沒有在學校，難道去別的地方那個那個嗎？」

「都沒有，什麼事情都沒發生。」

「那還真無聊耶。」

胡孟暉伸出手來，弄亂我的頭髮，笑著說：「班花啊，你已經承認了呢！」

「什麼？」

啊！我這才發現，剛才的對話早就透露我跟王文彊交往的事了。

李勤，你真是個大笨蛋！

「這麼說來，你還是喜歡文彊嘛！」胡孟暉對我說。

「我不知道。」

「你不喜歡他又何必跟他在一起？」

「我真的不知道，純粹是一種感覺。」

「你的回答好爛，那我去跟他說你要分手。」
「不不不不，拜託不要。」我拉住胡孟暉。
「嘿嘿嘿，還不想分手呢。不然你到底對他是什麼感覺？」
「就覺得他人很好，很關心我，很尊重我。」
「嘿，這回答還是很爛啊！我人也很好，比文彊更關心你，更尊重你，我人超好的！」
「對，你人超好，但是你又不喜歡男的！」
「這麼說也對，不然我就追你了。」
「可以依偎在高大壯碩的孟暉哥哥身邊，我真是太幸福了。」
「你好噁心！」
胡孟暉伸出手再把我剛撥好的頭髮弄亂。
「幹嘛啦，為什麼你們要一直弄我的頭髮！」
「誰叫你要剪這種噁心的妹妹頭。」
「什麼妹妹頭，這可是士林有名的設計師剪的呢。」
「好啦！不跟你鬼扯了，其實我來找你是另有重點的。」
「有屁快放啦。」
「你急什麼，要跟文彊去頂樓打炮嗎？」
「閉嘴！」
胡孟暉笑得有夠淫邪，說：「你還記得上次一起吃飯的女生嗎？就打槍我的那個可愛女生。」
「記得啊，她姓吳嘛！」

「對，她叫吳蓁臻。」
「難道你把到她了？」
「才沒有，她跟其他人在一起了。」
「呃……。」
「幹嘛這表情？我覺得不錯啊，至少我跟她當了朋友。」
「跟有男人的女生當朋友幹嘛？」
「這你這庄腳俗不懂啦。」
「我哪裡不懂？看樣子你是想把她留在視線裡，一有變化馬上趁虛而入。」
「嘿，班花你什麼時候變得這麼聰明啦。」

胡孟暉又伸出他的鹹豬手要弄我頭髮，這次我眼明手快，閃了過去。

「請不要弄我的頭髮！會變很油。」
「好啦，不弄你。我要說正經事了。」
「你快說。」
「我未來的女朋友跟你的前男友目前是高中同學，你還記得吧？」
「當然記得。」
「她說你的前男友李漢宇想找你吃飯。」
「蛤！那傢伙要找我吃飯？」
「怎麼？不想去看看前男友有沒有變帥嗎？說不定能吃回頭草唷。」

「不要！當初我們分手鬧得很不愉快耶，為什麼他又會想找我？」

「我怎麼知道？或許只是想見個面，聊聊往事吧。」

「我跟他沒什麼好聊的。」

「好喔！那我跟我未來的女朋友吳蓁臻說你拒絕跟你的前男友李漢宇見面吃飯囉！」

胡孟暉的話真拗口。

「等等，先別直接拒絕，讓我思考一下再說。」

「嘿嘿嘿，你對他還有感情在齁！」

「才沒有，我只是……。」

「想再見他一面嘛！那我去敲時間囉？」

「唉唷！你在急什麼，給我一些時間思考啦！」

「好啦！」就在說話的同時，胡孟暉的大手又摸上了我的頭髮。

「煩耶！你摸夠了沒！」

在我大吼的同時，胡孟暉一溜煙跑了。

經過幾天的反覆思考之後，我答應了李漢宇的邀約，不過要求胡孟暉和吳蓁臻一起當陪客，讓這場飯局只是簡單的敘舊。

在飯局前夕，胡孟暉問我：「班花，你打算把這件事告訴文彊嗎？」

「如果告訴他，我怕他會想歪。」

「你不告訴他，不怕他自己知道嗎？他可是個神通廣大的人。」

「不過是吃個飯而已，如果被他知道，就再解釋就好了。」

「隨你吧，出事了別找我就好。」

會說這種話表示我和胡孟暉內心都有些不安。

不只對見到李漢宇感到不安，背著王文彊見前男友，更覺惴惴不安。

不行，不能不去，我還是想見李漢宇一面，對他說聲：「嗨！前男友。」

第四部　不請自來的人們

第三十五章　梁教官

這天下午是社團活動，也是棒球社例行練球的日子。在開始練習之前，我們幾個隊友在司令台前圍了個圈，討論週末比賽的可能狀況。

上禮拜被選為副隊長的閻世熜對大家說：「告訴你們一個壞消息，鴻正學長這個月都要準備大學面試，沒辦法來打球。」

「如果學長不能來，我們還能有什麼搞頭？乾脆……棄賽好了。」來劭辰說。

「不用吧，班花補下去至少還有九個人，比賽打得成。」閻世熜說。

「班花跟學長的戰力差太多了，之前有學長我們都已經輸成這個樣子了。」來劭辰說。

「不過……如果我們棄賽不打，學長一定會很生氣。」蕭智麒說。

「對啊，免費參加社會人聯賽是學長跟聯盟溝通很久才得到的成果，突然棄賽，聯盟也會不高興。」閻世熜說。

「北區聯賽也快開始了，我們平常沒什麼練習，只能靠對外比賽增強實力，所以一定要打啦。」蕭智麒說。

「沒錯，之前有一個高二學長和兩個高一的同學有意願入社，我去跟學長們借球衣，讓他們上場就不會缺人了。」閻世熜說。

閻世熜將手搭上了我的肩膀：「既然大家決定參賽，那班花，禮拜六的比賽就靠你了。」

「我沒辦法去啦，我媽在北投阿嬤家坐月子，妹妹還在士林的醫院裡，家裡事情很多，不能亂跑。」我說。

「不，你可以去。」閻世熜從口袋中拿出手機，打開通訊軟體，按入某個對話，放到我面前，說：「來，你看一下。」

我定睛一看，這個跟閻世熜對話的人不就是我老爸嗎？

軟體裡對話這麼寫著：

「李叔叔，請問一下，這週末李勤可以來參加比賽嗎？」

「當然可以啊！」

「如果他說家裡有事呢？」

「家裡哪有什麼事？他把球打好就是最重要的事！」

這訊息看得我差點沒暈倒。

「閻世熜，你怎麼會加我爸啦？」

「不是我要加的喔，是李叔叔之前自己主動拿出手機要我加他的。」

「你幹嘛不拒絕？」

「如果是我爸當面拿出手機說想加你，你敢拒絕嗎？」

都有老爸「打好球為第一優先」的聖旨了，我又怎能躲得掉呢？

於是這天的練球成了我的特別訓練，我一直被眾人瘋狂操練，直到天黑。

我整個人累癱了，就直接躺在司令台上，閉著眼喘大氣。
原本身旁有許多人的講話聲音，但我真的太累了，起不了身。
「班花，你不走嗎？」有人問我。
「你們先走，我休息一下。」
過了許久，有個人搖晃我的肩膀，問道：「你不回家嗎？」
「讓我再休息一下，真的好累。」
「你躺在這裡不太好看，而且你的同學們都走了。」
咦！奇怪……同學不會對我這樣說話啊……我猛然睜開眼睛，只看到身旁有一雙油亮的皮鞋，再往上看是黃綠色的長褲，又往上一看，嚇！竟然是教官！
我連忙坐起身來，對這位教官說：「教官對不起！」
他是這學期新來的教官，年紀約莫三十多歲，瘦高身材，是個年輕英挺的軍人。我以前與這個教官完全沒互動過，只是偶爾會在學校裡看到，連名字也不知道。我快速看了一下教官胸口上的名牌，上頭寫著「梁鎮元」三個字。
「天快黑了，快把東西收一收回家去吧。」
梁教官的口氣聽起來不嚴厲，讓我心裡著實鬆了口氣。
我快速背上書包，提起球袋，準備離開。
這時梁教官卻又開口問道：「同學，你是不是叫李勤？」
咦，他怎麼會知道我叫李勤呢？

「是的，我是李勤。」

「李勤同學，你知道學校頂樓是不能隨便上去的嗎？」

梁教官的話讓我嚇傻了，他怎麼知道我中午跟王文彊上頂樓的事情，我確認過頂樓沒有監視器啊。

教官都這麼說了，我也無法抵賴，只得低下頭說了聲「知道」。

「李勤同學，教官跟你說，同學間私下談戀愛是你們的自由，教官我不會管。但頂樓畢竟是學校的開放空間，又有明文禁止上去，所以你們犯了校規，知道嗎？」

教官的口氣聽起來沒有指責我的意思，但我自己卻打從心裡害怕起來，心想若是事情傳開了，這該怎麼辦？我真的還沒做好昭告大眾的準備啊。

「教官對不起！我下次不會了。」

梁教官笑了，臉上露出深邃的酒渦，可愛的模樣把嚴肅感全一掃而空。教官說：「你們如果不再犯，這次的事情我就當作沒發生過。你們就放一萬個心吧，我不會把事情說出去的。」

「謝謝……謝謝教官。」我不斷向教官道謝。

「不用謝了，快回家吧，你家不是離學校很遠嗎？」

沒想到教官連我住得很遠都知道，看樣子他已經調閱過我和王文彊的資料了。

「好，謝謝教官！」

我轉過身，三步併作兩步，離開司令臺。

才剛走到操場跑道上，教官的聲音從我身後傳來：「李勤同學，你等一下。」

啊……教官該不會改變心意要懲處我們吧。

我停下腳步，轉身望向教官。

教官走到我面前來，壓低聲音說：「下次你們要去頂樓，走左邊樓梯，那裡的監視器壞了，拍不出清楚的影像。還有，去頂樓只可以聊天，不可以亂來喔。」

我瞬間羞紅了臉，竟講不出話來。

第三十六章　我們的新隊員是……

週六的比賽，用殘破陣容出戰的棒球社徹底遭到對手羞辱，比賽只打了四局，就提前以二十：〇敗北。我打第九棒，只有一次打擊機會，看了四顆球被三振。至於守備嘛……就別提了。

賽後球隊拉到一旁的草坪上「檢討」。

「可以只跟學長說我們輸球，不要講比數嗎？」來劭辰仍是嬉皮笑臉地說。

「聯盟官網會公布比數，學長一定會看到啦。」王文彊說。

王文彊被禁止打球，今天還是來「看」我們比賽而已。

「那只能希望學長看到比數後能夠保重身體……。」來劭辰說。

「你講那什麼鬼話，怕學長知道比數有什麼用？打這麼差才真的丟臉，大家明天出來特訓！」暫代隊長的閻世熜對大家說。

「明天我不行，一整天都要補習。」新加入的二年級學長邱德然說。

「我也不行，明天要跟朋友約出去吃飯。」說話的是胡孟暉，他一邊說一邊向我使眼色。

「對對，我明天也不行，要去北投看我媽。」我也瞎掰了一個理由，其實明天我跟胡孟暉要一起去赴前男友李漢宇的午餐邀約。

「你們喔，以後時間都給我排開。一週裡面除了社團練習時間，一定還要有一天練球！」閻世熜的專制口吻看起來有點像安鴻正上身。

此話一出，大家都沉默了。

「嘿，你看，對面有個騎腳踏車的妹，一直往我們這邊看耶。」蕭智麒打破沉默說道。

「她看很久了，你們都沒注意到喔。」王文彊說。

「感覺身材很高䠷，應該是個正妹喔。」蕭智麒又說。

「竟然有正妹來看我們這爛隊打球耶……難道是誰的女朋友？」來劭辰說。

「我沒女朋友喔。」

「我還是處男。」

隊員們面面相覷，沒有人認識那個女孩。

胡孟暉附在我耳邊，小聲地說：「我覺得那個女的很眼熟耶。」

「我也這麼覺得。」我說。

「該不會是……。」

「她來幹嘛？」

「我怎麼知道。」

我拿出手機，傳了訊息給可疑人物。

果然是她沒錯。

「奇怪呢，看你們打球不行嗎？」那女生回我。

「可以啊，不過妳為什麼會想來？」

「我想跟你們一起打球。」

呃……

女生打棒球，不適合吧。

那女生又傳了訊息來：「我過去找你們，你幫我跟隊長說我要入隊。」

「妹子騎車走了耶。」來劭辰說。

「不對，她往我們這邊騎。」蕭智麒說。

「難道真的是來找男朋友的嗎？」來劭辰莫名興奮起來。

「一定不是找你的啦。」

隨著女孩越騎越近，閻世熜對我說：「嘿，班花，那是你妹妹吧。」

我「嗯」了一聲。

來劭辰沒見過我妹妹，對我說：「班花，你妹看起來滿正的耶。」

「你少胡說八道，班花他妹是跆拳道黑帶的，小心她踢死你。」蕭智麒對來劭辰說。

「所以你妹是來幹嘛的？」閻世熜問我。

「她說……想加入球隊。」

聽到我這麼說，大多數的人都面露訝異的表情。

「你妹妹會打棒球喔？」閻世熜問我。

「我不知道，沒看過她打，應該是不會吧。」我說。

「她體格是不錯啦，但女生不適合打棒球吧。」

闔世熜的想法跟我一樣。

「我真的不知道，她突然跑來也沒先告訴我。」

「好啦，她過來了，別說了。」王文彊說。

妹妹把腳踏車停在路邊，走到我們面前，在十步之遙處停了下來，就這看著我們，一聲不吭。

胡孟暉推了推我，小聲地說：「班花，介紹一下你妹妹啊。」

我這才回過神來，跑到妹妹身邊，對眾人說：「各位隊友，這位是我妹妹李雨薇，現在讀國中一年級。」

妹妹仍是那酷酷的表情。

「嘿，妳要講話啊，妳剛才不是說想幹嘛嗎？」我對她說。

妹妹這才開口說：「我想打棒球，讓我加入球隊。」

闔世熜站了出來，說：「我是代理隊長的闔世熜。我們球隊目前的確很缺人，聯盟也沒規定女生不能打，但要打球還是要憑實力。妹妹，妳會打棒球嗎？」

「國小的時候打過。」妹妹說。

「打樂樂棒球那種的不算喔。」

「跟男生打過你們這種硬的棒球的。」

「那好，妳會傳接球嗎？」

「會。」

妹妹從身後的背包拿出一個手套，戴在手上。

我不知道妹妹竟然有棒球手套。

「那妳表現一下給我們看吧。班花，你跟妹妹丟一下我看看。」闔世熜對我說。

我拿出手套，站在草皮上跟妹妹丟起球來。

妹妹的丟球姿勢還滿標準的，而且她的球速竟然比我快……

丟完球之後，闔世熜拿球棒給妹妹，讓她去練習打網。

「妳妹的球速比你還快耶。」蕭智麒對我說。

「她的運動細胞很好。」我回答道。

「我覺得你的運動技能點數都點到你妹身上了。」蕭智麒說。

來劭辰在旁邊插嘴，說：「班花，妳妹有沒有男朋友啊？」

「我怎麼知道，她才國中生交什麼男友？」

「我應該是她的菜吧。」

「你少噁心了，敢調戲她的都會被她揍得很慘。」

「沒關係，打是情罵是愛，我剛好有M屬性。」

「好啊！你可以去追她，被打死就別怪我沒事先警告你。」

在我們扯淡的同時，妹妹用盡全力揮擊闔世熜所拋過來的球，雖然姿勢有點怪，有幾球倒也打得很紮實。

打擊練習完，闔世熜拿了瓶水給妹妹喝，問道：「妳真的想來打球喔？」

「真的！」滿頭大汗的妹妹斬釘截鐵地說。

「那妳要好好練習。」

妹妹指著我，說：「我會常跟他去練習的。」

「嗯，你們都好好練，一起進步吧。至於加入球隊的事，我還要問一下學長，再給妳答覆。」

中午，我搬完球具，走進家裡，妹妹正好坐在客廳喝飲料，我便問她：「妳為什麼想來打棒球？」

「就是想打啊。」

「妳若是來打球，我得分心照顧妳，很麻煩。」

「幹嘛照顧我？我可以自己照顧自己。」

「隊友很色，我怕他們會欺負妳。」

「誰欺負我，我就揍誰。」

我這妹妹，真的很「赤[1]」。

「妳打棒球，那跆拳道怎麼辦？」我又問妹妹。

「不想練了。」

「為什麼？」

「我前幾天揍了葉軒寧，他媽媽來找教練投訴，教練就把我退隊了。」

「什麼！妳幹嘛又揍他？」

「因為他跟別人說想追我。」

「要追就讓他追啊，何必打他？」

「因為他公開講，讓我覺得很丟臉。」

後來我才知道，妹妹也喜歡葉軒寧。

為什麼喜歡的對象告白，卻要打他呢？

我不懂。

這個叫李雨薇的女生，真的很古怪。

「要打球可以，但千萬不能打人。」我這麼對妹妹說。

妹妹笑了出來，我好久沒看到她的笑容。

「不會啦！」妹妹說。

但願如此。

1　赤（tshiah）：兇巴巴。

第三十七章　久違的人們

這陣子，一些久違的人紛紛出現了。

約吃飯那天，我見到了前男友李漢宇，他又長高了一些，也變得更帥了，但那愛挖苦人的個性依舊沒變。

「聽說你的綽號是班花？」李漢宇在午餐席間問我。

我「嗯」了一聲。

「你這麼嬌弱，被叫班花再貼切不過了。你們學校有很多人搶著保護你嗎？」

我完全不想回應。

席間我和李漢宇沒什麼對話，他邊吃邊玩手機，而我則是悶著頭一直吃，順便偷聽胡孟暉和他暗戀對象吳臻蓁的對話。

他們聊得可開心咧，我覺得總有一天聽到他們交往，我也不意外。

吃完甜點，李漢宇開口問我：「最近有交新男友嗎？」

「算有吧。」

「這很好啊！希望你的男人夠強，可以保護嬌弱的班花。」

媽的！一直說我嬌弱，我是有多差勁？

「那你有男朋友嗎？」我反問李漢宇。

「你猜呢？」

「我怎麼知道。」

李漢宇摸了摸自己的臉，說：「你看我這張俊美的臉，會缺人愛嗎？」

我把能罵的髒話全在心裡罵了一次。

李漢宇真是個超超超超級令人厭惡的人。

連胡孟暉後來也對我說：「這個人真討厭，你怎麼會喜歡他？」

「應該目珠糊到蜊仔肉吧。」

「我不覺得是這樣。」

「不然咧？」

「男人不壞，女人不愛啊。像他那種壞壞痞痞又帥氣的類型，其實很吸引人，你看路上那些痞子，哪個旁邊沒跟個正妹？可惜啊！你我都不是這種類型的男人。」

（我才不要像他那種類型咧！）

這場餐會我跟李漢宇不歡而散，但胡孟暉卻跟吳臻蓁有說有笑。

我覺得他未來很有希望。

幾天之後，兩位久違的家人回家了。我們的小妹妹李樂在新生兒病房住了半個月之後，終於出院了，跟媽媽一起回家。

這天，整個裡頭社的人幾乎都來了，大家輪流抱著妹妹，七嘴八舌地聊著。客廳人實在太多了，我們四個大小孩只得躲在姊姊房裡。房間乾淨多了，像能住人的地方了。
這是我在二姊的淫威之下，也拉著矮子邱一起整理這個原本凌亂的房間。結果姊姊房裡的話題也跟外頭一樣，在談論妹妹像誰。
大姊覺得李樂像妹妹，二姊則說李樂像她。
「像妳就慘了，矮肥短。」大姊說。
二姊挺起她傲人的胸膛，說：「什麼矮肥短，妳沒聽過『環肥燕瘦』嗎？我這個叫豐腴，像楊貴妃好嗎？」
妹妹則覺得李樂像我。
「像李勤也好啦，長大可是班花等級的。」二姊說。
「班花只是綽號啦！而且我現在可是棒球隊的先發球員，才不像嬌弱的花咧。」我不甘示弱地回應。
「先發球員耶，好厲害唷！」
二姊酸溜溜地鼓掌，接著說：「你打過安打了嗎？」
我嘟起嘴，竟然沒話可以反駁。
「你好好練習啦，下一場打安打回來跟我說，我請你喝手搖飲。」
二姊偶爾還是會說點有建設性的話嘛。
母親和小妹回來了，我們李家終於合體了！接下來就要迎接的是姊姊肚子裡的新生命。十多年來，我們家總是熱熱鬧鬧，再添兩個小朋友，肯定更是人丁興旺。

至於另外的訪客，那就不是在我們預期裡的人物了。

某天，一位西裝筆挺的男士找上門來，把名片遞給母親，那個人是位律師。母親一開始還以為他是矮子邱的律師，但在律師說明來意後，母親大吃一驚，連忙把在里長家喝茶的老爸找了回來。

這個律師姓郭，是老爸的老爸——也就是我未曾謀面的親生阿公派來的。

郭律師對老爸表示：「李先生，您的父親黃元祿先生，目前人在某醫院的安寧病房接受臨終照顧。醫生預估黃先生的壽命可能剩不到兩週，他與繼承人希望能在生前把遺產等事情談妥。黃先生的遺囑已經寫好，也經過律師的見證他會將一部分的資產轉換成現金贈予給您。這是支票，請您過目。」

律師將一張支票放到桌上。

老爸是見過大風大浪的人，當初跟黑傑克舅公在外頭收帳時，七位數字的支票也看多了，多年後再看一次，仍是一派鎮靜。

「嘿，這樣是多少？」母親小聲地問老爸。

「三百。」

支票上寫了個「參」，後頭跟著六個「零」。

「他會不會是詐騙集團？」母親又小聲問。

「人家是正牌的律師。」

老爸把支票推回給律師，說：「要不要收，不是我一個人說了算，我們得開家庭會議討論。就麻煩您把支票收回去，等我們討論妥當後再來吧。」

郭律師走後，母親拉了拉老爸的衣袖，問：「你阿答馬秀逗了嗎？三百萬耶，幹嘛不收起來？」

「我不想收那種人的錢。」

我從小聽過很多老爸小時候的可憐單親故事，但撇開他的兒時創傷不論，現在我們家真的滿需要用錢的，為了以前的怨念，把白花花的鈔票推出門外，實在有些不明智。

老爸是個堅信家庭民主的人，他認為得把自己的意志在家庭會議上貫徹。

就在當天晚上，家庭會議緊急召開，列席的除了我們一家六口，還有阿嬤、阿匿叔公，以及矮子邱。

老爸在會上把事情始末講了一次，並且詢問大家的看法，年高德劭的阿嬤第一個跳出來反對，她說：

「支票絕對袂使收！」

我以為身為務實主義者的阿嬤會跟老爸站在同一陣線，沒想到阿嬤卻是站在對立面。

「你愛去法院告，乎法院去做（親子關係）鑑定，黃仔祿的財產無的確有幾若億，提三百萬出來就欲準拄煞，無可能！」

經常扮演暴走阿嬤煞車皮角色的阿匿叔公則在一旁說：「告法院嘛愛告真久，真正鑑定通過分著財產，嘛毋知影愛要多久矣，而且黃仔祿擱在世，無的確著先去脫產咧。」

「這毋較簡單，先申請強制處分，乎伊無法度脫產啊。欲走法律，我嘛足捌啦。」身為女強人的阿嬤，的確很嗆辣。

母親對阿嬤說：「阿母，逐家按怎講嘛算親晟，俗語在說『人前留一線，日後好相見』，莫相告啦。後日加幾个親晟會使來往，嘛真好啊。」

我們小孩們在家庭會議上是沒有話語權的，但我們都贊成母親的看法，三百萬真不是什麼小數目，真要不收去法院告，說不定最後半毛錢都拿不到。

冗長的家庭會議在小妹因發燒大哭大鬧下草草結束，大人們各執己見，沒有共識。
兩天後，郭律師帶著一疊文件和支票再次出現在我家門口。
他身旁還跟著一個人。
據當天在場的大姊和矮子邱說：那人跟老爸長得還真像！

第三十八章　飄撇阿公

我一直覺得黃元祿阿公的性格跟故事，跟李漢宇有點像。他們都是外地來到偏遠的裡頭社，外型可能都不錯，再加上那精美的嘴上功夫，一下子就騙得單純的裡頭社人暈頭轉向。只是千古渣男一個樣，最後都以落跑做為故事的結局。

「生下來就沒爸爸」這件事對老爸產生深遠的影響，當他開始組建家庭時，就試圖成為一個理想中的父親。老爸雖不完美，但他絕對是個好爸爸，也很在意別人會是個怎樣的爸爸，尤其是他外孫的父親矮子邱。

這陣子矮子邱還是不改本色嘻嘻哈哈，但我總覺得他是在藉由裝瘋賣傻掩飾自己心中的不安。詐騙車手案件糾纏著矮子邱，他一天打兩份工，想在開庭時讓法官有個好印象，也想做給李家人看，讓我們認可他。不過，高標準的老爸對矮子邱還是千百不滿，萬般挑剔。

對於來訪的客人，矮子邱和大姊猜對了，他是老爸同父異母的兄弟，名叫黃德韶，比老爸小四歲，我該叫他叔叔。

失聯了幾十年，老爸才從德韶叔叔口中得知他父親的一些消息。黃元祿阿公跟元配生了三個小孩，除了德韶叔叔外，上頭還有兩個姑姑。就德韶叔叔所知，阿公在外頭除了老爸之外，還有一個女兒，關於這個女兒的遺產分配已經打點好了。

上一代的人很注重家族的男丁，阿公重病後，一直要求德韶叔叔聯繫我們家。德韶叔叔沒有結婚也沒小孩，幾個姑姑雖然有生小孩，對阿公而言外孫畢竟還是「外姓」，而不同姓的我竟然成了黃家唯一的內孫。

這些親屬關係還真複雜。

德韶叔叔是個職業軍人，在軍中從事尖端武器的研發，對阿公的事業一點興趣也沒有。阿公在幾年前退休，將原本經營的公司轉賣他人，換了不少的現金和股票。

大姊說，雙方第二次見面還是沒有共識，德韶叔叔得工作，就先回花蓮去了。

又過了幾天，我依照往常的習慣，搭公車在島頭下車，才剛走上回家的路，就被涼亭裡的人叫住，我一看，原來是老爸和另一名陌生男子。

「兒子，你過來一下。」老爸對我說。

老爸最近對我的意見很多：一下子說我缺乏運動，像飼料雞；一下子又說我沒有扛起責任，對家裡不夠關心。我不喜歡老爸叨唸，但又覺得他最近壓力很大，讓他當出氣筒，唸一唸發洩一下也好。這下被他叫過去，我看定又免不了一陣碎嘴。

「坐下吧。」老爸對我說。

昏暗的光線下，我看不清坐在老爸身邊男人的臉孔。

「李勤，叫叔叔。」老爸對我說。

叔叔？

我這才發現坐在老爸身旁的是德韶叔叔。

「德韶叔叔好。」
「是李勤嘛，上次沒見到你。」
「他功課多又通勤，回來都晚了。」老爸說。
「孩子長這麼大了，哥哥你栽培得很不錯呢。」
「說到兒子，德韶你也三十五歲了，不考慮結婚嗎？」
「工作又忙又累，難得放假回家也也就是只是徹底休息，沒什麼時間交女朋友。」
「要不要我幫你介紹。」
「不用麻煩哥哥啦！反正我們家有優秀男丁就好了，我當個單身貴族倒也自由。」
「說他優秀倒是還好，就書讀得不錯，腦筋還算靈光，可惜就沒長個子。」
（你自己的個子又多高？）
「蔣經國、鄧小平的個子也都不高，也是很有成就的。」德韶叔叔說。
「那是大人物，我們只是小老百姓。我希望這小子平平安安過日子就好。」
老爸接著說：「爸爸應該不清楚我這裡的狀況吧？」
「這我不太清楚，爸爸很少提這些事。以前我媽媽還在的時候會為了他外面的事情吵架，媽媽走後爸爸就不提了，不讓我們知道。反倒是最近，他的精神狀況時好時壞，有時醒來就嚷著想見你和德韻。」
「他有提過我媽媽嗎？」
「沒有。」
「我記得在我十八歲以前，爸爸都會固定寄生活費來，也常常跟我媽寫信。」
「你媽媽還是很不諒解爸爸吧？」

「她每次都會把收到的信拿給我看，將錢收起來，然後點火把信燒掉。對我媽媽而言，爸爸是個不可饒赦的負心漢。」

「那哥哥你又怎麼想的？」

「爸爸都會在信裡寫說要來探望我們，小時候每次接到信都很期待他會來，但他真正出現的次數非常少，就算來也常跟我媽媽起衝突。」

「爸爸到哪裡都會起衝突，我媽媽以前也常帶著警察四處抓姦。說實在的，除了哥哥你和德韻以外，哪天又跑出幾個人說要認親，我也不會太意外。」

「沒辦法，爸爸年輕的時候真的很帥，口袋又深，自然會吸引很多女人。」

「他不煙不酒不賭，就敗在好色。」

「哈哈哈，我就是他好色的產物。」

「唉，這些都是往事了，現在的他就只是個病到快死的老人，什麼都沒意義了，倒是丟下一堆事情要我們幫他收拾爛攤子。」

大人們的對話我聽得不是完全明白，是後來才知道，對話中的德韻是黃元祿阿公和另外女性所生的女兒，現在住在中部。

老爸轉頭問我：「嘿，小子，你想去見阿公一面嗎？」

被老爸突如其來這麼一問，我小聲地回答：「我……都可以啦。」

「哥哥，你們多久沒見過爸了？」德韶叔叔問。

「我二十出頭的時候有一次卡到案子，他有來保我還幫我出律師費，之後就沒見過了，算一算也二十年沒見到他了。」

「他應該不太喜歡你以前在做的事情吧？」

「很不喜歡，之前我關在看守所，他寫了幾封信來要我好好做人。」

「除了那方面，爸爸算是個正直的人。」

「每個人都有弱點。」

「哥哥，你會恨爸爸嗎？」

「以前就跟著我媽一起恨他，現在不會了。不去刻意想起，就跟陌生人一樣吧。」

「不過郭律師說我們兩個長得很像。」

「我們同一個爸爸播的種啊。」

兩個大人們都笑了，笑得有些無奈。

「李勤，」老爸又對我說：「你明天請假，跟我去花蓮看看你阿公吧。」

我點了點頭。

雖然明天是社團活動要練球，但我更想看看這位與我血脈相通的風流老人，到底是個怎麼樣的人物。

這是第一次見到他，也應該是最後一面。

第三十九章　黃姓人家

隔天天剛亮，老爸就把我從床上挖起來，搭上他的車往花蓮而去。

雖然東部公路的景色壯麗，平常話多的老爸卻很沉默，越接近目的花蓮市，他的表情就越發凝重。

其實我的心裡何嘗不忐忑呢？但老爸心中所受到的煎熬，卻也不是我能理解的。

時隔二十年，再次見到生命中完全缺席，充滿負面印象的親生父親，這本來就不容易。可是，若是這次不見，以後也見不著了。

這樣的人生，還真是戲劇性。

老爸小時候的悲情故事，我們聽多了，但我們從未意識到，老爸的父親其實與我們一同活著，有自己的人生與家庭，如今，阿公的生命即將走到盡頭。

一路上，我睡睡醒醒，腦中一片混亂，卻理不出頭緒。

醫院終於到了，昨晚先回花蓮的德韶叔叔已在樓下接我們，一旁還站著一位中年女性。

「姊，這是李先生。」德韶叔叔對身旁的女性說。

「坤昇哥，這我大姊黃德龑。」

爸爸伸出手想跟這位德龑姑姑握手，但對方卻將手放到身後。

氣氛瞬間凍結。

「爸剛醒，你們快進去看他，免得等一下他睡著又叫不醒。」德蕻姑姑說完，轉身走進一旁的便利商店。

德韶叔叔一臉尷尬地對我們說：「坤昇哥，真是對不起啊！我大姊對爸爸在外頭的事情還是不太能諒解。」

「沒關係，大家都需要一些時間。」老爸說。

我們跟著德韶叔叔上了電梯，安寧病房在八樓。

進到阿公所住的單人病房，裡頭光線充足，色調溫和，但眼前病床上的老人模樣，卻與周遭環境產生極大的反差。

老人的臉蠟黃到發黑，鼻子戴著氧氣，無力地倚靠在病床邊。老人非常瘦，雙頰凹陷，嘴唇乾癟，腦門上除了剩下幾莖白髮，就只有數不清的老人斑。老人的肚子圓滾滾的，搭配細小的四肢，猶如科幻片中才有的突變異種。

德韶附在老人的耳邊喚了幾聲：「阿爸，坤昇哥哥佮孫仔來啊。」

但老人像是睡著一般，毫無反應。

德韶叔叔再次靠近老人的耳畔，對他說：「阿爸，坤昇哥哥和伊後生、你的查甫孫仔來啊。」

語音方落，老人的眼睛突然睜開，深陷眼眶裡的眼珠子咕溜溜地轉動，好像在掃視四周一般。

德韶叔叔指著我們站立的位置，對老人說：「阿爸，坤昇哥佇轄。」

過了約莫十秒鐘，老人開口了，但聲音十分微弱，我們根本不知道他說了什麼。

「坤昇哥，阿爸愛你卡過來咧。」

老爸走了過去，我這才發現他的臉上早已滿布淚水。老爸坐在床沿，握起阿公的手，說：「阿爸，是我，坤昇仔。」
「喔……坤昇仔，咱有幾年無見面啊？」老人問道。
「應該有二十年啊。」
「實在真久呢……。」
「有影足久。」
「你阿母呢？伊好無？」
「伊人真好，身體真勇健。」
「伊甘是無想欲來看我。」
「毋是，我無佮伊講。」
「按呢嘛好，我這款欲死的形伊看了嘛無爽快。」
「阿爸你毋通按呢講啦。」
老人沒回答，而是將眼神投往我身上，問道：「這敢是你的後生？」
老爸偷偷拭去淚水，對我說：「是啊，你來叫阿公。」
我站到老爸身邊，原本要叫一聲「阿公」，但話到嘴邊卻收了回去。
「少年家，你佮你老爸少年時仝款，生了真婧呢。」
老人好像有些累了，閉上眼睛，但嘴裡還是繼續問：「坤昇仔，你有幾个囡仔？」
「五个。」
「五个……真濟呢，比阿爸閣卡濟。」
「是啦，囡仔濟，逐工攏足鬧熱。」

「幾個查甫？」

「干單一个，就這个。」

「伊姓啥貨？」

「與我仝款。」

「敢毋是姓黃？」

「姓李。」

老人嘆了口氣，喚了聲「阿韶」，說：「你佮你阿姊講看覓，若有乎囡仔姓黃，加一分互伊。」

老人說話的當下，我不懂他的意思是什麼，後來才知道，老人想要我改姓黃，我們家可以多得一份財產，也就是三百萬。

「阿韻咧？敢無來？」

老人突然問起了另一位女性所生的德韻姑姑，然後就是無止境地跳針講當年在西部的往事。

約莫絮叨了十分鐘，老人眉頭一皺，拚命喊「疼」。

德韶叔叔立刻請了護理師來，幫老人打了止痛針。

「癌細胞轉移到骨頭，所以有時候會很痛。」

打完了止痛針，老人沉沉睡去。

「爸睡著了。坤昇哥，你們餓嗎？我帶你們去吃點東西。」德韶叔叔說。

「不用麻煩啦，我們自己去就好。」老爸說。

「哥哥你就讓我略盡地主之誼吧，爸爸應該也會想要我們兄弟好好相處。」

「那這次就聽爸的話讓你招待，改天來臺北，我再招待你去吃好料。」

就在我們準備轉身離開病房的同時，本以為睡著的老人突然抓住我的手。

我嚇了一跳，轉過頭看著老人，但他並沒有睜開眼睛。

「阿爸，閣有啥物代誌？」德韶叔叔在老人耳邊說。

「乖孫，你愛好好讀冊，友孝序大，大漢了後無通親像阿公愛風流，食老互人嫌。一定愛記咧，你身軀內底有阮黃家的血脈呢。」

「阿公，我知。」

老人用他冰冷的手掌，輕輕撫著我的手背，平靜的臉上，掛著一絲微笑。

第四十章　好爸爸與好舅子

老人講完話後真的睡了，我們把他交代給看護便離開醫院。

德韶叔叔帶我們去吃了花蓮市區的扁食，還去咖啡廳喝了飯後咖啡。

老爸與這個同父異母的弟弟很投緣，簡直是無話不談。

希望老爸可以因此得到一個好弟弟，這樣我也會有一個好叔叔。

我們下午三點多回到醫院，阿公雖然睜著眼睛，但意識紊亂，除了喊痛以外就是胡言亂語，沒人聽得懂他在說什麼。

「你們今天運氣不錯，有遇到他清醒的時候，之後他清醒的時間會越來越少。」德韶叔叔又說：「阿爸傍晚過後就很少會清醒，阿勤明天也得上學，你們就先回去吧。」

在家裡爸媽都叫我「弟弟」，其他人則直接叫我李勤，只有德韶叔叔用「阿勤」來稱呼我，聽起來還不錯。

老爸從包包裡拿出兩張照片，那是我沒看過的兩張舊照片。

一張照片裡頭的人物是年輕爸爸肩上扛著一個小男孩，看樣子應該是阿公跟老爸。照片裡的父子倆笑得燦爛，感覺關係很融洽，一點都不像不常見面的親人。另一張照片裡的老爸理了個大光頭，穿著草綠色的軍服，跟阿公併排站立合照，應該是當兵懇親時的照片吧。

「如果阿爸有清醒，就麻煩你把照片拿給他看，說不定可以勾起他以前的回憶。」

德韶叔叔看到老爸穿著軍裝的模樣，便開始提起入伍的梯數，然後就聊開了。

男人只要聊到當兵，那就是沒完沒了。

本該離開醫院的我們，又在病房裡多待了半個小時。

直到老爸發現時間晚了，才向姑姑叔叔告辭。德韶叔叔小心翼翼收起桌上照片，接著送我們下樓。至於在一旁半天不出聲的德讌姑姑，只是說了句「小心開車」，就將注意力轉回手機上面。

車子駛離醫院停車場後我才發現，我們父子倆大老遠跑了花蓮一趟，該解決的事情沒解決，卻帶回更複雜的問題。

老爸仍未回覆是否要收下那張支票，而阿公卻拋出一個要我改姓黃的難題。

錢誰不想要？但家族的記憶創傷，讓我們無法輕易決定。

回程的路上，老爸的話多了起來。

「兒子，你覺得我們的花蓮親戚如何？」老爸問我。

「德韶叔叔人很好，德讌姑姑就要多交流了……。」

「對姑姑而言我們是外人，有外人突然介入家庭，還要分財產，一時之間也沒辦法接受吧。」

「對啊。」

「那阿公呢？對你而言，他也是個突然冒出來的親阿公吧。」

「覺得阿公是個慈祥的長輩。」

「慈祥……他其實可無情的呢——」

「但是照片裡的老爸跟阿公在一起好像都很開心。」

「久久看到爸爸一次，我不笑難道要哭喪著臉嗎？這可是我跟他唯二兩張照片呢。」

我一時之間不知該如何回答老爸。

「你覺得阿公是個好爸爸嗎？」老爸又問。

「我不知道。」

爸爸笑笑了，又問道：「那我呢？我是個好爸爸嗎？」

「你當然是好爸爸啊。」

「你不覺得老爸我沒什麼成就，不能給你們過好日子，規矩卻很多嗎？」

「不會啊，老爸你是個很負責任的爸爸，對我們也很關心。」

「如果我拒絕這筆天降橫財呢？你們應該會怨死我吧。」

接受或拒絕——這問題豈是我能決定的？

「那你呢？想改姓黃嗎？」老爸又問。

我不知道，真的不知道。

就只是個姓氏而已，改了就有三百萬。

但是我姓李姓了十六年，還有我的家人都姓李，為什麼要改姓黃？

「我不知道……。」我一直對老爸重複這句話。

「呵呵，如果我是你我也不知道。」老爸說：「回到現實層面，我們家真的很需要這些錢。」

「對啊。」

「我這個老爸，其實也是很脆弱……像我這麼脆弱的人，是個好爸爸嗎？」老爸喃喃自語。

「老爸，你真的很好。真的很好啦！」

「哈哈哈，謝謝你耶。我沒有人當範本學怎麼爸爸，卻膽大包天地生了五個孩子，跌跌撞撞二十年走到今天，除人貴人相助，完全都是好運。兒子啊！謝謝你長期以來的支持和包容。」

老爸，別再說這些催淚的話了，再說下去我要哭出來了！

我們父子間的話題終於轉到棒球上頭，又談到了老爸在市場裡的工作，最後則是討論大姊和矮子邱的事情。

「政瀛現在的處境很我當年很像，但我真不知道他能不能跟我一樣改過，如果他肯改，我們可以一起支持他，但他真的讓我很沒信心。」

認識矮子邱那麼久，我本人也對他沒信心。

但為了大姊，還有支持他們的母親，我不敢當面質疑矮子邱。

前陣子矮子邱又跑來找我，低聲下氣地說：「同學，我可以拜託你一件事嗎？」

「什麼事？」矮子邱來找我總是沒好事。

「嘿，同學你很健忘耶。你忘了之前拜託你的事情嗎？」

我想了想，應該是之前矮子邱請我教他讀書，想重考的事。

「你是說教你讀書嗎？」

「對呀。」

矮子邱從口袋裡掏出一千塊，硬塞到我手裡，說：「這是補習費，那就拜託你啦，同學。」

「幹嘛啦！教你讀書ＯＫ，不用付錢啦。」

「我有付錢，才會認真上課；你有收錢，才會認真教我。」

「好啦，你真的很囉嗦。我先把錢收起來，等大姊生了之後再拿這筆錢幫小孩買尿布或奶粉吧。」

「這是你的錢，你要怎麼用就隨便你囉。」矮子邱又說：「那就約週二跟週四晚上吧！」

我很想拒絕矮子邱，但我開不了口。

第一次當家教老師，竟然是教我的國中同學兼姊夫，並且是學校裡最頑劣的學生之一。

第四十一章　平凡的一天

一天來回的花蓮之旅讓我累壞了，隔天上課幾乎都在昏睡。
「你的品種是睡蓮嗎？一直睡。」胡孟暉試著把我搖醒，但我還是難以振作精神。
吃完午餐後，總算有了點精神，才剛拿出手機想滑一下軟體看看有沒有好玩的訊息時，王文彊傳來的訊息也剛好出現在螢幕上，他寫道：「我在頂樓，你要來嗎？」
「都被教官盯上了，你還要去喔？」我回覆王文彊。
「教官不是說有一邊監視器是壞掉的，就從那邊走。」
「但教官也告誡我們要低調。」
「今天上去一下，之後幾天都不去了。」
我說不過王文彊，只好上樓找他。
一出頂樓門，王文彊就伸手拉我過去，然後不知道從哪裡拿了一把鐵椅子，卡住門口。
「現在要幹嘛？」我問道。
「為什麼一定要幹嘛才找你？」
王文彊直接將我摟在懷裡，張嘴伸出貪婪的舌尖，想跟我接吻。
他真是一個熱愛接吻活動的人。

吻了一會兒，我推開王文彊，說：「夠了啦！」
王文彊舔了舔嘴，滿意地笑了，並從口袋裡拿出一個塑膠袋，在我眼前晃了一晃。
我看到裡頭閃著銀色光芒的圓形物體，便問：「這是遊樂場還是打擊場的代幣？」
「猜對了！是打擊場。」
「你不是被禁止打球嗎？幹嘛買這個浪費錢？」
「不，我爸媽終於妥協了，說我可以練習棒球，但是不能上場比賽。」
「咦，他們為什麼突然變得這麼好說話？」
「他們才不會平白無故給我獎勵，這可是我認真讀書換來的呢！」
一向成績中等的王文彊，這次段考竟然暴衝到全班第五名，原來是為了打球才把心思放在課業上啊。
我不得不佩服王文彊的讀書本領。
「還真是恭喜你。」我說。
「那你今晚要跟我一起去慶祝嗎？」
「這種小事還需要慶祝喔？」
「這哪是小事，對我來說很重要耶。」
「好啦，是要去哪裡？」
「我們先一起吃個浪漫晚餐，然後去打擊練習場。」
「我沒有事先跟家人講，臨時不回去他們會生氣。」
「放心，你說要練球，就算你晚上不回家你爸也會同意。」
為什麼這些人都知道「練球」就是我的萬用通行證？

「好啦，我去，但不能太晚，練習場離我家很遠。」
「沒問題，九點之前就放你走。」
話剛說完，王文彊又抱住我，開心地磨蹭。

這天晚上，我們先吃了一頓氣氛不錯的晚餐，接著去打擊練習場。
王文彊雖有一陣子沒碰球，但他打得還是比我好太多了。
「你打得很好耶，真的不考慮回球隊嗎？」我說。
「好不容易解禁可以練球，短期內不要再去衝撞我爸媽了好嗎？」
嗯，你不敢衝撞爸媽，倒是很敢衝撞教官呢。
「下個月就要聯賽了，我們球隊現在的狀況……。」
「我知道啦——至少要等到下一次段考再有好成績，才有可能跟我爸媽談條件嘛！」
「唉，好吧。」
王文彊拍了拍我的肩膀，說：「所以親愛的，你要好好練習，球隊靠你了。」
「練了這麼久，感覺都沒有進步……。」
「哪裡沒進步？你還記得第一次學長打滾地球給你接的時候，你跑到雙腳打結，連慢得跟烏龜的球都可以火車過山洞。才幾個月不到，你就搖身一變成為球隊主力呢。」
「等等，」我打斷王文彊的話：「你要給我信心可以，但話也別說得這麼誇張。我不是主力，是『拖累球隊的主力』。」

「就說不要那麼沒自信，你本來就沒底子，能打這樣已經很好了。」

「好好，我很好、很有潛力，我會努力練習的。」

「這樣才對。而且我練球解禁了，以後可以常常陪你練習了。」

練習、練習，還是練習，我的生命都被棒球給佔滿了。

我真的沒有這麼喜歡這項運動。說白了，我本來就不是個喜歡運動的人。

不知不覺時間快到晚上九點，我得回家了。

「我陪你一起搭公車回去吧。」王文彊說。

「幹嘛那麼麻煩？我從這裡到島頭可能都要十點了，到時候你會沒車回市區。」

王文彊立刻拿出手機，打開公車APP，查了一下，說：「最晚十二點都有車喔，如果沒車就搭計程車吧。」

對第一次戀愛的高中男生而言，無論如何都要爭取跟另一半相處的每一分每一秒，就算要花幾百塊搭計程車，也要狠心花下去。

這麼說來，我的初戀男友李漢宇就不是這個樣子，他的生理需求遠高於情感需求。

「你談過幾次戀愛啊？」我問李漢宇。

「不告訴你。」

「說啦。」

「不要。」

「幾次？」

「我第一次跟你談戀愛。」

「我是指跟我以外幾個人談過戀愛？」

「這是祕密，不能告訴你。」

我拚命追問李漢宇，但他怎麼也不回答我的問題。

後來我才知道，這個人小學六年級就已經不是處子之身了。

真是個可怕的人。

比起李漢宇，王文彊好多了，但他就是不夠有趣。

其實我沒什麼立場評價王文彊有不有趣，因為我自己也不是有趣的人。

在公車上，王文彊一直跟我聊美國職棒，我聽著聽著，竟然靠在他肩上睡著了。

就這麼一路睡到島頭。

真是個「可靠的男人」。

直到島頭總站，王文彊才搖醒我。

「對不起，我睡著了，你肩膀很痠吧？」我對王文彊說。

「沒關係，我覺得能被你靠著，很幸福。」

深夜的島頭，一片寂靜，我輕輕挽起王文彊的手，找了個黑暗無光、不被打擾的地方，與他擁抱親吻起來。

這是我第一次主動吻王文彊。

真是個平凡的一天。

第四十二章　為什麼你們都要惹我？

這週的聯盟賽，棒球隊毫不意外地又輸了。

輸球的下場就是賽後全隊到旁邊的草地特訓，這是代理隊長閻世熄當政後訂下的新規矩。

既然是「練習」，原本在一旁觀戰的王文彊換上球衣，拎起手套跟著我們一起下場訓練。

這是豔陽高照的午後，春天早就被曬得無影無蹤，河畔草地，熱氣氤氳。我討厭這樣的天氣，更討厭在這樣的天氣下練球，最慘的是，我身為輸球戰犯，在日頭底下受到嚴酷的操練，跑到雙腿都軟了。

「班花接好！你今天失誤三次耶！」

「判斷錯誤啦！快點去追球！回傳啊！」

「滾地球怎麼可以過山洞！蹲下來擋住啊！」

閻世熄嚴厲的斥責，宣告我棒球生涯的蜜月期結束了。

我可以退出球隊嗎？一開始說好的主要只是當打雜的經理「兼」球員呢？

我一邊追球，一邊偷偷擦掉臉上的水珠，真希望那只是單純的汗水罷了。

至於成為正式隊員的李雨薇小姐，原本表定她上場守左外野，但這小妞因為姓名登錄的問題跟閻世熄吵了起來，最後只能坐滿整場的板凳。

「就跟妳說攻守名單上一定要寫跟大會登錄冊一樣的名字，不然被查到是要沒收比賽的！」闔世熜對妹妹說。

我這個拗脾氣的妹妹就一直坐在休息區角落，整場比賽一聲不吭，直到賽後練習，闔世熜請她上去練習接球，她卻一動也不動。

闔世熜的堅持沒錯，但妹妹心裡也有苦。

「好了啦，別彆扭了，我私下去跟聯盟的人員討論看看讓妳用現在的名字，可以嗎？」我對妹妹說。

妹妹緊抿的雙唇這才放了下來，不情願地拿起手套，走到草地上開始接球。

我滿身大汗，坐在一旁看著妹妹在場上練習。場內場外男性球員對她的表現不斷發出讚嘆聲，這讓我聽來真覺有些吃味。

乾脆下一場比賽叫闔世熜讓李雨薇先發吧。

才剛喝了幾口水，我又被叫去練習打網。

這些人似乎想把我操死。

妹妹下場休息，底下響起一陣歡呼聲，所有人都搶著跟她擊掌。

只是練習而已，她今天根本沒上場啊……

賽後我們又練了快三小時，我和妹妹回到家裡，桌上有中午的剩菜，我把菜熱一熱，隨便吃了一下。

媽媽房裡的小妹在哭，但我真的沒力氣關心他們。好不容易洗好澡，沖去一些疲憊，回到房裡妹妹拿著吹風機吹頭髮。

「欸，我不想打棒球了。」妹妹轉頭對我說。

「蛤，妳說什麼？」我嚇了一跳。

「跆拳道的教練叫我回去參加練習。」
「那妳又會看到葉軒寧了。」
葉軒寧是被妹妹毆打兩次的告白學長。
「在學校也會看到他啊。」
「所以……妳不討厭他了嗎？」
「我又沒說討厭他。」
「如果他又來跟妳告白呢？」
「我們約會過了。」
（蛤！）
李雨薇，妳現在到底在演哪齣啊？

「所以……你們是男女朋友？」
「不是，我跟他說高中之前不想交男朋友。」
「那妳幹嘛跟葉軒寧約會？」
「他想啊。」
「那妳想嗎？」
「約會吃飯看電影，又沒有幹嘛。」
天吶！現在國中小朋友的心理，我真的完全不了解。
「妳突然說不打，我要怎麼跟閻世熜交代？」

「你們又不缺人，而且我剛剛也沒上場啊。」

「妳實力不錯，有妳上場的話我們可能會贏球。」

「只是有可能而已，你們的實力還是很爛，我去跆拳道的話，說不定可以拿到獎牌耶，而且爸媽都鼓勵我再去踢。」

自私的傢伙，我講不過她。

我受不了了！抓住李雨薇的肩頭，對她大吼：「妳這臭傢伙！不可以退出啦！」

「媽的，你幹嘛那麼兇？我沒辦法一邊練跆拳道一邊練棒球啊，假日有的時候也要去道館，怎麼打棒球？」

「我不管啦！妳就是不可以退出！」我抓狂了。

「沒練棒球你同學會罵啊。」

「妳不練也打得比我好！而且妳是女生，他們不會罵妳！」

「你好好練習，就能跟我一樣好，那就沒問題了。」

李雨薇的話讓我氣得七竅生煙。

就在此時，手機響了，是王文彊打來。

「幹嘛！」我接起電話，沒好氣地說。

「我在島頭。」

「要幹什麼？」

「為什麼那麼兇。」

「到底要幹嘛啦！」

「沒事！」

王文彊直接掛了電話。

這是我人生第一次被掛電話。

煩死了！為什麼大家都要針對我？我是招誰惹誰了？

「誰啊？」討人厭的李雨薇竟不識相地問我。

「干妳屁事！」

「你兇什麼兇？」

我衝出房門，在彎曲的小路狂奔，直往堤防而去。

爬上堤防，走到河邊，在堤防腳下坐了下來。

四下無人，我再也止不住滑落的眼淚。

夏日薰風吹動河邊的長草，烈日高掛長空，無情地照著大地。

當然還有孤單的我。

第四十三章　裡社子最堅韌的小草

很多人都覺得我很柔弱，其實我只是長得矮了點，個性又不喜歡與人起爭執，當然還有運動神經比較不好，我李勤可是社子島上最堅韌的小草呢。

我們李姓人家，人口繁多，外人看起來既溫馨又和諧。其實一大家子同住一個屋簷下，難免有摩擦，也有很多說不出口的心事。除了搭公車上下課，我很少有自己一個人思量心事的空檔。

我坐在堤防上，拭去淚水，迎著河上吹來的風，想讓它吹去滿布心中的雜蕪。

剛才出言不遜的李雨薇一直傳手機訊息來，大概是想道歉。但我不想回她，李雨薇就一直打電話來，我索性把電話關機，一直在堤防邊待日頭西落。

我好像對王文彊太兇了，但誰叫他要在我不爽的時候吵我？情侶起爭執很正常，反正他也沒打來，就先冷靜一下再說吧。

天色逐漸轉暗，得回家了。我離開堤防，漫步回家，就在路上遇到大姊和矮子邱，他們也是出來散步的。

我用手擦了擦雙眼，怕他們發現我剛剛哭過。

但大姊跟矮子邱根本沒發現到我的異狀。

「醫生叫我下禮拜可以排時間去生小孩了。」大姊對我說。
「真的喔，恭喜妳終於要卸貨了。」
「但是政瀛下禮拜要開庭。」
「不用擔心，應該會沒事啦。」
矮子邱在說：「很危險啦。那些人都一口咬定我是詐騙集團的核心幹部，要是法官信那一套我就穩死了。」
「法官一定會調查詳細，而且律師也會幫你說話，放心啦。」
「法官會詳細調查？法院裡面的人都是一夥的，警察跟法官說我是首腦，法官會推翻嗎？難啦。」
「要有信心。」
「我家族裡有太多人走法院了，我怎麼會不知道法院裡那套？」
「那你覺得法院會怎麼判？」
「判感化吧，至於判多久就要看法官了。」
「律師不是說會幫你極力爭取保護管束嗎？」
「哎呀！律師都嘛騙錢的啦。律師說的話能信，那籠裡都沒人了。更何況我又有前科，法官一定不會相信我。」
矮子邱之前有贓物的前科，他說是朋友寄放的，進到少年法庭被判訓誡，沒有被關。
「你不要那麼悲觀啦！」我對矮子邱說。

「反正開庭那天我想請假，想陪我老婆生孩子，想親手抱我的孩子。」矮子邱說得很斬釘截鐵。

「你可以申請看看，不過現在請假來得及嗎？」

「我老婆要生了為什麼不能請假？」

「我覺得請假會讓法官印象不好，你勇敢去面對司法，法官更會同情你。」

「不要！判決書早就寫好了啦，我寧願看到我兒子出生，然後乖乖去被關。」

這世界上怎麼總是充斥這些講不通的傢伙呢？

我拉了拉大姊的衣袖，想要她說些什麼。大姊搖了搖頭，什麼話都沒說。

回到家裡，桌上已經擺滿豐盛的菜色。

我們一家所有人都到齊了：老爸李坤昇、母親方淑惠、大姊李愉、姊夫邱政瀛、二姊李悅、妹妹李雨薇、母親懷裡的小妹李樂，還有我李勤。

李雨薇故意坐在我身邊，但我完全不想跟她說話。

我們晚餐時刻總是老爸在主導，飯菜是他煮的，吃飯時的話語權當然也就掌握在他手中，今天他聊的是德韶叔叔。雖然德韶叔叔遠在花蓮，透過通訊軟體，成天跟老爸聊個沒完。

老爸真的很愛這個弟弟。

吃飽飯後，我跟二姊負責洗碗。

碗都還沒洗半個，二姊就問我：「欸，你跟李雨薇吵架喔。」

我沒回答，只是拿著菜瓜布洗碗。

「嘿！李勤你什麼態度，幹嘛不說話？」

態度絕對不是二姊的強項。
「對啦。」我沒好氣地回答二姊。
「人家就不想打你的棒球，你生啥氣？」
「她沒信用，一下子說要加入，打沒幾天又喊著要退出。」
「她有跟你們簽了合約嗎？為什麼不能自由加入退出？」
「那是做人處世的態度好嗎？」
「哎呀，你妹妹她才幾歲，幹嘛這樣逼她？」
「我又沒比她大幾歲。」
二姊忽然眉頭一皺，不再吭聲。
我竟然可以駁倒伶牙利齒的二姊，真是不簡單。
洗好一個盤子，二姊將它擺上碗架，對我說：「我去跟你妹妹講看看，看能不能兩邊都去一下，不要讓你難做人。」
沒想到二姊竟然想當和事佬，我真不敢相信自己的耳朵。
「還有——」二姊話鋒一轉，說：「聽說你怪怪的喔，還掛人家電話。」
這一定是李雨薇跟二姊講的！還有，我是被掛電話的受害者好嗎？
我對二姊說：「誰叫他要在我跟李雨薇吵架的時候打來？」
「嘿！你說『他』，是男生的『他』，還是女生的『她』？」
「我不想回答這個問題。」
「你之前不就跟男的在一起，這次應該還是男的吧。」

「男的女的有什麼差別？」

二姊用滿是洗潔精泡泡的手，拍了拍我的背，說：「臭小子，真不簡單，又談戀愛了，這次可要好好談耶。」

「會啦！一定會好好談。」我反問二姊：「那妳呢？有好好談戀愛嗎？」

「怎麼變成你在問我？」

「姊姊關心弟弟，弟弟也要關心姊姊啊！」

二姊遲疑了一下，說：「就還可以啦，跟老男人在一起總是會有一些代溝嘛。」

我本來還想問下去，但又怕惹到易怒的二姊，就說：「談戀愛本來就會有摩擦，只能用體諒寬容化解囉。」

二姊在我的面前咧嘴大笑，說：「你好像很懂嘛！大情聖李勤——」

「在真正的情聖李悅小姐面前，我只是個無名小卒。」

與二姊的對話的同時，我想起了王文彊，自從掛我電話以後，他大半天都沒消沒息，看樣子應該很不爽。其實我也沒多爽，也懶得主動安撫他，只想晚上好好讀個書，應付明天的考試。

第四十四章　告密者

隔天上學，王文彊果然還在生氣，坐在遠離我的角落，連臉都不願往我這裡轉。

他真是個愛鬧彆扭的人。

我的脾氣也沒多好，要賭氣大家一起來，我才不怕他。

到了中午，我跟胡孟暉、來劭辰等人圍在一起吃飯，王文彊則是一個人躲在角落吃便當。

午休時間，我打算趴著小睡一下，沒想到副班長唐人攸走到我身邊來，對我說：「嘿！班花，梁教官叫你去二樓辦公室找他。」

梁教官？

就是那天發現我跟王文彊的事情、英挺帥氣的梁教官嗎？

我看了看王文彊，他趴在桌上，漫畫則放在桌子下的雙腿上。

笨蛋，都大禍臨頭了還有心情看漫畫。

教官找我，我一點也不敢怠慢，直接起身出門，快步奔向教官辦公室。

身為乖乖牌的我，很少到教官辦公室，才忐忑地進門，就被梁教官叫住。

「李勤，我們到旁邊的休息室聊吧，那裡人比較少。」梁教官說。

梁教官看來一臉平靜，沒有發怒的感覺。

除了跟王文彊去頂樓幽會，我想不到還能有什麼事會讓梁教官找上我。但我跟王文彊都有聽他的勸告，不常上去頂樓，就偶爾算上去，也很小心注意有沒有被人看到，每次也都走監視器壞掉那邊的樓梯。

我跟著梁教官走進休息室，裡頭簡單擺了一組沙發，還有一個茶几，邊上書櫃裡則放著一些無聊的輔導書籍。

「李勤，想要喝咖啡？還是喝茶？」

梁教官的好言好語，反而讓我覺得害怕。

「謝謝教官，我不用。」

「都不喝啊？那就喝開水吧。」梁教官倒了杯水，擺到我面前。

「報告。」有個聲音從門外傳來，梁教官走去開門，門外站著的是王文彊。

這下我心裡有底了，梁教官叫我來，一定是我跟王文彊上頂樓的事情有關。

王文彊沒跟我坐在一塊兒，而是坐在另一頭的沙發上，滿臉陰沉。

「文彊，你要想喝什麼？咖啡還是茶，我也有可樂或汽水喔。」梁教官又問了一次。

「可樂好了。」王文彊完全沒在客氣的。

梁教官從冰箱裡拿出一瓶罐裝可樂，遞給王文彊。

「好啦，我們就敞開心胸來聊，你們知道為什麼教官我今天要找你們來嗎？」

我跟王文彊皆默不作聲。

梁教官面帶笑容，看看我，又看看王文彊：「你們是怎麼啦？吵架了嗎？」

我沒說話，王文彊倒是開口說了句：「沒有。」

「你們要好好在一起喔，畢竟在一起很不容易呢。」

我點了點頭。

「好，我就不兜圈子了。為什麼今天把你們找來，是因為不只一個同學跟教官檢舉，說你們兩個在中午跑上頂樓。教官都跟你們說要低調了，怎麼還被人看到咧？」

「我們都有注意啊。」王文彊說。

「我知道你們很小心，但還是出了差錯被人檢舉了。」

王文彊癟著嘴，未再辯解。

「依照校規，你們兩位擅自到禁止的區域，是要記警告的。我希望事情到我這裡就解決，不要再鬧到主任教官或是你們導師那邊去，你們懂嗎？」

我跟王文彊都點了點頭。

「所以我要記你們兩個各一次警告，折算五個小時的愛校服務，這樣可以嗎？」

既然梁教官都要幫忙了，我們也只能依照他的想法去做。

「你們就安排時間進行服務吧。」

梁教官起身說：「你們快回去休息了，這事情也別放在心上，一切都是程序問題，都是小事，教官我還是很祝福你們喔。」

教官的臉上，漾起一陣笑容。

離開休息室，我跟王文彊一前一後地走在走廊上，我以為他會跟我說些什麼，沒想到王文彊一到教室，就回位子上趴下睡覺了。

發生這麼大的事，王文彊竟然還睡得著。

到底是誰去告密的，而且還不只一個人？告密者到底多了解我跟王文彊之間的關係？還有，到底有多少師長、同學知道了這件事情，這樣的緋聞流傳出去，我李勤的人設肯定全毀。

整個下午，我跟王文彊還是沒有互動，直到放學前，王文彊傳了訊息給我：「世熜找放學後練球，你也來練一下。」

練球、練球、練球，成天就是練球。

雖然心裡這麼埋怨，下課後我還是帶著手套到操場去。

閻世熜、胡孟暉、來劭辰等人都來了，大家見到我都問中午跟王文彊去那兒了，我只能拚命用「不想說」搪塞，但越不說，同學們越起疑。

好不容易盼到王文彊走過來，我對他使了個眼色，他卻一點反應也沒有。

他們明知道我跟王文彊同去，但見到王文彊卻不問了。

我果然是個軟柿子。

「練球吧，這禮拜一定要贏下來。」王文彊說。

所有人便開始練習。

比起閻世熜，王文彊沒那麼積極，他給人一副冷峻的樣子，但越是這樣，白目的高中男生反而會乖乖照著他的話去做，對閻世熜卻會討價還價。

這種人格特質很難描述，就是一種從身上莫名散發出來的權威感。

我猜安鴻正學長畢業之後，下一任隊長若不是閻世熜，就是王文彊。

至於班花我支持誰呢？當然是閻世熜囉。

我們一直練習到將近天黑才解散，心事重重的我，當然又是表現不佳了。

「班花，你怎麼退步了？比你妹妹還差耶。」閻世熜說。

不要再拿我跟李雨薇比較了好不好？

「你要加油啊！」閻世熜拍了拍我的肩膀。

一台50cc的小綿羊，你要它變成重型機車，這可能嗎？

我對自己，一點自信都沒有。

我收拾球具，背起書包，準備回家。今天閻世熜要去補習，我得自己一個人搭公車回家。

緩步走出校門，天色已全黑，這時有個人走近我，說道：「去公園一下吧，我有話對你說。」

那人是王文彊。

第四十五章　監視器

我跟王文彊走到公園，依照慣例挑了個暗處坐下。
王文彊一反白天的冷淡，靠到我身邊，用手攬起我的腰。
「要幹嘛？我不能逗留太久，不然回家會很晚。」我說。
「你還在生氣嗎？」王文彊一邊說，手不安份地撥弄我腰邊囤積的肥油。
「生氣的是你吧？」我反問道。
「我沒生氣啊。」
「你沒生氣幹嘛掛我電話？」
「好啦……是有一點生氣……。」
「那你要跟我道歉嗎？」
「對不起……。」
「真沒誠意。」
沒誠意的王文彊沒停手的打算，反而撩起我的衣襬，把手伸進衣服裡繼續搔弄我的腰間。
王文彊低下頭，用他的嘴唇吻著我的頸子。
我輕輕推了他一把，說：「不要啦，練球一身臭汗，有什麼好親的？」

王文彊還是沒停下來的打算。

「唉唷，好了啦——」我用力推開王文彊，說：「公園裡比頂樓還不安全耶。」

王文彊抹了抹嘴，這對我說：「我已經想到要怎麼抓那個人了。」

「怎麼抓？」

「要跟教官檢舉，一定要有證據，所以那個人一定要跟著我們上頂樓才能檢舉。若是我們在上樓轉角的隱密處放一個監視器，就可以拍到跟蹤我們的人了。」

「樓梯轉角哪有隱密處？」

「剛才去打球之前我有去看了一下，走廊底部剛好有一個消防箱，裡頭大小剛好，又是半透明的玻璃，做一些偽裝，應該可以把監視器放裡面拍。」

「不會被發現嗎？」

「放心，我會放得很隱密的。」

談完了正事，王文彊又把嘴唇湊到我面前。

「你還要喔——」

「親一下就好。」

看王文彊那麼「熱情」，之前的事情應該全忘了才對。

好不容易滿足王文彊，我回到家已經是半夜十點的事了。

過了兩天，王文彊果真拿了一個行動監視器來。

「這是新買的吧？」我問王文彊。

「對呀，昨天晚上特地去買的。」

「需要為這個破費嗎？」

「要逮抓耙仔，當然要用最好的工具來囉。」王文彊指了指塑膠袋裡的行車記錄器，又說：「它可是有自動連線裝置，可以用手機遠端監視跟操控呢。」

「還真先進——」我問我王文彊：「你什麼時候要去裝？」

「我等一下打算蹺課溜去裝。」

「不怕被人看到嗎？」

「只能小心了，我快去快回，你就好好幫我應付老師喔。」

第一堂課是國文，我們的國文老師阿光光是個好人，不太會注意座位上有沒有人在。

但是很不湊巧……今天剛好要發作業……

「王文彊——王文彊——人呢？他今天請假嗎？」

同學們搖頭表示沒有。

「那他跑到哪裡去了？」阿光光問。

「伊去放屎。」我尷尬地用臺語回答。

全班瞬間哄堂大笑。

「放屎皇帝大，伊慢慢放就好。」阿光光說。

全班又是一陣大笑。

吁——危機總算解除。

王文彊一直搞到下課才回來。

「你看，」王文彊得意洋洋地拿出手機，打開螢幕讓我看：「你看，APP裡的畫面超清楚。」

「真的耶——這個很貴吧？」

「五千多，還好啦。」

對王文彊而言，五千多只是「還好」，對我嘛……五千多塊大概可以夠我用上半年了。

「接下來該怎麼做？」我問王文彊。

「那就要靠我們的演技讓那個人上鉤了。」

「你的意思是，讓那個人知道我們要上樓，然後來跟蹤我們嗎？」

「你真聰明。」

王文彊伸手弄亂我的蘑菇頭。

討厭！我以後一定要去剪平頭，讓他們怎麼也玩不了。

接下來整個上午，我一直跟王文彊傳紙條、使眼色，就是想把訊息傳遞給躲在暗處的跟蹤者。

中午一到，我們隨便吃了午餐，就直接跑上頂樓。王文彊拿出手機，和我兩個人一起坐在門邊猛盯著螢幕瞧。

初夏的太陽熾熱，就算躲在屋簷下還是熱到全身是汗。

王文彊制服外衣脫掉，只剩下無袖白內衣，我也將制服上面的幾個鈕扣解開，希望能夠降低一些熱度。

十幾分鐘過去了，監視器的畫面一點動靜都沒有。

「那個人該不會沒跟蹤我們吧？」我對王文彊說。

就在說話同時，螢幕裡有了反應。

「來了，有人來了。」王文彊說。

謎底即將揭曉前，緊張的情緒，忽然讓我們都不覺得熱了，反而感到背脊發涼。

第四十六章　屋頂的腳步聲

等到那人越來越近，我的背脊更涼了。

因為來的人並不是學生。

「靠，是梁教官。」王文彊說。

「那怎麼辦啦？」

「快從另一邊閃人啊！」

「那有監視器耶。」

「不管了，先閃為妙。」

我們衝到有監視器的另一邊，原本可以任意通行的門竟然怎麼都打不開。

「門鎖住了！」我說。

「先躲在水塔後面好了。」

王文彊把我推入水塔後方狹窄的空間，自已再擠進來。

我和王文彊擠成一堆。

天氣炎熱，汗水從我的額際、鬢角流下，滴到王文彊的衣服上，而王文彊的上衣也都被汗水所浸透。

「喀」的一聲，頂樓門打開了，接著傳來的是教官皮鞋與地面碰觸的聲音。

卡、卡、卡。

教官緩慢踱著步伐，像是在巡視整片樓頂。

「文彊、李勤，你們在嗎？」梁教官的聲音傳了過來。

我們屏住氣息，連喘息都不敢太大聲。

卡、卡、卡。

教官的腳步聲更接近了些。

「唷，這裡沒有人嗎？那我等會兒下樓要把門鎖上囉。」

我瞪大眼睛看著王文彊，想問他該怎麼辦，王文彊用手摀上我的嘴搖頭示意我別出聲。

教官如果真的把門鎖起來，那我們怎麼辦？

我慌了。

「真的沒人嗎？我要鎖門下去了。」教官又說了一次。

我想出去跟教官自首，但王文彊拉住我的手，怎麼也不讓我出去。

隨著教官的腳步越來越遠，門發「喀」的一聲，關上了。

「啊！被鎖在上面了，這該怎麼辦？這下慘了啦！」我說。

「說不定有其他的下樓方式啊。」王文彊竟然有這樣不切實際的樂觀想法。

「難道要學蜘蛛人垂降到下面嗎？」

「這也可以。」

王文彊的說法，簡直快讓我暈倒。

「先試試這邊能不能開吧。」

王文彊用力推了推門，鋼製的氣密門紋風不動。

「真的鎖住了啦。」我說。

「那看看能不能垂降下去。」

我跟著王文彊走到頂樓的女兒牆邊，探頭往下一看，有夠高……什麼垂降，根本不可能啊。

「不可能從這裡下去。」我說。

「除了這兩個門以外，也沒有別的門吧。」

「廢話，你看過別的門嗎？」

「那試試另一個門吧。」

「教官不是把門鎖起來了嗎？」

「說不定他忘記了。」

王文彊的腦袋是被太陽曬傻了嗎？怎麼能說出這麼愚蠢的話？

我們走到另一頭的門，王文彊用力一推，沒想到「喀」的一聲，大門應聲大開。

「真的沒鎖！」王文彊跳了起來，興奮地說。

「得救了。」一樣興奮的我，在一旁扶額稱慶。

我們連忙衝下樓梯。

開心不到幾秒鐘，我們在樓梯轉角處被擋下。

擋下我們的——就是梁鎮元教官。

梁教官依舊面帶微笑，感覺像隻笑面虎。

「文彊、李勤，再跟我到休息室聊聊好嗎？」梁教官說。

事到如今，我們只能任憑教官宰割。

梁教官打開休息室的電扇供滿身大汗的我們驅除身上的熱氣，接著從冰箱裡拿出兩瓶運動飲料，擺到我們面前。

「幸虧你們有下來，不然我還真擔心你們躲在樓上會不會中暑。」梁教官坐了下來，接著說：「你們快喝吧，汗流成這樣再不補充水分會脫水喔。」

口乾舌燥的我不想管王文彊了，打開飲料就往喉嚨裡灌。

好舒服啊！

看到我妥協了，王文彊也受不了跟著喝起來，坐在我們對面的梁教官，臉上依舊帶著笑意，看著眼前這對小情侶的有趣模樣。

梁教官摸了摸下巴，這是他準備說話的無意識舉動。

「兩位同學，你們兩個五小時的愛校服務還沒做，卻又跑上頂樓，還被我當場抓到，這到底該怎麼辦呢？」

我跟王文彊都低著頭，一語不發。

「兩位同學，那麼熱的天氣，你們到頂樓去幹什麼啊？要也選一個陰涼一點的地方嘛！」

我還是沒說話，王文彊也保持沉默。

「嘿，同學你們倒說話啊，在校規面前總要為自己的行為辯護一下啊！」

我推了推王文彊的手肘，小聲地對他說說：「你說啊……。」

王文彊抿著嘴，不說話就是不說話。
「要說什麼？」梁教官側著耳朵說。
「沒事……。」我搖頭說。
「快說，勇敢一點嘛——李勤同學。」
我又推了推王文彊，他對我說：「就你說吧……。」
事已至此，我只好硬著頭皮對教官說：
「我們裝了一個行車記錄器，想抓告密的抓耙仔！」
「行車記錄器？抓耙仔？」
梁教官聽不懂我的話，我只得將事情始末娓娓道來。
反正橫豎都是死，就全說了吧！

第四十七章　愛校服務

梁教官靜靜地聽我將事情始末說完，他的臉上很平靜，不帶一絲情緒。

「李勤，還有要補充的嗎？」梁教官問我。

「沒了，大概就是這樣。」我說。

梁教官摸了摸下巴，我知道他要說話了。

「教官我身為執行校規的人，自然有一套處理程序。不要說我，政府對違法者的處理也有它的程序。我要說的是『證人保護原則』，也就我不能告訴你們說誰檢舉了你們，我也不允許你們去抓『抓耙仔』，因為檢舉者並沒有做錯什麼。你們要反省的是自己的行為，你們再次犯了不可以上頂樓的校規，還被我當場看到。二位同學，你們覺得教官還能保護你們嗎？」

我與王文彊都不發一語。

「你們不回答，是代表我要依校規行事嗎？」教官問。

「我們不是故意的，懲處可以輕一點嗎？」王文彊終於說話了。

「輕一點，要多輕？」梁教官問。

「最輕能有多輕？」

「依你們的違規程度，可能是記過。」
（記過……）
如果被記過，學校會寄通知書到家裡，那我就完蛋了。
「教官……可以……處罰可以再輕一點嗎？」王文彊向梁教官求情。
「上次給過你們一次機會了，現在還要求情嗎？」教官的語氣突然嚴肅起來。
「我們真的只是……。」王文彊仍試圖辯解。
我拉了拉王文彊的衣擺，要他別說了。
王文彊不再說話，倔強的他抿起嘴，豆大的淚珠竟從臉上滑落。

王文彊竟然哭了。

梁教官也沉默了，只任由王文彊的啜泣聲迴盪在休息室裡。
幾分鐘過去，梁教官從口袋裡拿出面紙，推到王文彊面前，說：「好啦，文彊，別哭了，不過是懲處而已，沒什麼大不了的。」
我抽出面紙，替王文彊拭去臉上的淚水。
「你們好閃喔，教官我要去戴墨鏡了，免得瞎掉。」
梁教官的幽默，化解了休息室裡嚴肅的氣氛，連王文彊都破涕而笑。
「文彊笑了耶。」
王文彊畢竟是個大男孩，被梁教官這麼一說，害羞地用手掩住止不住的笑容。

「好啦，不拖延你們午休的時間。」梁教官接著說：「王文彊、李勤同學，你們二位違反校規，經過勸導後仍然再犯，依獎懲辦法，記小過一次。」

我整個人都涼了，終究還是被記過。

梁教官又摸了摸下巴，語氣一轉，說道：「不過……你們這次的小過先『寄放』在我這裡，不會登記在案。一次小過折合十五個小時愛校服務，連同上一次的服務，一共二十個小時，請在下個月前執行完畢，可以嗎？」

我和王文彊都笑了，同聲回答教官：「可以！」

只要不記小過，不把通知書寄到家裡，要做多久愛校服務都好說。

「這個懲處你們有意見嗎？」

我跟王文彊都搖頭說：「沒有。」

「好啦，你們可以走了，記得要在下個月前執行完畢。」教官說。

「是，教官。」我們一起回答。

正當我們起身離開時，梁教官又說：「還有——別再追查了，把自己分內的事情做好就好了，懂嗎？」

「好，謝謝教官。」教官的話只有我回答。

這讓我感覺到氣氛又有些不對勁。

離開了休息室，我看了看王文彊，臉可臭得很。

轉彎步下樓梯，我問王文彊道：「又怎麼啦？教官從輕發落，幹嘛不開心？」

「我不想讓這件事就這樣被河蟹掉。」

「什麼意思？」

「我一定要追查到底！」

我將王文彊拉到一旁，壓低聲音說：「嘿！你瘋了嗎？教官都叫我們不要查了。」

「我嚥不下這口氣啦，我們到底做錯了什麼？竟然有人連番針對我們去告密。就算不能對那個人怎麼樣，至少也知道誰這麼可惡！」

「說不定是教官自己跟蹤我們的，沒什麼告密者。」

「就算是這樣，我也認了，總之我要知道是誰告密的！」

王文彊的牛脾氣，此時展露無疑。

我轉了個說法，對王文彊說：「你要繼續追查，不怕惹教官生氣嗎？」

「只要不去頂樓，我要怎麼查是我的事，又沒有違反校規。」

「你想怎麼查？」

「這要讓我想一想。」

梁教官的溫情攻勢對王文彊起不了作用，如果王文彊想當福爾摩斯，我這個華生總可以不幹吧。

隔天上課，王文彊又陰沉沉坐在一旁，我猜他心裡大概又是在盤算什麼了吧。

下午，我們做完預約兩小時的愛校服務後，各自回家。

我回到家裡，家人都坐在客廳裡，卻沒人說話，也沒在看電視，只有老爸和阿屘叔公的低聲私語。

老爸全身上下穿得一身黑，手臂上的白色方巾讓我感到奇怪。

難不成……

第四十八章　親子「溝通」

老爸的親生父親、我血緣意義上的阿公，黃元祿老先生過世了，享壽七十二歲。

我還以為阿公年紀至少八十好幾，沒想到才七十出頭，在這年頭算是短命了。病痛的折磨，讓他顯得十分蒼老。

阿公辭世是所有人預料中的事，但他一死，卻也讓原本大家不願思考的事，再次浮上檯面。

看到我進門，原本竊竊私語的老爸與阿貶叔公不再說話。

「你阿公過世了。」老爸對我說。

我不知道該如何回應，只是站在原地發楞。

我該表示些什麼嗎？還是要哭？或是要對誰說「節哀順變」？

「我明天要去花蓮，你要一起去嗎？」老爸問我。

我沒有什麼面對死亡的經驗，更不知道去花蓮該做些什麼事。

媽媽坐在沙發上，身上蓋了件哺乳巾，蓋住喝著母乳的小妹。

「他去也幫不了什麼忙吧？而且他姊姊不知道什麼時候會生，還是乖乖去上課吧。」

大姊躺在一旁特製的大躺椅上，肚子大得嚇人，比媽媽懷小妹時大得多。

聽說懷男孩子孕婦的肚子會比較大，看樣子我的外甥應該是個頭好壯壯的小傢伙。

其實我倒是有點想去花蓮，身為黃元祿阿公無緣的內孫，去阿公靈前上炷香，應該可以讓他在九泉之下感到些許安慰吧。

小妹李樂突然哭了起來，媽媽帶她上樓休息；大姊也坐不住，小妹扶著她回房間。

客廳裡只剩下二姊、我、老爸以及阿匪叔公。

「阿嬤怎麼沒來？」我小聲地問二姊。

「阿嬤不想來，說那個死人的事跟她無關。」

二姊的回答很大聲，老爸和阿匪叔公都聽到了。

「李悅，妳說這什麼話？什麼死人？」老爸有些憤怒地質問二姊。

「就死人啊。又不認識，不就是每天要過世的其中一個人嗎？」

「妳講那什麼屁話？她是你阿公耶！」

「在那個花蓮的叔叔來之前，誰知道有這個阿公的存在？」

老爸手舉了起來，就要衝過來給二姊一巴掌。

阿匪叔公抓住老爸的手臂，拚命苦勸：「莫啦，攏這大漢矣，毋通出手啦。」

「她講這寡忤逆的話，無共打那會使？李悅，我共妳講，妳沒資格說阿公的好歹，他就算有千錯萬錯，受傷害的嘛是我佮妳阿嬤，毋是妳！」

二姊完全不甘示弱，臉上帶著一抹冷笑，回嘴道：「真奇怪呢，為啥物阿嬤無老爸這呢傷心？敢講阿公傷伊比傷老爸的卡濟嗎？」

老爸被二姊的話激到快抓狂了。

「其實，恁攏是為著錢吧？」二姊說。

二姊的話真狠，卻又很實際。

兩張三百萬的支票，誰能不心動呢？

拿到錢可以改善家庭生活，又有什麼不好呢？

我覺得，老爸大可以把那張支票當做黃元祿阿公的「贖罪券」，大方收下。倒是我比較糾結，名字得改成「黃勤」，真的好彆扭。不過，若是改了名字，我不但不用擔心未來大學的學費，搞不好靠這筆錢還能出國留學呢。

其他家人對這「橫財」也有不同意見：

阿嬤自始反對老爸跟我拿阿公的錢，阿屘叔公雖然沒有強烈反對，但基本上是支持阿嬤的。

「欠錢，來揣我提，提別人的錢創啥？」阿嬤說。

但一直以來老爸非到不得已，絕對不會跟女強人媽媽拿錢。

母子倆脾氣都硬著呢。

老爸宣稱不拿阿公給他的三百萬，要我自己決定是否改名拿另外那三百萬。

母親則認為錢不收白不收，但日子一久，她的態度似乎有點動搖，開始覺得老爸應該拿錢，而我不該改姓。

大姊的想法跟母親接近，主張老爸要拿錢，而我不該改姓。

二姊主張一次六百萬全拿。

妹妹嘛……好像沒人問過她的意見。

老爸高聲說：「錢錢錢，我那會共妳飼做開喙闔嘴就是錢！」
「就真正是錢啊！若講咱家不欠錢，你跟李勤會按呢無法度決定嗎？」
「妳莫轄烏亂講！錢閣趁[1]就有了，重點是感情的問題。」
「感情？是你的面子吧？愛裝高尚，愛帶𤆬阮去天母的嘛是你，可是一冬換二十四个頭家的嘛是你，愛面子不愛共阿嬤提錢閣較[2]是你。」
「所以妳欲將責任攏抹到我身上？」
「我無怪你啊！可是拜託你看在厝內人的幸福頂面，放下彼莫名其妙的自尊心，將錢收起來。」
就在老爸與二姊爭執的同時，樓梯口傳來一個聲音說：「你們兩個人可以閉嘴嗎？孕婦、小孩，還有我這個哺乳媽媽被你們吵得不用休息啦！」
出聲的人是母親，接著傳來的是小妹不止的啼哭聲。
「李仔坤昇，來抱你女兒，我累死了。」母親說。
老爸原本高昂的情緒瞬間緩和，阿屘叔公趁機在他耳畔說了句話。
老爸點了點頭，走過二姊身邊，連瞧都不瞧，從母親手中接過小妹，抱在懷裡哄了起來。
一被老爸抱住，小妹竟立刻不哭了。
老爸臉上揚起得意的笑容，親了親小妹紅潤的臉頰，說：「樂樂還是喜歡爸爸耶。」
「你少那裡吹噓了，今天晚上你就負責哄她睡覺，我去跟女兒睡。還有，既然兒子不跟你去，你就把李悅帶去花蓮吧，一路上夠你們父女倆好好『溝通』。」
老佛爺的懿旨，誰人敢不聽令呢？
暫時遠離風暴中心的我，倒是好奇起明天老爸如何跟二姊「溝通」？

1 趁（thàn）：賺。

2 閣較（koh khah）：更、更加。

第四十九章　到底是誰？

隔天一早，我起床準備上課，原本可以比我晚半小時起床的二姊，已經一臉不悅地坐在客廳看電視，門外老爸掀開車前蓋，做出門前的最後檢查。

「你為什麼不告訴老爸你想去花蓮？」二姊問我。

「老爸又沒叫我去，他是要妳去。」我說。

「你可以自願說要去啊。」

「我才不要。」

「那下次我要把你的事講出來。」

脅迫王二姊又來了。

不過我才不怕她脅迫，這女人也有把柄在我手中，我對她說：「我也要把妳的事講出來。」

「你敢說，我就……。」

「妳不說我的事我就不說。」

我丟下這句話，直接快步出門趕公車去。

這是個平庸的夏日早晨，渾渾噩噩到了中午下課，王文彊拿著便當就往外跑，看來他的福爾摩斯角色還沒演完。

我不想理他，就拿著便當去跟胡孟暉一起吃。

「嘿，好久不見，班花終於想起我啦？」胡孟暉的話酸溜溜的。

「你知道我是有苦衷的。」

「苦衷？明明就是幸福的滋味。」

為了談戀愛害我差點被記小過，這算哪門子幸福滋味？

「有人跟我說你跟文彊去做愛校服務耶，你們被記警告喔？」

胡孟暉這個包打聽，消息真的有夠靈通。重點是這件事情是怎麼洩漏出去的？有空我一定要好好問一問王文彊。

「就之前亂丟垃圾被檢舉，被罰愛校服務。」幸虧我聰明，早就跟王文彊串通好共同藉口。

「別騙我了，亂丟垃圾哪需要二十個小時愛校服務嗎？」胡孟暉斜著眼、歪著嘴，用狐疑的表情看著我。

（為什麼他連二十個小時這個數字都知道？）

「你很煩耶，我就累犯不行嗎？」

「你是累犯幾次？」

「很多次啦。」

「教官是住在你隔壁嗎？怎麼可以抓到你累犯那麼多次？」

「你真的很囉嗦。」

「嘿，班花你這樣說不對喔，我關心一下好朋友不行嗎？」

「如果你真把我當好朋友，那不要把愛校服務的事說出去。」

「那你得跟我講為什麼被罰。」

「違反校規有什麼好問的？」

「二十個小時愛校服務絕對不是一般小事。」

「胡大哥，我求你——別問了好嗎？」

「哎呀！我就是好奇嘛。」

「等到我想講自然就會跟你講。」

「喔！好啦，這次饒過你，我肚子餓了。」

胡孟暉低頭扒了口飯，一邊在嘴裡咀嚼，一邊說：「告訴你喔，吳蓁臻跟她男朋友分手了呢。」

吳臻蓁是胡孟暉暗戀的女孩，跟我的前男友李漢宇是高中同學。

「那很好啊！你可以正大光明地去追她了。」我說。

「我有啊。」

「成功了嗎？」

「我也不知道，她沒拒絕，也沒答應，只是說……跟我當男女朋友會很想笑。這話是什麼意思啊？」

「嗯——」我想了一下，對胡孟暉說：「或許是她覺得你們太熟了，沒辦法成為親密的男女朋友吧。」

胡孟暉拿起便當裡的雞腿，用力咬了一口肉，有些欣喜地說：「這麼說來，她是能接受我的囉？」

「應該是吧，她把你當成很要好的朋友。」

「這是好事耶！好朋友變成男女朋友，就只差一點點囉！」

「嗯。」

我只能這樣回答，我覺得他們兩個人之間的那條線，並不容易跨越。

「加油啊，人家現在是單身，你很有機會。」

我真是個糟糕的朋友，還給胡孟暉這種有些不切實際的妄想。

「對了，我未來的女朋友跟我說，你前男友還想找你吃飯耶。」胡孟暉說。

「他不是知道我跟文彊在一起了嗎？」

「這我不清楚，我只是轉達我未來女朋友的說法而已。」

「你可以不要用『我未來女朋友』這麼拗口的說法叫吳蓁臻好嗎？」

「那不然要叫什麼？」

「蓁臻就好。」

「不行，只叫蓁臻無法表現我對她的愛意。」

「你真是有病耶。」

「不，這不是病，這是愛情。」

在鬥嘴鼓的同時，胡孟暉已經吃完了一整個便當，而我的便當還是滿滿的，吃沒幾口。

「你快吃吧，我去買飲料了。」胡孟暉說。

午休前，王文彊回來了，我看著他進教室，想對他說些什麼。王文彊不等我說話，走過我面前，搖了搖頭。

我那個便當吃到冷掉，也沒時間去買飲料，只能到外頭刷了牙。午休鐘聲響了，先趴下睡覺吧，唯有睡一覺，才能忘卻這些煩人的雜事。

一覺醒來，開始下午的課程。第一堂是生物課，生物老師精神百倍地在講臺前猶如花蝴蝶翩翩起舞，我完全沒被她吸引，整個人徹底放空，老師的話左耳進，右耳出。

就這麼聽了半堂課，我才發現手上一直沒拿筆，便想從雜亂的抽屜裡掏根筆來寫。疑——我這才發現抽屜裡怎麼有個信封，印象中抽屜裡沒這個東西啊。

我拿出信封，信封上沒寫什麼，把它打開來，裡頭放著一封信。

我抽出信紙，上頭寫著：「我勸你們別再追查了，你們絕不會知道我是誰。」

第五十章　交代

「到底是誰？」

放學後我跟王文彊約好做愛校服務一個小時，我把下午發現的信拿給王文彊看，他的回答跟我想的一模一樣。

「連你都追查不到了，我怎麼會知道是誰？」我說。

「這個人真厲害。」

「我們福爾摩斯想放棄了嗎？」

「福爾摩斯有破不了的案子嗎？我的字典裡可沒有『放棄』這兩個字。」

雖然王文彊這樣講，但我覺得這封信給他的打擊有點大。

福爾摩斯王文彊還沒放棄，德韶叔叔卻從花蓮來了。

我回到家時，德韶叔叔坐在客廳裡，與老爸一起喝茶。

兩兄弟穿得一身黑，臉上鬍子都沒刮，都在替黃元祿阿公服喪。

我摸了摸嘴上的細毛，心想：身為孫兒的我，是不是也不要刮鬍子呢？

德韶叔叔見到我進門便說：「李勤，你下課啦，這麼晚才回來呀？」

不等我回答，老爸立刻數落我說：「叫他選近一點的學校不要，每天天沒亮就出門，天黑了才回來，真是自討苦吃。」

「那麼好的學校是很多人夢寐以求的，追逐夢想也是要付出代價嘛！對不對，李勤？」

德韶叔叔的話讓我聽得猛點頭。

沒想到老爸話鋒一轉，對我說：「李勤，之前問你的事，決定了嗎？」

我倒想反問他決定了沒。

這話我當然不敢說，只能搖頭。

「大哥，你別逼李勤，你自己不也還沒做決定嗎？」德韶叔叔對老爸說。

「我已經心裡有數了，在等李勤做決定。」

心裡有數？那為什麼不說出來？為什麼要我先表態做決定？

「大哥，你這樣講也不太對。這樣的決定對高中生來說太沉重了，我們長輩應該多給他協助，而不是叫他硬把責任扛下來。」

德韶叔叔這番話，聽得我都快哭出來了。

「你說的倒也沒錯。」被弟弟糾正，老爸總算開始反省自己的想法了。

我越來越愛德韶叔叔了。

「花蓮那邊的親戚我還能應付，儘量幫你們爭取一些時間，再好好考慮吧。」德韶叔叔說。

「謝謝你理解我們的苦衷。」老爸說。

「有人回家還不吃飯嗎？」母親從樓梯口探出頭來。

「好，我馬上去吃。」

平常下課回家，若是運氣好還能跟得上家人吃飯，大部分的時間都只能自己一個人躲在廚房吃剩菜剩飯。

我走進廚房，打開瓦斯爐把上頭的湯給熱了，再把紅燒肉放進微波爐，打開電鍋，裡頭只剩三分之二碗飯。

母親抱著小妹走進廚房，對我說：「今天德詔在我們家吃飯，剩的飯菜有點少，我弄點炸醬麵給你吃吧。」

母親把喝完奶，正熟睡中的小妹交給我，走到流理台前，熟練地煮起麵來。

小妹睡得正熟，圓滾滾的臉蛋，煞是可愛。幾個月前孱弱的早產兒，今天已是個健康寶寶了。我看著小妹的臉龐，覺得她的五官比較像老爸，而鵝蛋樣的小臉，則像母親。

「你最近都好晚回來，是在學校練球嗎？」母親問我。

我本來想順水推舟，回答說對，但又怕母親發現我的衣服很乾淨不像打球，靈機一動便說：「最近學校要做參賽海報，放學後就留下來做。」

「現在當學生真辛苦呢！要讀書，還要練球、做海報、參加社團，這樣會不會時間不夠用啊？」

「不會啦，好好利用時間就不會不夠用。」

「媽媽怕你睡不夠。」

「不會啦，我都在車上補眠。」

「上課該不會也打瞌睡吧？」

我抓了抓頭，害羞回答：「偶爾啦。」

「呵呵，上課不打瞌睡，就不是學生了。」

「對呀！對呀！」

母親趁著麵還沒熟，打開水龍頭，洗水槽裡的髒碗。洗碗原本是妹妹的任務，不過這傢伙一直都躲在房間裡沒出來，如果母親沒洗，妹妹大概要拖到明天一早上課前才胡亂把碗洗好。

「還有——支票的事情，你一定很糾結吧？」母親問我。

「嗯……。」我點了點頭。

母親繼續說：「雖然我都跟你們父子倆說『別糾結』，但對你們而言其實不太可能，那麼大把的錢擺在眼前，然後要你們否定自己的過去，任何人面對這個問題都很難下決定。媽媽我沒辦法幫你們太多，就只能完全支持你們的決定，只希望你們要知道，做了決定，就得接受這個決定帶來的後果。」

我總覺得母親才是我們家的領袖，但她真的很忙。但身為母親，她總知道需要在家人最關鍵的時刻適時出現。

聽到母親的話，我的心情總算篤定了一些。

阿公訂在十天之後出殯，德韶叔叔希望我跟老爸能在出殯之前做決定，好給花蓮親戚一個交代。

我有時候會想，阿公除了大筆金錢以外，又給了他的兒孫們什麼交代呢？

第五十一章　責任與名字

大家庭就是這樣，人多事多，總是一波未平，一波又起。

這晚大姊肚子突然陣痛起來，羊水破了，家人連忙將她送到醫院待產。

事情就是這麼剛好，隔天是矮子邱詐騙案的開庭日。矮子邱才不管開庭的事，急急忙忙跟著大姊去醫院，家人問他有沒有跟少年法庭請假，矮子邱不但說有請假，還說法官決定隔天擇日開庭。

但我下課趕到醫院的時候，事情卻跟早上說的大不相同。

大姊還在病房裡，雖然有打無痛分娩，生產的痛楚還是讓她痛得哇哇叫。

家人都在醫院裡，只有即將出生孩子的爸爸矮子邱不在。

滿臉鬍渣的老爸臉色鐵青站在門邊，不發一語。母親則在病房裡陪大姊，小妹交給阿嬤在北投家裡照顧。二姊和妹妹坐在走廊的椅子上，指頭不斷滑著手機，矮子邱的媽媽倒是坐得遠遠的，眼神飄忽不定。

我輕聲問二姊跟妹妹說：「矮子邱呢？」

二姊沒好氣地告訴我下午所發生的事：矮子邱根本沒跟法院請假，法官開庭時看不到人，就直接開了同行書，叫少年調查官會同分局員警和里長，先到家裡抓人，後來聽到矮子邱在醫院陪產，就到了醫院要把矮子邱帶走。

起初矮子邱不願配合，嚷著要看到孩子出生才去，他媽媽也找來議員，想協調一下，但調查官態度很強硬，一定要帶矮子邱回去銷案。

「事情可大可小，我希望的是給這孩子一個教訓。」妹妹聽到高䠷的女調查官這麼對矮子邱的媽媽說。

「那個調查官超正的。」二姊在一旁插嘴。

「對呀，超像某個韓國明星……我想不起來是誰……。」妹妹說。

「總之她的眼睛超有神的。」

「希望姊夫不要愛上她。」

「嘿，妳們可以繼續剛才的話題嗎？」我出聲將兩位女性從花痴夢裡拉回來。

二姊繼續說：矮子邱被帶上車，他的爸爸、里長，還有議員都跟著一起去了法院。

還真是大陣仗。

在病房裡的大姊因為生產太痛了，好像不清楚矮子邱被帶走的事。

「生完再告訴她吧。」二姊說。

聽完二姊的敘述，我對矮子邱更不爽了。這個人根本不尊重我們李家人，連出庭請假這種大事都搞不定，竟敢大言不慚說會扛起責任照顧家人。

晚上九點，大姊被推入產房。

生產很順利，約莫四十分鐘後，小外甥出生了，是體重三千二百公克的健康嬰兒，母子均安。

大姊離開產房回到病房，見不到矮子邱才知道出事了，但剛生完虛弱的她，只能轉向牆壁，暗自落淚。

本該開心的夜晚，卻被淚水洗滌。
我站在房間角落，看了看大姊，又看了看母親，心想：為什麼她們的命運這麼像？
只希望大姊可以遺傳到母親的堅強，現在的她，不能不堅強。
護理師把小外甥推進病房，讓他在母親的懷中，吸吮生命中第一口奶水。
比起早產柔弱的小妹，足月的小外甥是個健康寶寶，小牛般的外表，跟他不在場的老爸還真是一個樣。
夜漸深，醫院裡空間不夠，阿屘叔公開車帶母親、小妹跟我回家，留下老爸與二姊在醫院看顧大姊。
午夜過後，不幸的消息傳來，矮子邱被法官裁定收容，直到下一次開庭才有可能請回或交保。
矮子邱的行為，讓所有人都付出了代價。
此時我也下定決心。
晚上就寢時，我問睡在下鋪的妹妹：「嘿！李雨薇，妳睡了嗎？」
「快睡了。」
「可以問妳一個問題嗎？」
「問啊。」
「若是我改了名字，妳會覺得很奇怪嗎？」
「你要改什麼名字？」
「就是在李勤前面加一個黃。」
「哈哈哈哈哈。」討人厭的李雨薇竟然大笑起來。
「笑什麼笑？」

「黃李勤，好像以前的女人冠夫姓喔。」
「那不是冠夫姓，我查過網路，那是雙姓。」
「哪是雙姓？你原本又不姓黃李，是為了遺產才改姓的，這跟女人嫁人冠夫姓一樣啊。」
「才不一樣咧，我只是『認祖歸宗』。」
「老爸又沒改姓，你幹嘛改？」
「我是想說家裡很需要錢，尤其是大姊。」
「就讓老爸拿他那一份就好了，你何必犧牲這麼大？」
「我怕他不願意拿。」
「他那個脾氣喔，真的很白爛。」
「我們又不是第一天認識他。」
妹妹沒接話，我便接著說：「只是身分證上改名字，大家還是一樣叫我李勤啊。」
「這樣說來，你跟我一樣耶，我們都不喜歡身分證上的名字。」妹妹說。
一個身分證上寫李快，一個寫黃李勤，還真是難兄難妹。
第二天，老爸一早就不見人影，不知道到哪裡忙去了。
倒是消息傳得很快，放學回到家，阿嬤已經坐在客廳滿臉殺氣等著我了。
「你該死！為什麼欲改姓？你欲三百萬？阿嬤今仔寫支票予你！」
阿嬤直接從手提包裡掏出支票本，在一張空白支票上填了參佰萬元，撕下就往桌上一丟。
「你欲提就提阮姓李的，免提姓黃的。」
面對阿嬤，我總算鼓起勇氣，用顫抖的聲音回答：「我只是想欲為這個家負一寡責任，毋是啥物待代誌攏偎靠阿嬤。」

「啥物責任？我攏聽無啦！毋就是三百萬？」阿嬤反而更生氣了。

在自立自強這方面，我的想法跟老爸很相近：我們要靠自己，不能一直受阿嬤的庇蔭。我知道阿嬤是因為愛兒孫而資助錢財，但我們不能無限制的濫用她對兒孫的愛，我們要長大，要面對現實生活的波濤。至於黃家的錢則是黃元祿阿公的歉意與好意，與阿嬤無償的愛是不同的。

「無要緊啦，我以後嘛是閣叫李勤啊，就只有身分證上改一字而已。」我說。

阿嬤抿起嘴，豐碩的雙頰抖動，雙手緊緊抱在胸前，壓抑著滿腔情緒。

「你敢有影這悖逆？阿嬤的話攏毋聽！」

「阿嬤的話我攏聽，干若這件代誌，請阿嬤乎我家己作主。」

「作啥主？你才幾歲？」

「雖然我年紀無濟，嘛已經讀高中，會曉想代誌矣。」

我真不知道現在這番辯才無礙是打哪來的。

「恁喔，欲氣死我這條老命才甘願嗎？」

「我無！」

我在阿嬤面前跪了下來。

「跪無效啦！你們一家的血內底，就是有黃仔元祿的背骨血啦。」

阿嬤猛然起身，走到門外，坐上車子，油門一踩，揚長而去。

此時躲在樓梯口的母親、小妹這才走到客廳來。

阿嬤一走，我的壓力驟然釋放，眼淚也不停落下。

「兒子別哭，你很勇敢。媽媽絕對支持你的決定。」
母親想扶我起身，我卻把頭埋入她的胸前，放聲大哭。

第五部　屬於我的位置

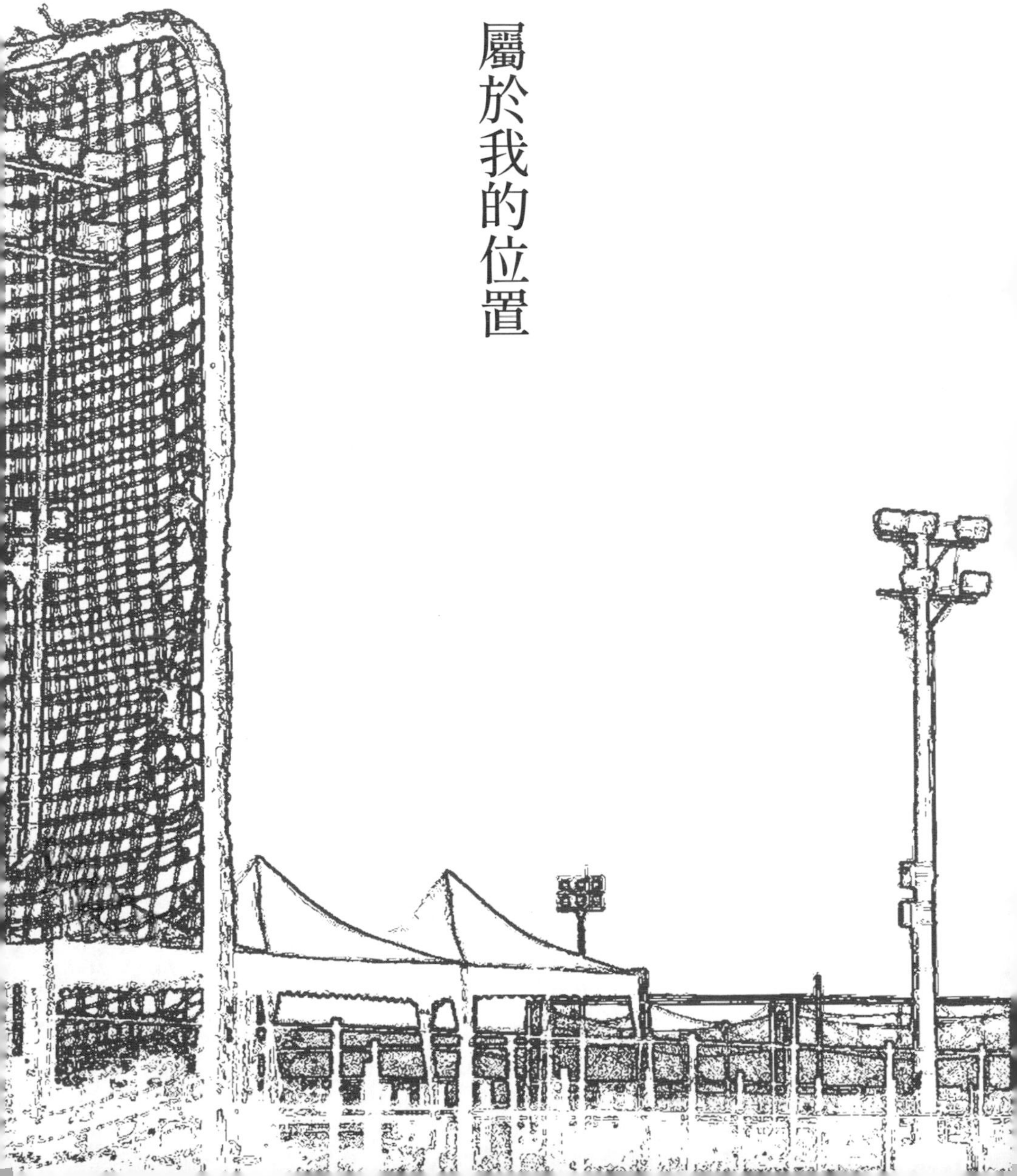

第五十二章　我們是……班對？

「你們到底要什麼時候才能來練球？」暫代隊長的闔世熜，一個箭步堵到我跟王文彊面前，一臉慍色說道。

我近來家事繁忙，王文彊則忙著當福爾摩斯抓嫌疑犯，加上我們兩個都有十幾個小時的愛校服務得做，這陣子根本沒時間去練球。

「我大姊剛生，阿公才過世，你又不是不知道。」我對闔世熜說。

「那文彊呢？」

「我最近很忙？」

「在忙什麼？」

「就忙啊。」

「不管啦！」人高馬大的闔世熜雙手叉腰擋在我們面前，沒好氣地對說：「你們今天一定要來練球，下禮拜聯賽就要開始了，再不練就完蛋了。」

我跟王文彊都「喔」了一聲，心中為難，卻又不敢拒絕。

闔世熜自從前陣子開始型男大改造後，穿著真是越來越有型了。前幾天跑去燙了一頭捲髮，耳朵還穿了耳洞，雖然衣服的搭配還有待加強，不過成為班草級的帥哥，應該指日可待。

王文彊在身邊，我便不談論闔世熜太多。但對於棒球，滿是挫折的我，真的很想放棄。之前曾聽到一位學長說：「讓李勤上場打球的每一分鐘，都是對球隊的嚴重傷害。」

這話讓人聽了好傷心，卻也超級中肯。

我是個很爛的球員。

不過，我沒參加的這兩週，球隊在聯賽裡全都輸球，跟其他學校的兩場友誼賽也輸了。

這麼說來，傷害球隊的人不只是我而已。

闔世熜還要去逼迫別班的來練球，匆匆走了，我壓低聲量問王文彊：「世熜叫我們去練球，但今天已經排了愛校服務了，怎麼辦？」

「他都這樣說了，只好愛校服務請假了。」

「這樣愛校服務一定會做不完。」

「這只能去跟教官求情，請他延長期限啦。」

「我家裡事情多，應該可以延長，那你該怎麼辦？」

「就說啊，還能怎麼辦？」

「那我只能祝你好運。」

「嗯。」

「那趁著現在中午休息去找教官吧。」我說。

於是我們一同前往教官室，一進門就看見梁教官在座位上，好像在玩某款手遊。

我輕輕推了王文彊一下，小聲地說：「教官是不是跟你玩同一款的手遊啊？」

有點近視眼的王文彊瞇起眼睛，看了一下說：「好像是耶。」

「你跟他要帳號，在遊戲裡電死他。」我說。

王文彊是那款手遊的鑽石級高手。

「同學，有什麼事嗎？怎麼一直站在門口？」另一個教官對我們說。

梁教官聽到說話聲音，這才回過頭來。

「他們是我的學生。」梁教官收起手機，對我們說：「很難得看到你們來教官室，找我有什麼事嗎？」

「就……。」王文彊有些支吾。

倒是之前害羞的我，在與阿嬤對話的洗禮後，膽子大了起來，站到王文彊前頭，對教官說：「我們想跟教官調整愛校服務的時間。」

「調整時間？我們去旁邊休息室再說吧。」

梁教官很喜歡帶學生去休息室談話，其他同事也知道休息室是梁教官的「地盤」，都不太會去那裡。進了休息室，接下來就是依照慣例：請坐、要喝什麼、快點喝吧。

第一次主動與教官聊天的效果不錯，當然就要更進一步了。

我對梁教官說：「教官你玩的那款手遊，文彊也有在玩。他是鑽石級的強者，你們可以切磋一下。」

教官拿出飲料，坐到沙發上，將飲料擺到我們面前，笑著說：「這也太羞恥，玩手遊竟然被學生看到。我玩手遊是閒暇時的休閒，等級才銅牌，根本不是文彊的對手。」

「教官，要跟強者對戰才會進步呀。文彊，你快把ＩＤ給教官。」

王文彊聽我這麼說，立刻慌了手腳，摀住我的嘴，不讓我再說。

「李勤，你不要勉強我們啦。」梁教官尷尬地笑了。

我甩開王文彊的手，對教官說：「文彊真的很樂意幫教官練習對戰技巧。」

王文彊漲紅了臉，想把我壓制在沙發上。

「兩位同學，別再鬧了，外頭可是會有人經過呢。」

教官都這麼說了，我們趕緊起身，恢復正襟危坐的姿勢。

「哎呀——你們兩個可以不要每次那麼閃好嗎？受不了——」

我跟王文彊對看了一眼，也笑了。

「好啦！言歸正傳，你們為什麼想調整愛校服務的時間呢？」

我看王文彊沒打算先說，便先講了自己家裡的事情。

教官聽了之後，說：「李勤的理由的確很充足，服務的時間可以調整。不過文彊，你的理由又是什麼呢？」

結果王文彊說出的理由竟然是棒球隊要練球。

「文彊啊！球隊練球不太能當調整時間理由喔。」梁教官拿出手機，查了一下行政系統，又說：「李勤做了三個小時愛校服務，文彊比他多一個小時，各自都還有十幾個小時要做。」

「教官，拜託啦——」我拿出身為班花的「優勢」，向教官請求。

「你們喔，真是讓教官為難的班對呢。」

「班對」這詞竟然從梁教官口中說出來……

原來……我跟王文彊是班對。

這聽起來有點酷，卻也有點怪。

第五十三章　背起你

最後梁教官心軟了，勉強地同意我們的請求，將我跟王文彊愛校服務的執行期限往後延長一個月。

放學後，我跟王文彊開心地拎起久違的手套，前往操場練習。

但第一個球就讓我愉悅的心情蕩然無存。

「班花！我打這麼慢你還漏接！下禮拜學長就回來了，看你要怎麼辦？」閻世熄嚴肅地對所有人說：「聯賽再過幾天就開始了，請大家拿出精神來！不要一直輸，我們被對手羞辱得還不夠嗎？」

閻世熄的訓練菜單比安鴻正還可怕，所有人被操得滿身大汗，而球技最差的我，更是在第四輪外野飛球練習結束後，累得跟狗一樣癱在地上喘氣。

「其他人可以先走了，班花留下來特訓！」

啊咧！閻世熄一點也不「憐香惜玉」。

「世熄，拜託饒了我吧，我快累死了。」我對閻世熄說。

「不行，你要再接三十顆高飛球才能走。」

王文彊從外野收操回來，刻意走過我的身邊，小聲地說：「我等一下還要補習，得先走了，不能陪你一起練。」

我抬起頭，用著欲哭無淚的雙眼看著男朋友，滿是哀憐地說：「沒關係，你快去趕補習吧。」

「好，愛你唷！」

王文彊難得的甜言蜜語，無法改變我的悲慘命運。

我就這麼獨自一人繼續被闔世熜又操練了半個小時。

「世熜，天都暗了，我已經看不到球了……。」頭髮全被汗水沾濕的我，跪倒在地，對遠方的闔世熜喊道。

「好吧，看不到球也沒法練了，把東西收一收回去吧。」

我用力撐起身體，不料左小腿一陣如電擊般的抽痛，讓我跌坐在地。

（好痛！）

那疼痛讓我左腿肌肉全都擠在一起，甭說起身，只能像蠕蟲一般，在地上扭動。

「班花你怎麼啦？還躺在地上不起來？」闔世熜背起球棒袋走向我。

我抱著腿，痛苦地回答：「我腿好痛……好像是抽筋了。」

闔世熜這才發現事態嚴重，趕緊跑了過來，蹲在我身邊問道：「你還好嗎？」

「不好，小腿很痛，超痛。」我痛到眼冒金星，全身冒汗。

「你需要伸展一下。」

闔世熜抓住我蜷曲的左腿，慢慢將它扳直。

「好痛啊！」

「要忍耐一下。」

闔世熜扳著我的腳後跟，捲起我的褲管，輕輕地揉著。

弄了一會兒，闔世熜問我：「覺得舒服點了嗎？」

「稍微，但還是很痛。」

「忍耐一下，疼痛會慢慢緩解。」

閻世熜捏完了小腿，換捏我的大腿，而且越捏越上面。

他該不會想藉此吃我豆腐吧……

喂！李勤你想歪了！閻世熜怎麼會是這種人呢？

閻世熜按完大腿，又按回我的小腿，後來索性也把我的右腿褲管捲起來一起捏揉。

「沒想到班花你的腿毛還滿多的嘛。」閻世熜說。

我最見不得人的事情，竟然被閻世熜一語道破。我有一雙毛毛腿，我不喜歡它，所以高中以後幾乎不會在學校穿短褲。

「大概男性賀爾蒙都集中到那裡了吧。」我對閻世熜說。

「腿毛多，很性感啊。」

「哪會性感？我只聽過有胸毛的人很性感而已。」

「胸毛？我有胸毛耶。」

閻世熜不說，我真不知道他有胸毛。

「之前游泳課沒看過你有胸毛啊？」

「去年冬天才長的。」

閻世熜作勢要脫掉上衣，讓我看他的胸毛。

「別別別，你別脫，我不想看。」

「咦，你不喜歡啊。我以為你們gay喜歡看男人的裸體耶。」

我跟王文彊交往的事情紙包不住火，幾個比較熟的同學都已經知道了，而神經線比較大條的閻世熜，也在幾個禮拜前發現了。

我當然喜歡看精壯的男人赤膊，但現在的場面不適合啊。

「真的不用，有機會再看。」

但閻世熜根本不管我，上衣一下子就脫掉了。

「那麼暗，什麼都看不見啊。」我說。

閻世熜突然抓起，放到他的胸膛上，緩緩移動。

「有感覺到毛毛的嗎？」

「好像有……。」

用手撫弄同學的胸膛，這行為好讓人害羞呀……

閻世熜才不知道我內心的小劇場在演啥，直接放掉我的手，說：「嘿，班花你知道什麼東西可以讓毛變多嗎？生髮水？」

「我又沒在用那個，怎麼會知道？」

「說的也是。」閻世熜邊說，邊自己摸起胸口。

這個人，還真自戀。

天色已經全暗，操場上只剩下我跟閻世熜，看樣子今天回家又只能吃剩菜了。

休息了一會兒，閻世熜穿起衣服，問我：「腳有好一點嗎？」

「好一些了。」

「那你試試看能不能站起來。」

我將手搭在闔世熄的肩膀上，嘗試靠他的力量站起身子。

「好痛！」我手一鬆，又跌坐回地上。

「還是不行嗎？」闔世熄問我。

我搖了搖頭，對闔世熄說：「現在好晚了，世熄你先走吧，我自己慢慢想辦法回去吧。」

「這怎麼行！操場那麼暗，把你留在這裡出了什麼事就慘了。」

「你白痴喔！這裡是學校，晚上運動的人一堆，又不是荒郊野外，怎麼會出事？」

「不行啦，我不能放你一個人在這裡。」

「我自己可以的，你先走啦！」

「不行！」闔世熄蹲到我面前，說：「我背你走吧。」

「不用啦，學校裡頭人來人往，如果被人看到……。」我對闔世熄說。

「你明明就腳受傷，是在擔心什麼？」

「啊……。」

闔世熄不等我回答，直接將我背了起來，站起身子就往前走。

「你滿輕的，很好背。」闔世熄說。

夏夜的晚風吹過操場，驅散一天的燠熱。闔世熄上衣的汗水已乾，散發出一股專屬高中男孩的酸味。

我沒這樣被人背過，但這種感覺，還真是不錯。

我畢竟還是個體重接近五十公斤的人，背著走遠還是會累，闔世熄的腳步越來越慢，只能緩緩前行。

「班花，我問你喔。」閻世熜的聲音聽起來有些喘。

「怎麼？要放我下來了嗎？」

「不是，我還可以走一會兒。我是想問你，你會覺得我對你的操練太嚴格嗎？」

「有……有一點啦。」

「真是辛苦你了。」

「不會啦，我打那麼差，本來就該好好鍛鍊。」

「唉——」閻世熜嘆了口氣說：「我也不想這樣，但大家的表現真的不行。如果學長回來看到我們一點進步都沒有，我一定會被他罵死。」

「我知道……。」

「你的運動神經不好，又沒有打棒球的底子，要你上場有好表現簡直就是天方夜譚。只是球隊現在這麼慘，我也只能壞人當到底了。」

「嗯……。」

閻世熜話鋒一轉，說：「我真的不行了，班花你能下來嗎？」

「好。」

閻世熜緩緩將我放在操場跑道上，說：「大腿還痛嗎？」

「好多了，真是謝謝你。」

「我們一起坐著休息吧。」

閻世熜一屁股坐到我身邊，我從書包裡拿出水罐，遞給閻世熜，說：「你好喘喔，喝點水吧。」

月亮從雲的縫隙中露出臉來，銀白灑落一地。夏夜風起，吹動校園中的青草、枝枒，還有我與闔世熄的髮梢。

第五十四章　我不是班花，我是苦命的油麻菜籽

接下來的一週，極為忙亂。

大姊出院，跟小外甥一起住到月子中心去了。

被拘留的矮子邱終於等到法官開庭，被裁定五萬元交保，責付家長帶回。

德韶叔叔拿了訃聞來，我跟老爸都名列上頭：孝男李坤昇、孝孫黃李勤。

這是黃李勤這個名字第一次被使用。

德韶叔叔說：「我跟姐姐討論過了，想說阿公下週末舉行告別式，希望哥哥跟李勤都能到場。你們參加公祭就好，家祭就不用了。至於改名的事情，就請哥哥帶李勤早一點辦好，在上香的時候可以向爸爸稟告。」

老爸依舊拒絕拿黃元祿阿公給他的支票，但他「勉強」同意我改姓還有到花蓮參加阿公的喪禮。

結果十六歲的我還是得扛起這麼大的家庭責任。

我看著老爸，心中竟有些鄙夷他的懦弱。

但我又覺得老爸從小沒有父親相伴，又怎麼學得會堅強？

真是矛盾啊！

在學校裡，棒球隊隊長安鴻正從考試的深淵裡回來了，他好像胖了一些，但體格還是精壯，變得更嚴肅了。

週五下午，我們全隊得到了公假，代表學校參與睽違三年的北區高中棒球聯賽。

因為人數夠，我不用上場，而是在休息區擔任記錄員。

對手是上一屆的第三名，實力十分堅強，我們孱弱的先發投手，投不滿兩局就被對方攻下七分，而且捕手王藝禾學長也因為一次本壘攻防被撞傷了。

差距七分，對我們而言是一個難以逆轉的距離。

好不容易結束了對方在第二局下半的攻勢，游擊手安鴻正走進休息室，臉色很難看。

「藝禾你就休息吧，嘉政調到外野。」葉嘉政是三年級的學長，也是今天的先發投手。安鴻正接著說：「世熜你當投手，文彊當捕手，右外野劭辰去頂替文彊的中間手，嘉政去守右外野，百年守三壘。」蘇百年是二年級的學長。

安鴻正從裝備袋裡拿出一個捕手手套丟給我，說：「李勤你先上去幫世熜接熱身投球，文彊還要穿護具。」

我從來沒拿過捕手手套，一戴上去才發現還真沉重，連單手拿著都有問題了，還接球咧。但隊長的命令，我怎敢違背呢？

閻世熜是個天生的運動好手，剛入隊時，他的球速就已經是全隊最快的，安鴻正曾經讓他嘗試練投，但閻世熜的控球實在太差了，投十個球只會有一個進好球帶。練了幾次以後，安鴻正也就放棄了，改讓閻世熜守三壘。

我忐忑不安地走向本壘後方，閻世熜站在投手丘上，看他左顧右盼的樣子，應該也是緊張萬分。

「來吧。」我對閻世熜說。

閻世熜點了點頭，接著做出一個華麗的投球動作，刷地一聲，球便往我面前飛來。

天啊！閻世熜的球速也太快了，這叫我怎麼接？我一定會被這球打死。

但球並沒有打到我身上，而是「刷」地一聲飛過我頭上一公尺處，然後「啪」地一聲，硬生生砸在本壘後方的鐵網上。

這記超級大暴投，引起了場上所有人的關注。

場邊的安鴻正大喊：「世熜，不要緊張，放輕鬆，把球投進去就好。」

閻世熜點了點頭，準備投出第二球。

我將手套擺在好球帶的正中間，用眼神要求閻世熜將球投進來。

（不管他的球有多快，我一定要接住！）

閻世熜做好投球動作，用極快的速度揮動手臂，將球投出。

又是「啪」的一聲，這球竟然砸到地上，往我的右邊膝蓋彈來。我身上沒有護具，就這麼被球給砸中了。

媽呀！痛死了！

我當場倒了下去，抱著膝蓋抽搐。

一下子是大腿抽筋，一下子右是膝蓋中彈，我的棒球生涯怎麼這麼坎坷？

胡孟暉背著我下場，大會的人員來幫我做簡單的治療。

下場的同時，我聽到裁判對安鴻正說：「他那種控球喔，要多練啦。一直往頭上飛，我站主審也會怕呢！」

我從疼痛的暈眩中回過神來，在一旁看著隊友被對手屠殺。

四局結束，我們被對手十三比〇提前結束比賽。

闔世熜在最後兩局，一共丟出高達八次的四壞球，幸運的是，他的球沒砸在對方身上。

（而我這個負運之男卻被砸了。）

胡孟暉扶著我走向賽後討論的草皮。

全隊沒有人敢嬉皮笑臉。

安鴻正整整訓了半小時的話，誰也不敢回嘴。

因為我們真的打得非常差。

「世熜，我知道你沒有練投手，卻臨時派你上陣，這學長要跟你說聲對不起。但你也知道，我們球隊的投手壓制不住對手的打擊，你的球速很快，是練投手的料，如果能把準度提昇上來，一定會是我們球隊的王牌投手。」

原本闔世熜還在為自己荒腔走板的表現感到懊惱，被安鴻正這麼一說，原本傾頹的腦袋，瞬間抬了起來，看著遠方的投手丘，雙眼綻放出耀眼的光芒。

「學長，我一定會認真練投手的！」闔世熜豪氣干雲地如此宣言。

安鴻正點了點，眼神突然往我這裡飄。

等一下，我今天沒上場，而且膝蓋到現在還是腫著的，該不會連我也要罵下去吧？

幸好安鴻正還有點人性，和顏悅色地說：「李勤，今天辛苦你了，膝蓋回去記得熱敷，如果很痛要去看醫生。」

就算用膝蓋挨一記換沒被罵，還是很倒楣啊。

安鴻正接著說：「還有啊，世熜跟你同班，我看你們平常也都混在一起，你以後就專門當世熜的捕手，好好引導他投球吧。」

（呃……學長你是認真的嗎？）

我不禁張大了嘴，看著安鴻正。

安鴻正大概也知道我在想什麼，連忙說：「學弟你別緊張啦，只是牛棚捕手，沒練好之前，不會讓你正式上場蹲的。」

我倒是覺得，甭說上場，就只當閻世熜的「御用捕手」，肯定會被他毫無準心的快速球打成殘廢。

不過我就是逆來順受的裡社子人個性，學長講什麼，也就只能乖乖去做。

這是俗稱的「油麻菜籽」嗎？

我命苦啊……

第五十五章　出現了！

「哇塞！你同學也太狠了吧。」

全家人都過來圍觀我的膝蓋，那青紫浮腫的膝蓋上，有著明顯的棒球縫線的印記。

「你那麼爛，學長還叫你去蹲捕喔？」妹妹說。

「我只是在換局的時候去蹲一下而已。」

「這樣也被砸到，是你不會接球吧。」

「閻世熜的球快得要命，而且直接往地上砸，根本就閃不掉。」

「有那麼誇張嗎？」

「不然妳下次去接看看。」

「我才不要。」妹妹扮了個鬼臉，一個轉身就躲進房裡。

「我叫萬全伯來幫你塗藥好了。」母親對我說。

甚至連娃娃床裡的小妹，也睜著圓圓的雙眼看著我。

萬全伯是裡頭社的「駐村醫師」，是一位沒有醫師執照「赤腳仙」，但對各類藥草卻比任何人都精通。

「不用麻煩萬全伯啦，明天就消腫了。」我對母親說。

「你又在鐵齒。李悅，去打電話給萬全伯，請他過來一趟。」

十分鐘過後，萬全伯騎著鐵馬來了，手上提著那個我從出生看到現在的籐編老藥箱。

「唉唷喂，拍甲按呢喔！」我那腫脹的膝蓋，連萬全伯看了都不禁搖頭。

萬全伯拿出竹篾，從藥草罐裡刮出一坨深綠色的膏狀藥物，均勻塗抹在我的膝蓋上，然後仔細地蓋上紗布，將它固定。

「明仔載應該就會消腫了，但愛逐工認真換藥仔，差不多一禮拜會使漸漸好勢。」

萬全伯年紀約莫七十出頭，一頭旁分白髮梳得服服貼貼，加上超過一八〇公分的傲人身高，從以前就散發出過人的魅力。

聽說萬全伯曾經跟阿嬤交往過，也論及婚嫁，不過萬全伯的家人嫌棄阿嬤出身不好，又說八字相剋，不讓他們結婚。

出身不好，不都是裡社子人嗎？我曾問過老爸這個問題。

「萬全伯聽說以前住在汐止，算是當地的大戶人家。」

「那他怎麼會來到裡社子這樣的小地方。」

「為了追求阿冬姑婆吧。」老爸說。

阿冬姑婆是阿嬤的堂妹，也是萬全伯結褵數十年的妻子。

但大姊卻不是這樣說的。

「萬全伯一開始是追阿嬤才來到裡社子的，後來不知道怎麼沒跟阿嬤開花結果，反而娶了阿冬姑婆。」

若是依照大姊的說法，阿嬤還真厲害，專門吸引外地的男性呢。

沒有開花結果，難道從中作梗的是，黃元祿阿公？
長輩們幾十年前的往事真的很令人好奇，但身為晚輩的，也只能當八卦私下說，沒人敢去問。
還記得有大姊第一次看到德韶叔叔時，曾偷偷問我：「你跟德韶叔叔誰比較高？」
「德韶叔叔高一點吧。」
「高一點也沒高到哪裡去。」
「大概一六五公分吧。」
「所以我們家矮子的基因，一定是從黃阿公那邊來的。」
「我沒見過阿公，也不能這麼說。」
「要是當年阿嬤若是可以跟萬全伯結婚，我們家現在一定都有傲人的身高。」
李愉小姐，妳在說什麼渾話？如果阿嬤跟萬全伯結婚，怎麼可能會有我們這些小蘿蔔頭？況且家裡這位一七〇公分高的長腿妹妹卻完全不受基因影響耶，她總不可能是從石頭縫裡蹦出來的吧？
說到大姊，前陣子出院後，就住進月子中心，原本只是比較短時間的月子服務，聽說邱家人為了討好我們家，大手筆將月子照顧提升到最高層級。
「那錢從哪裡來？他們邱家又不是什麼有錢人。」我問二姊。
「人家有本事弄錢來，你管那麼多幹嘛？」
「該不會……。」我壓低聲音說。
「不可能啦，你別亂說。」
大姊雖然受到高貴的月子照顧，但月子中心無聊的生活與清淡的飲食，還是讓她天天在家庭群組裡抱怨：「住在這裡簡直就跟關監牢差不多嘛！」

月子中心才不是監牢，少年看守所更像監牢，而剛從那裡出來的人，正逍遙地享受外頭的自由空氣。

萬全伯走了以後，矮子邱來了，說什麼要拿大姊的衣服去月子中心。

「嘿，同學，你腳怎麼了？」矮子邱問我。

矮子邱之前那頭礙眼金色的長髮剪掉了，成了個大平頭，雖然他的大臉看起來有些痴肥，沒了那頭金毛，倒也清爽。

「被棒球砸到。」

「哎呀，這一定很痛。」

「痛還好，就挺腫的。」

矮子邱拿出手機，坐到我旁邊，說：「同學你看，這我兒子，你看可愛嗎？」

他是我外甥，當然可愛啊。

但矮子邱拍的照片也太多了吧，一張滑過一張，角度卻是大同小異。

直到母親從房裡拿出一包大姊要的東西遞給矮子邱時，他才停止向我誇耀寶貝兒子。

「政瀛，你心情很好呢。」母親對矮子邱說。

「當然好啊！今天去法院報到，聽裡面的人說，詐騙集團的主謀跟法官說我不是同夥，只是小咖的車手而已。」

矮子邱說得興高采烈，但我心裡還是打了個大問號：這人說的話能信嗎？

「律師也說我應該不會被關，可能就是緩刑吧。」

「這樣就太好了。」

「對呀，我為了承雋，要努力當個好爸爸！」

承雋，是小外甥兩天前剛得到的新名字。

矮子邱轉過頭來，對我說：「同學，你還記得教我讀書的事情嗎？」

「記得啊。」

「什麼時候要開始上課呢？」

「就看你什麼時候有空。」

要教就教，我也沒在怕的，諒矮子邱的個性，上個三次課大概就放棄了。

矮子邱被我這麼一說，有些尷尬地抓了抓頭，說道：「等我案子告一段落再開始吧。」

「好，我等你。」

語畢，矮子邱拿起包袱，便匆匆走了。

接下來自然是洗澡、讀書、上床睡覺。

每天事情一大堆真是累死了，還好我睡眠品質一向不錯，一覺到天明。

一夜過去，我的膝蓋雖然消腫一些，但走路站立還是讓我感到痛苦不堪。

「你膝蓋痛成這樣，今天別去上課好了。」剛起床的小妹對我說。

「不行，學校有要緊事，一定得去。」

今天下午排了愛校服務，不能再請假了。

這樣的決定是痛苦的開端：我得從家裡走到公車站牌，搭上公車，到捷運站轉車，再擠公車到學校，在離校門口一百公尺外的站牌下車，走進校門，穿過中庭，爬上兩層樓梯，走過走廊，轉進教室。每一抬腳，全是萬分疼痛。

更糟的是，王文彊竟然說他家裡有急事，不能跟我一起做愛校服務了。

我腿瘸成這樣，沒王文彊幫忙，怎麼撐得過去？

「對不起，我真的沒辦法去！我媽要我放學後試聽一堂家教課，你又不是不知道我父母的專制。」

我能理解王文彊的苦衷，那我該怎麼辦？

到了午睡起來，王文彊扶著我去上廁所。

上完廁所回來，鐘聲也響了，我連忙回到座位，拿出下一堂課要用的英文課本。

咦，抽屜裡有張紙條。

我打開紙條，上頭一行大字寫著：

「嗨，我是你們調查很久的藏鏡人，放學後會跟你們一起做愛校服務唷。」文字後頭還畫了一張笑臉，真是十足的挑釁意味。

第五十六章　怪胎

藏鏡人要跟我們一起做愛校服務？

我看著紙條，愣了許久。

原來這個人知道我們在調查他啊。

我轉頭看了一眼王文彊，他低著頭在抄筆記，藏鏡人好像沒有通知他。

我又看了紙條一次，發現背面還寫著幾個小字。

「千萬不要告訴王文彊，否則我不會出現。」

（這到底在演哪齣啊？）

其實我跟王文彊不一樣，沒那麼討厭藏鏡人，因為違反校規的是我們，就算藏鏡人的跟蹤行為不太道德，但檢舉者本身沒什麼錯。

我收起紙條，打定主意跟王文彊說，要「單刀赴會」，親自瞧瞧藏鏡人的真面目。

放學了，闍世熜、來劭辰等人揪著大家要去河濱球場練球。河濱球場是我們最近發現的祕密基地，雖然離學校有段距離，但搭公車就能到，平日下午也不會有人用，球隊可以在那裡練習，避免在操場打棒球對其他使用者造成影響。

「班花，練球你不來嗎？」來劭辰問我。

我指著包著紗布的膝蓋回答說：「來劭辰同學，你也太沒同學愛了，我昨天膝蓋中彈的時候你又不是沒看到，怎麼還來問我這個問題？」

「嘿嘿嘿，世熜副隊長，你看這個班花，竟然會回嘴了耶。」來劭辰說。

「人家也會成長好嗎？就像我，也會變得帥氣呢。」

來劭辰斜著眼看向自吹自擂的閻世熜，說：「好啦，我們世熜副隊長大人人最好、最帥氣，控球更是精準，都直接瞄準班花的膝蓋投。」

「你這笑話很難笑。」閻世熜對來劭辰說。

「我是陳述事實，沒說笑話啊。」

「死白目，少廢話了，快走吧，沒時間了。」

「好好好。」

閻世熜和來劭辰背起書包，提起球具，離開教室。

我也背起書包，準備拖著殘廢的膝蓋，緩緩移往愛校服務集合地點。

忽然間，我旁邊的窗戶被打開，有顆頭探了進來，是閻世熜。

「嘿，班花，你能自己下樓嗎？要不要我再背你？」

聽到這話，我臉上忽然熱了起來，羞怯地看著閻世熜猛搖頭。

「不用啦……。」

來劭辰從另一扇窗戶探進身子，說：「嘖嘖嘖，護花使者耶，這樣文彊會吃醋喔。」

說到王文彊，下課鐘聲一響就第一個衝出教室，跑得不見人影，哪管得到瘸腿的男朋友？

「真的不用啦，我膝蓋好多了，可以自己下樓，你們快去球場吧。」我說。

「那好，你多保重嘿。」閻世熜說。

兩人將窗戶關上後，來劭辰的聲音從走廊傳來：「改天我腳受傷，你要背我喔。」

「去你的，誰要背你？自己用爬的啦！」

「你好大小眼喔，我又沒長得比班花差到哪裡去？」

「差遠了！」

兩個人的聲音越離越遠，遠到我聽不清。

教室裡的同學已經散得差不多了，我終於收拾好，站起身打算離開座位。

才跨出第一步，膝蓋就痛得讓我差點噴淚。

我開始後悔沒讓他們協助我下樓了。

現在後悔也來不及了，只得自立自強。

好不容易克服萬難走到愛校服務的集合點，參加愛校服務的同學們已經掃了一半。帶隊的高三學長看到我，問道：「李勤學弟，你怎麼那麼晚來？」

我還沒回答學長的問話，就有個聲音從司令臺附近傳來，對學長說：「李勤膝蓋受傷了。」

學長看著我包成麵龜的膝蓋，訝異地問：「你膝蓋受傷幹嘛還來服務？」

「不來的話會做不完。」

「但是你這樣也沒辦法做啊。」

「我可以簡單掃地什麼的。」

「你只能掃地，這樣我沒辦法跟教官交代耶。」

「學長，你派給他工作，我跟他一起做。」剛剛說話的聲音，又從司令臺傳來。

我往司令臺方向看去，原來說話的人是同班同學高昊。

我從來沒在愛校服務時見過高昊，這傢伙平常沉迷於數理世界，怎麼可能會違反校規？還有，雖然王文彊說過高昊喜歡我，開學時抽屜裡的巧克力也是他送的，但我完全感受不到高昊對我有什麼多餘的關愛，平常甚至連眼神也很少交會。

我認為是王文彊搞錯了。

「既然高昊願意幫你，你就跟他一組吧。」學長說。

高昊走到我身邊，他的個頭不矮，應該有一八〇公分以上，四肢雖然瘦長，卻有張嬰兒肥的圓臉，搭配一頭過厚缺修剪的棕色捲髮。

「你拿垃圾袋躲在樹後頭休息吧，樹葉和垃圾我掃就好。」高昊對我說。

「這樣不好吧？這樣我好像在偷懶。」

高昊沒理我，直接走到遠處掃落葉去了。

我只得拿著垃圾袋，在可以移動的範圍內，加減撿拾一些垃圾。

我腫脹的膝蓋根本無法蹲下，只能拿箝子拾取地上的落葉。

不久之後，高昊出現了，拿了一畚箕垃圾倒進垃圾袋裡。

「就跟你說在樹下休息嘛，幹嘛還撿樹葉？」高昊指著幾十公尺外的隱蔽樹叢，說：「你去躲那裡，才不會被人看到。」

高昊的口氣有些衝，聽在耳裡不太舒爽。

不要幫忙就不幫忙，那我就躲到樹叢裡休息，樂得輕鬆。

日頭西斜，初夏的傍晚天氣猶熱，樹下一點風都沒有，悶熱無比。

二十分鐘之後，學長在遠處大喊：「時間到了，大家可以結束了。」

我扶著膝蓋，緩緩起身，這時高昊也拿著最後一畚箕的垃圾過來。我看他滿臉是汗，腦袋上蓋著厚重的頭髮，感覺很熱，幹嘛不去剪一剪呢？

雖然我不喜歡高昊，但他還是幫忙了我混過一個小時的愛校服務，便對他說：「高昊同學，謝謝你的幫忙。」

高昊笑了，是個小孩子般的笑容。

好啦，單就這笑容，對高昊加個五分吧。

於是我轉身，打算將垃圾袋拿去樹叢外的垃圾集中場。

這時高昊開口對我說：「李勤，你忘了找藏鏡人的事嗎？」

難道……

第五十七章　孩子氣

「藏鏡人」？

這麼說……跟蹤檢舉我們的是高昊？

高昊為什麼要這樣做？

難道王文彊所說高昊喜歡我、巧克力是他送的這些事，都是真的？

我覺得高昊正期待著我用驚訝的表情看著他，與其順著他的意，不如給他一記回馬槍試試。

我吞了口口水，回頭做出一個漠然的表情對高昊說：「我早就知道了。」

這下換高昊的臉上出現驚訝的表情了。

（這個藏鏡人也滿好唬的嘛。）

我看著高昊，心中竊笑。

我頭也不回提著垃圾袋往集中處走，高昊從我身後追了過來，殘廢的我哪走得了多遠？高昊一下子就追到我身邊。

「你怎麼會知道我是藏鏡人？」高昊問我。

「我就是知道啊。」

「才怪，之前我常常跟你四眼對望，但你根本不把我當一回事，怎麼可能知道我在跟蹤你們？」

原來我常常跟高昊四眼對望，但我怎麼都沒感覺到咧？

「我不用在你面前表現出來吧。」

「不可能！如果你知道，怎麼可能讓我看到你跟王文彊在公園裡頭接吻？」

我就叫王文彊不要在公園裡那麼高調，他偏要在公園裡胡來，說什麼沒人看見。這下可好，全給高昊看個精光。

「什麼？」

「接吻而已，又沒幹什麼。」我繼續往前走。

「我覺得你在騙我。」高昊說。

「我何必要騙你？我倒是想知道你安的是什麼心？」

「你為什麼要跟蹤我們？還自稱藏鏡人？」

「我想看看你們在做些什麼啊。」

「你不去跟蹤別人，跟蹤我們幹嘛？」

「我覺得男生之間談戀愛很有趣。」

「有趣就跟蹤別人喔？還去報告教官，這樣對嗎？」

「誰叫你們要違反規定上頂樓。」

「上頂樓是違規了，但你為什麼要跟蹤我們到其他地方？」

「好奇啊。」

「你也過太好奇了吧。」

我竟跟這個很不熟的高昊同學鬥起嘴來，專注在嘴上吵著，卻也忘了腳上的疼痛。

到了垃圾集中處，我把垃圾丟進子母車，高昊則把掃地用具放回工具間，回頭出來看到我，嘴上還是沒停，我從沒看過這個人說過這麼多話。

「我就是因為太好奇才被罰做愛校服務。」高昊對我說。

「為什麼？」

「我跟蹤你們上樓，自己也犯校規呀。」

我「喔」了一聲。

高昊又說：「為了你，我犧牲可大著呢。」

我又「喔」了一聲。

「李勤，你好冷淡。」

「我們又不熟。」

「我想跟你熟一點。」

「你想親近我，但不應該用這種讓我生氣的方法。」

我跟高昊，一前一後，一個是瘸腿在前跛行，一個是無聊男子在後頭，一下子追近，一下子又落在我的後方幾步之遙。

我想快速遠離高昊，但疼痛的膝蓋已經到了臨界點，只得停了下來，手撐著牆沿休息。

「你膝蓋痛喔？要我扶你走嗎？」高昊真會找機會獻殷勤。

「不用了，我休息一下就好了。」

「你好奇怪，你肯讓王文彊、閻世熜背，卻不讓我扶。」

「你才奇怪，王文彊是我男朋友，閻世熜是我好麻吉，我當然可以讓他們背啊。你又是什麼人？我們不熟，好嗎？」

「你如果不排斥我的話，我們就會熟起來了。」

我跟這個喜歡強辭奪理的人還真的無話可說。

我勉強站起身，打算儘速離開現場。

「我可以背你到校門口，跟閻世熜背你一樣。」高昊說。

聽高昊這麼一說，有股厭惡感自心底油然而生，便回頭對高昊說：「高昊同學，我鄭重告訴你！我非常討厭你的跟蹤行為，請你以後不要再跟蹤我。」

「對不起啦！」高昊跑到我面前，像瘋了似的不斷道歉，他的臉上全是汗水，看起來是真的在道歉。

這傢伙到底有多怕我討厭他？

我看著高昊的臉，一臉稚氣，撇開高大的身軀不說，簡直跟國小生沒兩樣。高昊在班上很邊緣，不太理人，同學也把他當空氣。高昊的數學、物理是資優班的等級，但其他科目表現都很差。

我心想：「如果高昊是小孩個性，那就用小孩的方式對付他吧。」

我用和緩的語氣對高昊說：「如果你以後不要再跟蹤騷擾我，我就不生你的氣。」

「好啦，以後不會了，只會遠遠偷偷看你。」

「沒事不可以亂看。」

「好。」

「還有，你也不准再騷擾跟蹤我男朋友跟其他朋友。」

「你竟然用男朋友稱呼王文彊。」

「他就是我的男朋友啊。」

「喔。」

「不騷擾其他人，有沒有聽到？」

「好。」

「那你還有什麼話要說的？」

高昊抓了抓腦袋，開說：「你會跟王文彊分手嗎？」

嘿！你這個怪胎，問這啥奇怪問題？想被揍嗎？

我快被高昊氣死了。

第五十八章　預言

高昊真是有夠莫名其妙，口無遮攔，胡言亂語。我原本不生氣了，沒想到他竟問我什麼時候分手。真是有夠白目。

我回頭給了高昊一個大大的白眼，但他卻感覺不到我的怒氣。

「我覺得你們的關係有點冷淡。」

我不想回答他，繼續往前走。

「我真的是這麼認為，你不覺得嗎？」

討厭鬼！

不行，要把他當成小孩子。

我努力壓抑情緒，回過頭用虛假的笑容對高昊說：「同學，我覺得你真的不應該干涉別人的感情。」

「我沒有干涉啊，只是關心。」

「多謝你的關心啊！」

突然我想到一招可以讓高昊閉嘴，便對他說：「如果你現在都不說話，我就讓你扶到校門口。」

高昊一聽，立刻跑了過來，用肩膀頂住我的腋下，我受傷膝蓋的壓力瞬間減輕許多。

高昊一邊攙扶著我，一邊開心地笑著，架也不吵了，就這麼走到校門口。

「我要回家，你別再跟了。」

「好。」

雖然上了公車，那種被跟蹤的感覺還是無法散去。

說不定高昊躲在車上的某個角落，正窺視著我。

好討厭！

回到家，母親叫小妹把飯菜端到客廳讓我吃。

「腳有好一點嗎？」老爸問我。

「應該有吧……。」

老爸二話不說，往我膝蓋上一摸。

「痛啊！」我叫了出來。

「不要騙我了，明明就還在痛，衣服換一換，我帶你去給萬全伯看。」

到了萬全伯家，門簷下掛的全是風乾的藥草，踏進屋裡，濃郁的青草香撲鼻而來。

萬全伯要我坐到椅子上，將紗布拆下，烏青的膝蓋腫脹不已。

「毋是共你講要加休睏，毋通傷行路，你沒咧聽乎。」萬全伯一邊摸著我的膝蓋，一邊搖著頭說。

（如果去上課就不可能休息啊……。）

「我看你明仔載愛請假矣，無會若來若嚴重喔。」萬全伯說。

一旁的老爸也搭腔說：「對啊，就在家休息讓你的膝蓋好好休息吧，我會叫你媽讓你好好養傷。」

既然大人都這麼說了，我也就順了他們的意思請了一天假。

在一整天徹底休息與萬全伯強大草藥的幫忙下，我的膝蓋終於消腫了，走路也比較不那麼痛了。

其實若能多休息幾天，傷勢會好得更快，但學校裡那堆鳥事，怎能讓我一直請假呢？

隔天我一如往常地早起趕車，搖搖晃晃到了學校。才踏進到教室，一股男生的汗臭味迎面襲來，這就是男生班的日常。教室裡又吵又亂，風紀股長朱仲則在講臺前大喊安靜，試圖讓大家停下騷動，但沒有人理他。

我看了幾個熟人，大家都在聊天，只有王文彊在低頭玩手機。

（他又怎麼了？）

我猜王文彊大概是跟家人吵架了，正在不爽中吧。

闔世熜這時才剛進教室，他看到我，沒放書包就走了過來，說：「班花，聽說你腳傷勢很嚴重，真是對不起啊。」

「沒關係，昨天請假休息好多了，應該再過一兩天就會完全好了。」

「好啦，你好好保重呢。」

闔世熜才剛回到座位，又有一個人從我身旁走過，用手肘碰了我一下，我轉頭一看，竟然是高昊！

（這小子又跑來幹嘛？）

高昊看著我，臉上出現一抹詭異的笑容，還一直對我擠眉弄眼。

（他想表示什麼？）

上課的老師來了，高昊匆匆跑回座位，教室也瞬間安靜下來。

我又瞄了一眼王文彊，他的樣子讓人感到奇怪。

果不其然，到了中午，王文彊一看我收拾吃完的空便當，立刻走到我身邊說：「你跟我到操場涼亭一下。」

從教室前往涼亭的路上，王文彊扳著臉，一語不發。我膝蓋痛，走得慢，他倒也沒催我，只是緩緩跟在我身旁。

花了一番功夫，我們才抵達涼亭。

正中午天氣炎熱，操場完全沒人。

雖然涼亭有頂，但四圍熾熱的環境，讓涼亭裡一點都不涼。

涼亭後方的樹叢，正是我昨天跟高昊一起打掃的地方。

進到涼亭，我無法站立，便坐了下來，王文彊沒坐下，站在我身旁。

「幹嘛，你又哪裡不開心了。」我先發制人問王文彊。

「你前天跟高昊玩得很開心嘛。」

嚇！為什麼王文彊會知道高昊糾纏我的事。

想這麼多也沒用，反正這些人總是有奇怪的門路知道奇怪的事情。

「我才沒跟他玩好嗎？是他自己來糾纏我的。」

「我覺得你滿花心的。」

「你在說啥？我哪裡花心？說來聽聽。」

「你讓闔世熜背你，又跟抓耙仔高昊混在一起，還聽說你曾經跟前男友吃過飯，真不愧是班花耶。」

王文彊的胡亂指控讓我無名火起，我拉高聲調，對王文彊說：「你又在胡扯些什麼了？我膝蓋受傷不能走，闔世熜是看我可憐才背我的。至於高昊那個混蛋，是自己來糾纏我，又不是我主動去認識他。還有前男友的事情，我不是很誠實地告訴過你嗎？」

「嘿嘿，你都發現高昊是抓耙仔了，卻沒告訴我。你知道我為什麼會知道呢？是昨天他自己跑到我面前炫耀，我才知道你們發生的事情。」

聽王文彊這麼一說，我突然發現自己被高昊擺了一道。

這傢伙……

「他分明就是來挑撥離間的，想破壞我們的關係。」

聽完這話，王文彊臉上竟露出一抹冷笑，讓炎熱的夏天午間，氣氛頓時凝結成冰。

「我們的關係不需要高昊來破壞就已經不怎麼好了。」

「哪裡不好？我有怎麼樣嗎？」

「很多事情你都很被動，我越來越覺得自己是一廂情願。」

「你也沒多主動好嗎？」

「至少比你主動。」

「好，我承認我很被動，但我不覺得我們的關係很差。」

「但也說不上好吧。」

王文彊講話真難聽。

王文彊又說：「我一直覺得，我跟你的關係遠不及你跟閻世熜、胡孟暉來得好。」

「他們是我的好朋友啊！好朋友跟情人怎麼比？」

「我們之間也不像情人吧。」

「情人之間該發生的都發生過了，為什麼不像情人？」

「那只是肉體層次，不是心靈層次。」
「你需要哪種心靈層次的交流？」
「我不會說。」
王文彊這態度不就是無理取鬧嗎？
「你這個真的很奇怪，想要改變，又不知道該怎麼做。」我說。
「沒錯，我很奇怪又無趣，所以你跟一個很奇怪又無趣的人交往。」
「嘿！王文彊先生，你是吃了什麼炸藥？今天怎麼這麼負面？」
「我想到高昊那得意洋洋的樣子，就很不爽。」
「你不爽高昊干我什麼事？」
「因為你不誠實！」
我不知道該怎麼說下去了。
王文彊回過頭來，眼眶裡已全是淚水。
哇咧！他到底是有多委屈啊？
「李勤，你愛我嗎？」王文彊用哽咽的聲音問我。

第五十九章　分—合

「你愛我嗎？」

我在兩年前問了相同的話，對象是李漢宇。

「我覺得有點膩了。」

當時我得到李漢宇無情的回應。

事後想想，我這種出身裡社子的單純小孩，跟不上李漢宇的生命節奏也是正常的。

他生來就是要跑、要跳，要飛翔的，而我卻無法切斷與家庭、土地之間緊密的關係。

誰叫我們李家人丁旺盛呢？

躲到堤岸旁大哭一場後，我放手了。

「他總有一天會記起我的好。」當時的我這麼告訴自己。兩年後，李漢宇果然發現了我李勤是個還不錯的情人。

「我喜歡你的單純。」

在臺北城的五光十色裡，來自裡社子的單純，才是都市叢林中所欠缺的。

回到現實。我問自己：「李勤，你愛王文彊嗎？」

我真不知道。

對王文彊的感覺，用一句老話來說比較貼切，那叫：「友達以上，戀人未滿。」我沒辦法跟王文彊太親密，也無法把自己全然交給他。

「愛啊，為什麼不愛？」

我還是對王文彊說謊了，我不想傷害他。

但傷害早已造成了。

王文彊眼淚掉個不停。

我不明白，他怎麼會這麼難過。

這就是兩個人的認知差距，雖然同為十六歲的高中生，觀念與想法卻是天差地遠。

王文彊擦去淚水，對我說：「我們先分開一陣子，讓彼此都冷靜一下吧。」

（我很冷靜，是你該冷靜吧。）

但事已至此，戲還是得演完。

我站起身，伸手從後頭緊緊抱住王文彊，將臉靠上他的背部。王文彊的衣服全被汗水浸濕，上頭滿是青春期男孩的濃郁氣味。

「我不想跟你分開。」我對王文彊說。

王文彊的肩膀直抽搐，真的哭得很傷心。這是他的初戀，總會看得比較重。

我把自己說得好像是個老江湖，其實這也不過是我第二次戀愛。

一回生，二回熟，萬事皆同。

「我們只是暫時冷卻一下，沒有要分手。」王文彊說。

「如果這樣會讓你覺得舒服一點，我可以接受。」我故意用哭腔回答。

我有點害怕王文彊會回頭，因為我一滴眼淚也擠不出來。

或許在之前跟李漢宇分手時眼淚就用完了。

這時，午休鐘聲響起。

「你先放開吧，我去擦個臉。」王文彊對我說。

我放開王文彊，他拉起衣服下襬，直接抹去臉上的淚水。

王文彊轉過身來，鼻子紅的跟什麼似的，問我：「我眼睛有很腫嗎？」

我點了點頭。

「這怎麼辦？」王文彊問我。

「要去頂樓吹風嗎？」

「咦，你不怕被教官抓嗎？」

「反正好一陣子沒上去了，如果被抓就一起被記過吧。」

王文彊笑了出來，我喜歡這樣子的他，但他卻總是不常笑。

我們經過走廊，爬上樓梯，王文彊悄悄牽起我的手，我沒拒絕。

到了頂樓，陽光熾熱，一如以往空蕩。

我們躲在遮雨棚底下，迎著帶著鹹鹹空氣的西南風吹拂。

畢竟擔心隔牆有耳，我跟王文彊沒多說話，只是肩並著肩坐著。

我將頭倚在王文彊肩上，閉上雙眼。

安靜的，話不多，是我喜歡的戀愛形式。

可惜就是王文彊太難懂，李漢宇太聒噪。

我真希望這場恬靜可以成為永恆。
永恆只是幻想，不會是真實。
半小時後鐘聲響起，學生們的嘈雜立刻將靜謐驅除於無形，我只能百般不願地回到枯燥繁雜的日常生活之中。
下午是社團課，棒球隊全員前往河濱球場備戰週末的北區高中棒球聯賽，至於膝蓋受傷的我，難得可以提早回家。
搭上了只有半滿的公車，我挑了個最舒服的位置坐下。望著窗外，王文彊的模樣竟浮現在我眼前。
告白。
牽手。
擁抱。
接吻。
在小公園裡談心。
這場短暫戀曲的種種，歷歷在目。
真的要分手了嗎？想到這裡，我覺得有點悵然。
下一個會更好。
我是這麼相信。
還有……
下一個不能再這樣隨便答應了。

第六十章　了斷

黃元祿阿公的告別式將在週末舉行，我也去戶政事務所改了名字。

「黃李勤」是我身分證身上新的名字，為了這個家，我做出了最大的犧牲。

因為我未成年，改名字需要監護人同意，所以是下午請假讓老爸載我去辦理。

我知道老爸會心情不好，所以先把這次段考的成績單拿出來給他看，希望我班排第八名可以讓他感到開心一些。

沒想到老爸心情沒變好，一路上不發一語。

我知道改名這事對老爸來說，除了內心糾結以外，還得面對阿嬤的不諒解。

阿嬤是個愛憎分明的女性，她當然不會怨恨孫子，但兒子就不一樣了，老爸在她面前，絕對不會有好日子過。

辦妥手續回到家，老爸說他還要去載貨，便開著車走了。

下午四點多，太陽還高掛在天際，難得家裡都沒人。

我趁機跑到浴室洗了個舒舒服服的澡，出門回到房間，此時妹妹放學回來了。

「咦，你今天怎麼這麼早回來？膝蓋痛請假？」妹妹問我。

「膝蓋差不多快好了，因為老爸帶我去辦事情所以才請假的。」

「是去改名字嗎？」
事情還真瞞不過這女孩。
「不想告訴妳。」
「嘿，黃李勤，身分證拿出來我看。」
「什麼黃李勤啦，我才不要給妳看！」
妹妹跑了過來，勒住我的脖子，暴力脅迫我將新身分證拿出來。
「快點，給我看！」
「放手啦！我快沒氣了！」
「給我看啦！」
「啊！我呼吸不了了！」
我故意將頭一歪，身軀全放軟，裝做昏迷的樣子。
頭腦簡單的妹妹見我不對勁，嚇了一跳，便將手放開。
我睜開雙眼，甩開她的手臂，打算起身往外頭跑。
沒想到妹妹手快，一手扯掉我圍在身上的毛巾想將我拉過來，還好我有穿內褲，不然就全給她看光了。
「嘖嘖，黃李勤你竟然穿那麼騷的內褲。」
我忘了今天穿的是桃紅色的小三角褲，它可是我珍藏的騷包內褲呢。
「我穿什麼內褲干妳屁事。」
妹妹又撲上前來，使出跆拳道練家子的技術，將我摔在地上。

只穿一條內褲的我，拚命掙扎。
「黃李勤你再掙扎，我就要脫你褲子了喔。」
「脫就脫，有什麼好怕的。」
妹妹笑了出來，壓制一放軟，我立刻脫離她的控制，雙手不斷揮舞。
咦，我的手好像碰到了什麼軟軟的東西。
我那不要臉的妹妹竟然大聲咆哮起來，說：「黃李勤你這個變態，竟然摸我胸部。」
「我摸妳的飛機場幹嘛？」
我跟妹妹的相處方式，就是如此任意，口無遮攔。從小到大同住一個房間，在青春期前一起洗澡或是裸裎相見也是常有的事。不過妹妹並非第一個知道我喜歡男生的人，第一個知道的人是……竟然是跟我感情最不好的二姊。
我跟小妹的身分證爭奪戰輸了，我屈服於她的淫威，將新身分證交給她。
妹妹接過身分證看了一看，狂笑起來。
「黃李勤，你照片也修太兇了吧？」
「我哪有修？」
「你看起來才沒這麼白咧。」
「我本來就很白！我才懷疑妳練跆拳道怎麼會黑成這個樣子，難道室內道場裡有太陽？」
「我就黑肉底美少女，不像你這隻曬都曬不黑的白斬雞。」
「笑死我了，妳哪裡美了，把美字拿掉，改叫飛機場少女還差不多。」
「可惡……黃李勤你才矮冬瓜白斬雞咧。」

鬥不完的嘴，抬不完的槓，就是我們李家人的日常。

隔天，老爸依照我的意思，到銀行將三百萬的支票兌現，兩百萬存入定存，另外一百萬現金則拿來貼補家用，拿來照顧小妹和外甥，也用在大孩子們的日常開銷與學費上，之後還要翻修房子，一百萬說來也不太夠。

這個週末棒球隊有兩場比賽，我得跟老爸去參加阿公的告別式，只能高掛免戰牌。

到了花蓮告別式的現場，我和老爸沒有參加家祭，而是以「親友」的身分參加公祭。情緒一直很抑鬱的老爸，竟在公祭現場跪了下來，哭得涕淚滂沱。

老爸與阿公生命中微妙的連結，是我難以理解的。甚至連阿嬤與這個她口中的「糞埽人黃仔元祿」的生命連結，也是無法釐清。

前往花蓮前一天半夜，阿屘叔公趁著大家都睡了，悄悄來到我家，拿了一包東西交給老爸。到告別式現場我才知道那是一包白包，上頭寫著阿嬤的名字，是她自己簽的。

長輩之間除了怨恨以外，好像還多了點什麼。

這個白包，或許是阿嬤對她生命中某個五味雜陳的部份，所做的了斷吧。

從花蓮回來後，另一個人也想做了斷。

她是我的大姊李愉。

前陣子從少年法庭裡傳出來的可靠消息指出，矮子邱可能會被判感化教育，刑期可能落在一到三年。

三年耶，如果能假釋也得關一年多，可不是短短幾個月。

但矮子邱卻四處放話，說大姊一定會等他回來。家人對矮子邱的行徑很不滿，最生氣的自然是老爸，認為矮子邱完全沒有改過的意思。

聽二姊轉述，大姊也曾說出乾脆分手的話。

我這個大姊真的很辛苦，才十九歲就要面對生子、離婚、單親這些大人問題，就算有家人全力支持，未來的人生，還是很艱辛……

矮子邱是問題的核心所在，這個人到底能不能改過？矮子邱是個很聰明的人，特別對賺錢有一套。小學時候他曾經在學校裡賣假的卡牌撈錢，最後被發現，鬧到找流氓出來擺平。國中時期，矮子邱則在網路上賣淘寶假貨，也曾經用人頭玩融資，賺了幾百萬，又在一兩天內賠光，還倒貼幾十萬。

我不否認矮子邱有一流的頭腦，但他做的都是三流事。

但矮子邱卻說我：「像你這種書呆子只會一直讀死書，最後讀到博士，出來還是找不到工作，不像我……。」

我就算找不到工作，也不要像矮子邱。

我覺得大姊真需要做個了斷。

至於要怎麼了斷呢？我也不知道。

第六十一章　終於找到適合的位置

從花蓮回來，壞消息立刻傳進耳裡：週末兩天的比賽，球隊都輸了，而且還輸得很慘。比賽中唯一的亮點是王文彊，兩場比賽打出三支安打，還打回三分，我們在這兩場比賽中總計只得到五分。

分手了反而球打得更好，這麼說來也不是壞事嘛！

「班花，隊長要你多跟世熜多練習投捕。」來劭辰帶來隊長安鴻正對我的指示。

「為什麼我要跟他練習？」

「世熜說他比較喜歡跟你搭檔，畢竟其他捕手都是學長，他覺得有問題比較不好直接溝通。」

「我的膝蓋都被他打殘了，要怎麼練？」

「學長拿了一組samll size的護具，說要給你專用。那是美製的少棒護具，又新又齊全，連護襠都有呢。」

對啦，我的個頭在美國只是少棒等級，這樣可以吧。

來劭辰到置物櫃拿出一個裝備袋，放到我桌上，裡頭裝著安鴻正要給我的捕手護具。

我轉到後頭想看一眼閻世熜，但他正開心地與旁邊的人聊天，根本沒跟我對到眼。倒是轉頭回來時，卻與王文彊對四目相交了。

我急忙避開他的目光。

沒多久，王文彊傳來手機訊息：「親愛的班花，你就好好跟世熜培養投捕感情吧。」酸溜溜的文字，看來真是討厭。

第二堂的英文課下課，閻世熜跑到我旁邊，小聲地說：「班花對不起啊，我不知道隊長指定你當我的捕手。」

「不是你跟他說和我比較好溝通嗎？」

閻世熜不敢看我，像犯了錯的小孩一般。

「你說的對，其他捕手學長都有點難搞，而且我控球又差，他們也不喜歡接。」閻世熜怯怯地說。

「我跟你是很熟啦，但我沒辦法接你的快速球啊。」

「我可以投慢一點。」

「就算是投慢，投不準也會打到人。」

「投準是需要練習的。」

我看著閻世熜說：「反正你就是要我當你的御用捕手就對了。」

閻世熜靦腆地點了點頭，說：「不過別說『御用』兩個字好嗎？我們是好搭檔。」

真是個令人感到害怕的搭檔……

經過幾天的休養，我的膝蓋總算好了，正好可以參與下午放學後在河濱球場的練習。

接了幾個滾地球後，隊長安鴻正要我去穿護具，跟閻世熜到一旁的牛棚練投。

隊長親自下的指令，我小小的球員哪敢不從？

我回到休息區，穿起護胸，扣上護膝，戴好帽子，拎著面罩，閻世熜則在休息室圍欄外等我。

「好了，走吧。」我對閻世熜說。

他或許想到之前砸到我膝蓋的事，看起來有點焦躁。

這下輪到我了。我拍了拍閻世熜的肩膀，說：「你就盡量投吧，我會努力閃的。」

閻世熜笑了出來。

緩解投手的各種情緒，也是捕手重要的任務之一。

我走到牛棚區本壘板的後方，球場內的隊友正在練習內外野的默契接傳，更遠一些的邊線草地上，三年級的投手葉嘉政學長也在練投，幫他接球的捕手是王文彊。

自從「暫時分開」後，我跟王文彊完全沒說過話，只有偶爾傳訊息。

青春期男孩的彆扭就是如此。

我戴上面罩，蹲了下來，雖然緊張，還是要鼓勵閻世熜。

「放輕鬆投過來，往我手套這裡丟就對了。」

我將手套擺在好球帶正中的位置，但我知道，閻世熜的球絕對不會那麼精準。

第一球是個偏高的壞球，閻世熜只用三成力量投，球速不快，是我能夠接捕的速度。

閻世熜接著練投十多球，雖然沒有用力投，但好球率還是很低。

「一定瞄準我的手套，把球投進來！」我繼續激勵閻世熜。

沒想到閻世熜這球一出手就往地下墜，我眼見不對，側身一閃，不長眼球還是砸中了我的大腿沒護具保護的地方。

我痛到跪在地上起不了身，閻世熜連忙跑下投手丘，到我身邊問道：

「班花，你還好嗎？」

經過上次把我的膝蓋打殘的事，闔世熜真的怕了。
不只是他怕，我更怕。
還好被球打到的是大腿有肉的地方，還不致於很痛。我站了起來，做做伸展，笑著對闔世熜說：「好多了，沒問題的。」
「唉，我們休息吧，別練了。」
「不行！」我起身緊抓闔世熜的左手臂。
「幹嘛那麼激動。」
「我犧牲那麼多，你不能隨便喊停。」
「哎呀，我的控球還是不行，以後練一點好再跟你練吧。」
「絕對不行！」我又說了一次。
「幹嘛一直說不行？」
「人家說投捕是夫妻，你要聽我的！」
這話一說出口，闔世熜一臉意外，雙眼發直看著我。
「繼續投，你可以用力一點沒關係。」
我真不知道哪來的勇氣，竟然這麼不怕死地要闔世熜用力投。
我偷偷揉了揉大腿，蹲回本壘板後方，擺出手套，說：「來，瞄準這裡，投進來就好，你投準對方也不見得打得到。」
「班花，你真的不怕喔。」闔世熜將手背在身後，做出準備投球的動作。
「當然會怕啊。」

「會怕為什麼不休息，反而一直鼓勵我。」
「因為我們是好隊友，好隊友之間就是要彼此鼓勵啊。」
「除了好隊友以外呢？」
「也是好同學、好朋友。」
「好朋友，有多好？」
「算很好吧……。」
「跟文彊比呢？」
閻世熜，你這臭傢伙現在提王文彊幹嘛？
「這怎麼比啦？」我笑得有點尷尬。
「那你就把手套的位置好好比出來吧。」
「好啦，你盡量投準，我盡量接。」
我大概已經對閻世熜說了一百次投準了。
我的話語給了閻世熜信心，他用炯炯雙眼，死盯著我的手套，然後挺起胸膛，抬高左腳，身體倏然轉向本壘，原本握在手中的球，噴射而出，劃破空氣，發出可怕「嘶嘶」聲。我忍住恐懼，看著球的來向……
「啪」的一聲，我應聲接住閻世熜全力丟來的一顆偏高壞球。
我緊緊握住球，站起身來準備回傳。這時我才感覺到，涔涔的汗水，正從我的臉頰往下滴落。
我真的很怕閻世熜暴投，但我不可以退縮，便對他大喊：「再來，球壓低一點，已經很接近好球了。」

閻世熜越來越有自信，有自信的男人最讓人喜歡了。

第二個快速球還是偏高，我仍然牢牢將球接進手套。

「球不會再快了，不需要再怕了，而且有護具防身，不用怕！」我告訴自己。

我終於找到自己在棒球隊裡的位置，不是打雜的經理，也不是偶爾上場插花的紀錄員，而是引導未來王牌投手投出潛力快速球的捕手。

就在我暗暗自喜時，一顆有尾勁的偏高壞球從我手套上方飛過，直接砸中我的肩膀。

我扶著肩膀，跌坐在地。

第六十二章　家人

「班花，你還好吧？」見我跌坐在地，闔世熜急忙跑了過來。

我拍了拍隱隱作痛的肩頭，笑著對闔世熜說：「這護具很厲害，我沒事。」

雖然有護具擋著，但打到肉少的地方其實還滿痛的。

「沒事就好。」

「再來吧。」

我忍著疼痛，起身恢復蹲姿，要闔世熜繼續練投。

身上不帶點傷痕、黑青，哪算得上打棒球呢？

這天下午，我整整接了闔世熜超過一百球，兩腿痠到發抖不說，全身上下也挨了不少記球吻。

不過這堅持是值得的，投捕練習到最後，所有隊友都走了過來，站在一旁，為我們加油。

當最後一顆好球應聲飛入我的手套時，周圍熱烈的掌聲響起，就好像在為冠軍戰的ＭＶＰ歡呼。

王文彊也擠在人群裡，他沒有笑，只是對我點了點頭。

回休息室的路上，隊長安鴻正走過我身邊，小聲地說：「李勤，辛苦你了，今天的氣氛真好，好到讓我覺得下一場會贏。」

誰不想贏球呢？

不過離開球場回家，又是一段艱辛的路途，天都黑了才得以踏進家門。

每當坐在搖搖晃晃的公車上半睡半醒之際，老爸的話語常常迴盪在我耳際：

「市區的學校太遠，讀士林的就好了，不然你一定會很累。」

公車到站，我左肩背著書包，右肩扛著球袋，走過蜿蜒的小路，回到裡社子。一踏進家門，大家都在，連大姊都抱著小外甥在搖來搖去。

「咦，大姊妳怎麼在家？」我問道。

大姊沒回答，倒是母親對我說：「你大姊月子中心不住了，帶承雋回家住。」

「月子中心不是要住到下禮拜嗎？已經繳的錢該怎麼辦？」

大姊將視線從外甥身上轉向我，漠然地說：「錢叫月子中心退給邱家了，違約金我們家出。反正我沒有要結婚，就不必要再花邱家的錢。」

（沒有要結婚？這話是什麼意思？）

「為什麼不結婚了？」

「兒子啊，你真傻還是假不懂？」老爸對我說。

我搖了搖頭，對這件事情一點頭緒也沒有。

「你大姊覺得你的國中同學不可靠，所以婚不結了。」

在我還沒反應過來以前，大姊先不耐煩地開口了：「爸，你不要再說了，我心情差得要死，你就少說幾句好嗎？」

「我只是在跟你弟弟解釋目前的狀況。」

「他會慢慢知道，不用你多事。」

「我……。」老爸竟然被大女兒嗆到說不出話來。

「好啦，李愉都說她心情差了，你就別講了。」母親也出言制止老爸。

所以……這是大姊的「了斷」嗎？

姑且不管大姊的決定是好是壞，但我覺得矮子邱跟他的家人絕不可能善罷甘休。

客廳的氣氛實在太怪了，我匆匆跑到廚房裡，把桌上的剩飯剩菜吃掉，直接進浴室洗了個澡，把自己弄好後才回到房間，沒想到房裡除了妹妹以外，二姊也在，兩個人正竊竊私語著。

「黃李勤，你回來啦？」二姊一看到我便說。

我小小翻了個白眼，沒想到這細微的舉動卻逃不過二姊的火眼金睛。

「你青什麼青啊？改了名字還怕人叫？」二姊的語氣聽起來不太爽。

「姊，別這樣啦，他也是為了我們家犧牲耶。」平日最愛叫我黃李勤的妹妹竟然會替我緩頰。

「不說就不說，免得傷了為我們李家做出重大犧牲李勤弟弟的玻璃心。」二姊無論如何都要反酸我幾句。

可憐的我，到底招誰惹誰了？

我坐到書桌前，二姊問我：「你知道姊姊的事情了吧？」

「知道是知道，但詳情不清楚。」

「簡單來說，就是姊姊自己帶著小孩從月子中心退款回家，而老爸今天也把聘金拿去還給邱家了。」

「矮子邱沒有抓狂嗎？」

「他去南部擺攤賣東西，不過他父母有來家裡吵。」

想到滿臉橫肉的矮子邱爸爸，我猜老爸一定又放了刀子在椅子下，才敢開門給他進來。

「對方怎麼說？」我問二姊。

「當然很兇啊，不過後來外甥跟姊姊都大哭起來，他們沒輒，就先走了。」二姊說。

「可能要等姊夫回來再處理吧。」妹妹還是習慣叫矮子邱姊夫。

「這樣也好啦，如果結婚再離婚，小孩監護權就比較麻煩。如果沒去登記結婚，監護權一定是姊姊的。」二姊說。

「但我覺得矮子邱他們家一定不會善罷甘休的。」我說。

「對呀。」

「姊姊真可憐。」小妹說。

「哪會可憐，是她自己活該好不好。」二姊說。

聽到二姊的話，我不禁皺起了眉頭。

二姊接著說：「你那個國中同學我們又不是第一天認識，他什麼素質姊姊難道不知道嗎？當然啦，什麼樣的人都有人愛，姊姊喜歡矮子邱也沒關係，但防護措施要做好啊。小朋友，你們懂什麼是防護措施嗎？」

「我懂啦！」我說。

「那妳呢？」二姊指著才讀國中一年級的妹妹說。

「我又沒有跟人家怎樣。」

「沒怎樣以後也會怎樣啊，所以我才問妳懂不懂。」

「懂啦，學校有教。」

「有什麼方式，說來聽聽。」

「就……戴套子。」
「還有呢？」
「不是就戴套子嗎？」
「錯！還有避孕藥，有事前的，也有事後的！」
「呃……。」妹妹害羞了起來。
「妳以後如果發生事情，不敢去買要跟我講，我幫妳買！懂不懂？」
「懂……。」
結束了性教育，二姊又說：「我們的大姊完全不懂得保護自己，搞到生了小孩才要下決心要離開矮子邱，這不是活該那是什麼？」
「話是這樣講沒錯……但她畢竟是大姊，我們不能不幫忙啊……。」小妹說。
「李快小姐，妳在說廢話嗎？我哪有說不幫姊姊？妳哥都犧牲自己的名字去換錢來養外甥了，這忙幫得還不夠多嗎？要說不幫忙，老爸那才叫不幫忙。」二姊像連珠炮般繼續說：「老爸本來不需要付任何代價，就可以拿到阿公的三百萬遺產，結果他就是過不了自己心裡那關，最後得靠兒子改姓才拿到另一筆遺產。如果老爸肯看開一點，甭說我們未來的學費，連黃李勤出國留學的資金都有了。」
「沒關係啦，錢再賺就有了。」我說。
「黃李勤先生，你在開什麼玩笑？老爸那種工作態度，是能賺幾個錢。」二姊翹起二郎腿，繼續說：「我們李家就是太有家庭情感了，很多話都說不出口，縱容家裡的人惹出一堆事情，然後才要全家人一起承擔。」
二姊這話說的很對，但她自己呢？搞上學校老師這件事情，如果被發現了，會有多大的風波呢？

但我怎麼敢說呢？
這就是家庭——是情感、牽絆、祕密與人生課題交織的綜合體。

第六十三章　我臉綠了，矮子邱就笑了

隔天，我帶著身上被球打到的青一塊紫一塊去上課，闔世熜見到我，也只是一般的相處模式，沒多說什麼。

下午放學，我跟王文彊一起做了一個小時的愛校服務。

我和王文彊依舊沒什麼互動，不過他偶爾會對我笑一下，我也自然也報以微笑。

今天由梁教官直接監督愛校服務，他的眼光一直看向我，我只能拚命避開。

我不想要讓梁教官看出異樣。

但該來的還是躲不掉，愛校服務結束後，梁教官要我跟王文彊留下來。

「你們兩個，表現很不錯喔！再幾次就結束了。」梁教官說。

「謝謝教官。」我跟王文彊同聲說。

「話說，」教官果然有事情要說：「你們兩個哪天晚上有空，教官請你們吃飯。」

教官請吃飯？這樣的邀約我還從來沒遇過。

我跟王文彊不知道如何回應。

教官見我們沒回覆，便問：「這禮拜五晚上如何？」

「禮拜五下午棒球隊要在河濱公園練習。」王文彊說。

「是有壘球場那裡嗎？」
「是。」
「我可以開車去接，你們練習完有空嗎？」
「我應該沒事……。」
「那李勤呢？」
「我應該也沒事，但是練完球，全身又髒又臭的，去餐廳好像有點不適合。」
「這樣啊，」梁教官摸了摸下巴，說：「你們介意帶衣服來換洗嗎？我可以帶你們到職員宿舍的盥洗室沖澡。」
「這樣很麻煩教官吧。」王文彊說。
「怎麼會麻煩？我開車載你們到附近的餐廳吃，然後再把你們送回家。」
「教官，我家住很遠。」我對梁教官說。
「不都在臺北市嗎？再怎麼遠一個小時內都會到。」
我真不知道梁教官想幹嘛，只能無助地看了王文彊一眼。王文彊知道我在求救，但他應該也不知道要怎麼辦。
「我應該……可以吧。」王文彊對教官說。
「很好，李勤你呢？」
王文彊都說好了，我哪能說不？
「可以……吧。」我對教官說。
「那就這麼決定了，期待那天跟你們好好聊聊。」

梁教官走了，我與王文彊面面相覷。
「教官要跟我們聊什麼？」王文彊問我。
這是他最近這陣子第一次對我說話。
「我哪知道。」
「該不會是鴻門宴？」
「教官沒事幹嘛害我們？難道要找高昊來舞劍嗎？」
這話讓我跟王文彊竟都一起笑了出來。
「你笑起來真的很好看。」王文彊說。
我再次回報他一個微笑。
這樣就好，別給他太多期待。
我跟王文彊一起離開學校，走出校門口，慢車道上停了一臺機車，上頭的人好像在向我招手。
「嘿，那位同學，你來一下。」
我定睛一看，那人是矮子邱，他怎麼會跑來學校？
我對王文彊說：「有人找我，就不跟你一起走了。」
「是新的男朋友嗎？」
「才不是，他是我姊夫。」
「你的國中同學嗎？」
「對啦。」
我與王文彊揮手說道別，走到矮子邱車前。

「你怎麼那麼晚才出來，我等好久。」矮子邱說。
「我學校有事啊。」
「你姊跟我兒子還好吧？」
「他們都很好。」
「你家人有一直罵我嗎？」
「沒有啊，為什麼要罵你？」
「因為你姊不想跟我結婚啊！」
「不結婚就不結婚，用不著罵你吧。」
「那就好。」
矮子邱又說：「你回去告訴你姊姊，我不會去鬧啦，家裡人要去我也會死命阻止。我覺得大家都需要冷靜一下。」
「冷靜一下」，這話好像在哪裡聽到過。
「如果還有人跑來鬧該怎麼辦？」
「我有嗆我爸了，如果他自己或找人去鬧我就跟他翻臉。」
「還有什麼事？」
「叫你姊多保重，說我還是很愛她，過幾天想看看小孩。」
（比起我姊，你是比較愛兒子吧。）
「我會轉告她的。」
「還有，你什麼時候要開始教我功課？」

「你不是說要等官司結束後才開始嗎？」

「先教吧，如果不幸進去被關，有些基礎比較好在裡面自己讀。」

「我最近比較忙，不過如果你想要我教，我可以安排時間。」

「那好，看你這週末有沒有空，我去把書找出來，就可以開始教我了。」

我以為矮子邱會因為大姊毀婚而非常不爽，沒想到他竟然如此克制。這難道是要大姊回心轉意的手段？還是矮了邱真的不一樣了呢？我覺得是前者。

矮子邱打開機車座墊，拿出一頂安全帽，對我說：「我載你回去吧。」

我想起矮子邱「高明」的騎車技術，一點都不想給他載。

「幹嘛不坐上來？怕我騎太快喔？不會啦，我會慢慢騎，我現在可是當爸爸的人，一定要注意安全。」

矮子邱咧著嘴笑了，牙齒上有著明顯的暗紅色檳榔渣。

我不情願地上了車，沒想到矮子邱一路上果真騎得很慢，我也坐得安心。

雖然如此，我的心裡卻不太暢快，總想著梁教官葫蘆裡到底賣什麼藥。

第六十四章　不速之客

禮拜五很快就到了，我們跟梁教官約好五點半在河濱公園的停車場碰面。

閻世熜經過我的細心引導下，控球越來越好了，安鴻正打算安排他過幾天進行實戰練投並且開始練習變化球。

「聯賽剩下三場，無論如何都要贏一場！」這是安鴻正最近常掛在嘴邊的話。

算算自從我加入以來，這支球隊已經是十一連敗了。

真慘。

安鴻正把贏球的希望都寄託在閻世熜，其實我也這麼覺得，畢竟一二五公里的球速，大多數的非科班學生都打不太到。只要閻世熜能投好球，球隊的投手環節就有解了。

練習結束，我跟王文彊避開其他人，悄悄走到停車場，換上便服的梁教官已經站在車旁等我們了。

我與王文彊上車，坐在後座。

「感覺你們練習很有活力，大家衣服都髒兮兮的。」梁教官對我們說。

「教官不好意思，我們應該先換上乾淨的衣服才對，穿髒球衣上車，把您的車弄髒。」我對梁教官說。

「我這老爺車不怕你們弄髒啦，哈哈。」梁教官笑了起來，接著說：「教官我高中的時候也是很熱血的排球校隊呢。」

十分鐘後，車到了學校，直接開進教職員的宿舍，教官讓我們到公共淋浴間梳洗。

在各自進淋浴間之前，我對王文彊說：「你真的想跟教官去吃飯嗎？」

「不想，不過都答應了怎能拒絕？」

「是不能拒絕，但我真的不想去。」

「我也是。」

我與王文彊面面相覷。「唉，」我搖了搖頭，嘆了口氣，對王文彊說：「快去洗吧，別讓教官等太久。」

我們迅速洗好了澡，換上乾淨的衣服，梁教官等在外頭，身旁還多了一個男性。男子約莫三十多歲，大概一七〇公分身高，身材有些微胖，一頭短髮，戴著一副黑框眼鏡，下巴則留著一些鬍子。我知道他是學校的教職員工，但不知道名字。

「郭老師跟我們一起去吃飯喔。」梁教官對我們說。

這人果然是學校的老師沒錯。

我不懂的是，梁教官為什麼要拉一個我們不認識的老師當陪客？

我跟王文彊沒人敢問，只是跟著梁教官和郭老師上了車。

「這個郭老師，你認識嗎？」我在車上偷偷傳手機訊息給王文彊。

「好像是教數學的，大概也只知道這樣。」

「教官幹嘛找這個人來？」

「我怎麼知道。」

在我們傳訊息的同時，前座的郭老師跟梁教官聊得很開心，一直在談學校裡的事情，看起來是很熟的朋友。

餐廳離學校不遠，車程大約十分鐘就到了。

梁教官把車停在附近的地下停車場，我們四個人一起步行前往餐廳。

梁教官挑的是一間評價不錯的美式餐廳，他向櫃檯的服務生報上資料，服務生確認之後就替我們帶位。

我們在一個四人方桌坐下，我跟王文彊坐在一起，梁教官則跟郭老師比鄰而坐。

這時，郭老師說話了：「鎮元，他們兩個的樣子好像當年的我們。」

梁教官笑了，說：「對呀，的確很像。一個是運動型，一個可愛型。」

郭老師看了一眼梁教官，接著說：「不過這個運動型的後來當了老師，變成一個胖子，而可愛型的卻進了軍校，變成一個不苟言笑的教官。」

梁教官又摸了摸下巴，說：「嘿，那是教官不能太可愛，我要是可愛起來，可不比當年呢。」

郭老師喝了口水，哈哈大笑。

這對話還真讓人覺得奇怪。

郭老師對梁教官說：「鎮元，你看他們兩個人都滿臉問號，就別再賣關子了，不然他們可能一直亂想，吃不下東西。」

「咦，你打算這麼早就講？兩年前那一對，我們可是撐到上主菜才講耶。」

「兩年前那一對的是我的學生，而且他們三年級了，對小高一不要這麼殘酷好不好？」

「好吧。」梁教官說：「老實告訴你們吧，我跟這位郭老師是高中同學，跟你們一樣也曾經是一對唷。」

（哇咧……）

我身邊的王文彊也聽傻了。

「嘿嘿，」郭老師面露詭異的笑容，說：「看吧，他們真的都聽傻了呢。」

這時，王文彊回過神來，開口問道：「郭老師不已經是結婚了嗎？」

梁教官跟郭老師一聽此話，笑得更開懷了。

「是啊，我們真的曾經是一對，不過郭老師後來被他老婆『掰直』了。現在的他，可是愛家的好男人。」梁教官又說：「總而言之，我現在跟郭老師還是好朋友，也是好同事，不會因為過去的事情而無法相處喔。」

梁教官似乎話中有話。

難道他已經察覺我跟王文彊之間的事情了嗎？

應該沒人看得出來才對……

第六十五章　鴻門宴？

這場四人晚餐，到底是怎麼一回事啊？

（這樣不行！我一定得把這件事搞清楚。）

我鼓足勇氣問梁教官說：「教官，我很想知道您為什麼突然想找我跟文彊來吃這頓晚餐？」

我這話竟出了梁教官的意料之外，竟讓他的回答有些結巴：「我……我只是想用自己和郭老師的例子來開導你們。」

「我跟文彊很好啊，為什麼需要開導？」我又問梁教官。

「咦，你們很好？你們不是……。」

「我們真的很好，只是暫時分開，也沒跟其他人講，教官您怎麼會知道呢？」

梁教官臉上的表情更顯尷尬，對我說：「等一下……你說這件事沒有別人知道？」

「是的，我們都沒跟別人講。」

「那高昊怎麼會知道？」

我跟王文彊都懂了，我們分手的事竟然是高昊透露給梁教官知道的。

王文彊附在我耳邊，壓低音量問：「奇怪，高昊為什麼會知道？」

「我也不知道，我最近根本都沒跟他講話。」

王文彊拉高了音量，說：「你該不會又騙我吧？」

「我騙你幹嘛？」我反問王文彊。

「我怎麼知道你跟高昊之間的關係。」

「就說跟他沒關係。」

「嘿嘿嘿，同學你們別動氣。」置身事外郭老師跳出來當和事老，對我們說：「你們要知道，梁教官一切是於好意。他前幾天告訴我說你們好像分手了，怕你們之後還可能在同一個班上度過兩年，不知道該如何相處，所以才主動邀約你們，讓我們以過來人的身份，告訴你們一些經驗。」

梁教官抓了抓鬢角，癟起嘴說：「兩位同學，真是對不起啊，教官我又多事了。至於我也真的不知道高昊為什麼察覺到你們暫時分開，因為他有我的通訊軟體，傳訊息來我不看也不行，總不能讓我封鎖學生吧。」

「對啦，你們梁鎮元教官就是對學生很好又雞婆，個性跟高中時代一樣，完全都沒變喔——」郭老師在一旁繼續替梁教官緩頰。

「請問鳳梨培根牛肉堡是哪一位的餐點呢？」服務員的上菜打斷了我們的談話。

「今天本來說好郭老師跟我一人買單一半，沒想到我出了這麼大的紕漏，只得讓我買單了。」梁教官說。

「你要買單，那我可以加點酒嗎？」

「不行，我是對李勤跟文彊感到愧咎，跟你無關。」

這間店是胡孟暉他們家很愛來的店，聽他說這間店的雞尾酒很有名。我突然想當一下壞孩子，便在梁教官跟郭老師在高來高去時，附到王文彊耳邊說：「這間店的調酒很有名，我好想喝喔。」

「未成年不能喝酒啦。」

「我想喝這個。」我指著菜單上的酒品說。

郭老師看到我在指酒便問道：「你想喝這個喔？」

「就……有點想試試他們的招牌飲品。」

「嘿，這小子識貨。」郭老師對梁教官說。

「這裡的調酒真的好喝，不過他們年紀還沒到呢。」

「我知道他們想喝『那個』，不過他們年紀還沒到啊！」梁教官說。

「哎呀，鎮元——你有時要學著睜一隻眼閉一隻眼，而且今天理虧的可是你本人喔。」

「好吧——你們點吧，一人一杯，不能喝太多。」

「我要這個。」我指著心中屬意的酒品說。

「那我要這個。」王文彊也指了一款。

「我要這個，請鎮元買單！」郭老師說。

梁教官嘟著嘴說：「你好壞，竟然叫不能喝的駕駛買單。我怎麼這麼倒楣？」

當下我突然覺得，這頓晚餐不是鴻門宴，而是化解誤會的破冰之宴。

我心裡的大石頭總算放下了，也希望王文彊可以就此釋懷。

第六部　換我上場

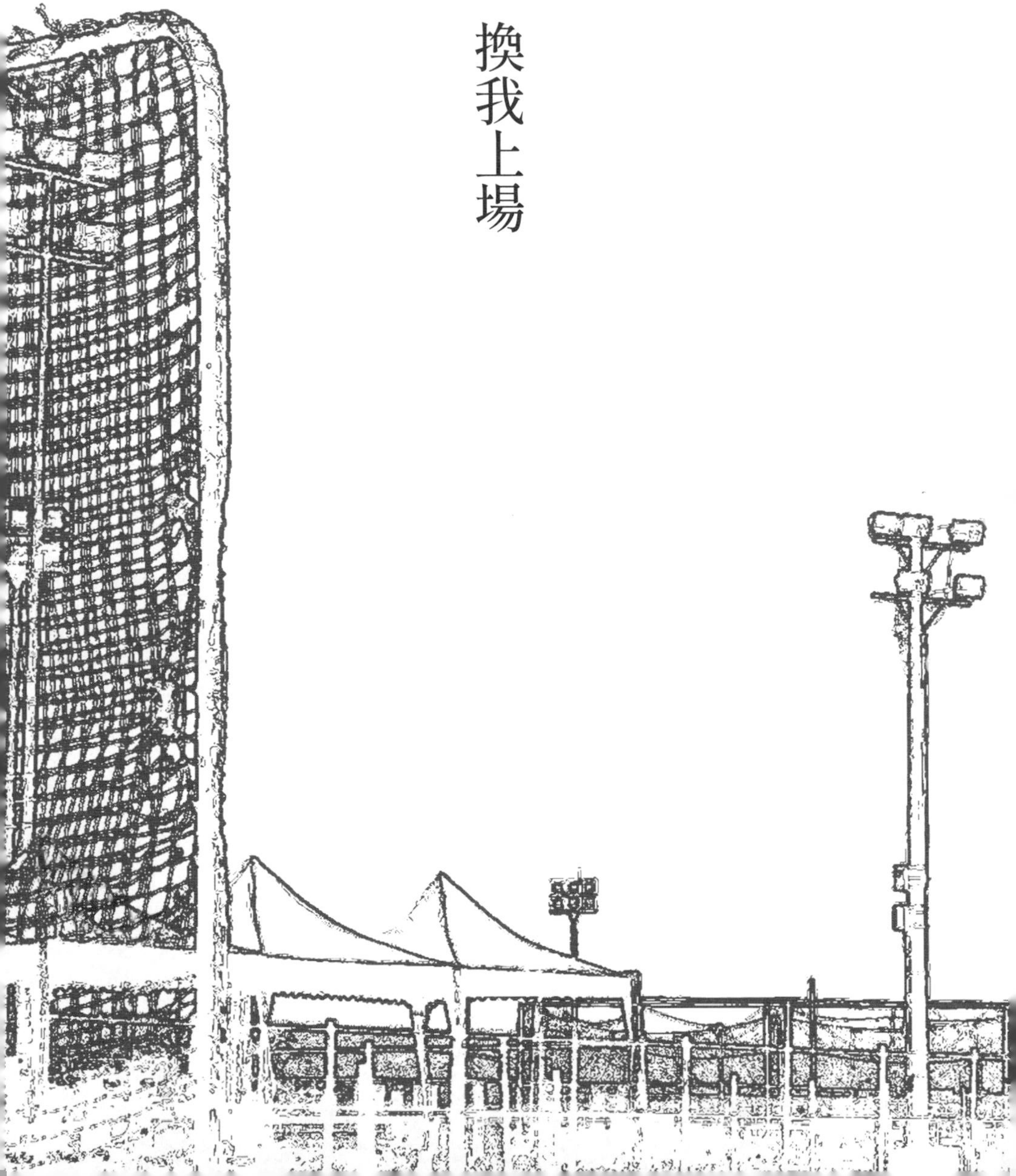

第六十六章　新王牌。誕生

這頓晚餐，梁教官和郭老師告訴我們許多不為人知的祕辛，也說了他們從不愉快的分手，到數年後再次重逢，並且重修舊好，最後都轉到同一間學校任職，從好朋友成了好同事，而且梁教官還成了郭老師孩子的乾爹。

這不只是老師對學生的訓勉，而是上一世代的男同志，給下一代的建議。

不過我還是覺得梁教官有點多事啦——

酒足飯飽之後，郭老師自行叫車回家，而梁教官載著我和王文彊回家。王文彊家在市區，所以梁教官先到他家，之後才帶我回裡社子。

車子開在社子島夜裡寂寥無人的路上，梁教官不禁對我說：「李勤，你家還真遠呢。」

「對呀。」

「你怎麼不在學校附近住呢？」

「租屋很貴。」

「教官可以幫你問跟學校有合作的宿舍，一個月才三千五，很便宜。」

「我家事情多，又有小孩要幫忙照顧，實在沒辦法住外頭。」

「每天這樣通勤，你還真辛苦呢。」

「習慣就好了，謝謝教官關心。」

不久，車已經接近島頭，我對他說：「教官，請在這裡讓我下車。」

「咦，不進你家嗎？」

「那裡小路很難開，我怕你進去沒辦法迴轉。」

「這樣你不就得走很遠。」

「不會，大概走三分鐘就到了，很近。」

「好，那就讓你在這裡下車吧。」

下車前，梁教官又對我說：「李勤，教官真的覺得很抱歉，太自以為是，打擾到你們。請你接受我的道歉好嗎？」

教官的道歉我可承擔不起，便連忙回答：「教官您別這麼說，這畢竟是您很關心我們，我們不會在意的。」

我的確不會在意，而且事後我覺得有這樣的師長，很幸福。

回到家中，做完例行公事，上床睡覺。明天一覺醒來，就得準備出門。上午十點是球隊在本屆聯賽的倒數第三場比賽，之前十一連敗的我們，早就被屏除在複賽名單之外，也就是說接下來的比賽就算全勝，也不可能晉級。

到了球場，隊長安鴻正宣布今天的先發陣容，我本以為他直接讓閻世熜當先發投手，但他卻排了閻世熜守三壘，而王文彊是先發的左外野手，至於我嘛——老樣子，板凳、打雜兼記錄員。

比賽開始之前，王文彊刻意坐到我身邊，說：「昨天的事你覺得如何？」

「還可以啊，教官跟郭老師人都很好。」

「你到底做了什麼讓高昊發現異狀？」

「我沒有啊！你怎麼不說高昊發現你有異狀？」

「高昊才不會理我，他喜歡的是你。」

「要比賽了，可以不要再說這些事情嗎？」

「反正我下禮拜要去找高昊說清楚。」

「你可不要用暴力喔。」

「我不會。」

王文彊話說完，就拎起手套跑向外野，與隊友開始開賽前的最後守備練習。

比賽開始了，我們一如往常，軟弱的投手陣容壓不住陣腳，打擊也不太捧場。三局結束，我們以二比六落後。

「下一局換世熜投，李勤你先去牛棚陪他熱身。」

醜媳婦終於要見公婆了。

我穿起護具，拿上手套，跟閻世熜走到牛棚區。

我將球拋給閻世熜，問道：「等一下要上場了，你會緊張嗎？」

「還好啦，都打那麼多場了。」

但閻世熜有些顫抖的聲音騙不了我，上場投球這件事，對他來說壓力還是很大。

因為下半局就要上場投球，闍世熜需要加快練投的速度，只是他一緊張就控球不穩，接連幾個快速球的位置都很偏差。

這樣的控球，上去肯定又是場大災難。

我忽然想起不久之前看到一篇有關運動心理學的文章，作者主張旁人不該一直提醒運動員表現不好的地方，因為不斷提醒會讓運動員不斷回想之前差勁的表現，導致陷入焦慮與恐慌之中，表現會更差。舉例來說，闍世熜投不了好球，就不應該再旁邊一直叫他投好球，不然他會更投不進去。文章說適時轉移焦點是很重要的，作者舉例有很多教練叫暫停上投手丘時，說的都不是場上的事，而是講黃色笑話，或是說場邊哪兒有個漂亮的女球迷之類讓投手忘卻緊張的閒話。

於是我對闍世熜說：「嘿，你比賽完要去吃什麼？」

「蛤！你說什麼？」

「我說等一下比賽完你想吃什麼？」

「我的心思都在比賽上，哪想得到這事？」

「你想一下。我請你吃，你想吃什麼都好，不要太貴就是了。」

「現在要投球，你要我怎麼想？」

「為什麼不能想？一邊想一邊投可以投得更好喔。」

「你別胡說了。」

「總之你比賽完後要一定跟我講想吃什麼。」

闍世熜沒答話，只是做出投球動作，把球投了過來，是顆正中好球。

「反正我身上有點錢，可以跟你去下午茶約會。」我繼續對閻世熜說。

「約會？你不怕文彊吃醋喔。」

「你人這麼正直，我才不怕。」

我比出變化球的暗號，讓閻世熜嘗試看看。

閻世熜第一球是一顆飄向右打者外側的滑球，投得很漂亮。

我覺得轉移注意力的效果出現了，接著說：「下午茶約會的重點是下午茶，至於約會只是代名詞，關於這件事情是你想多了。」

「我沒想很多，倒是我們也很久沒有一起出去了。」

閻世熜又投了一球，是個提前落地的挖地瓜壞球，我努力將它擋在身前。

「班花啊，你擋得真好。」

「接久了總是會進步嘛。」

「你什麼時候要上場當主戰捕手？」

「別開玩笑了，我當當牛棚捕手還可以，實戰我一定會緊張到腿軟。」

「我一開始投球也是啊。」

「嘿，」我們的身後傳來聲音：「你們在幹嘛？還在閒聊喔？場上換局了耶。」

講話的是三年級的葉嘉政學長。

「對不起！」閻世熜把球丟給我，急急忙忙跑進場內。

「加油啊！」我對閻世熜大喊。

閻世熜上場的結果，證明的「調教」起了作用，他接手投完最後三局，沒有被打安打，投出五次三振，有四次保送，失掉一分。
扣掉保送，閻世煾投得真是太好了！
我該請他吃一頓大餐了。

第六十七章　可不能辱沒班花之名啊

雖然我們球隊最終還是輸了，但大家都很開心，安鴻正在賽後檢討上也沒罵人，倒是揪著要一起去吃東西。

我對閻世熄說：「你盡量吃，我私底下幫你買單。」

閻世熄聽到這話，臉上笑得燦爛。

幾乎全隊的人都要一起去吃，王文彊是少數說有事不去的人。

我心想，王文彊說沒有心結是騙人的。

下週王文彊打算去堵高昊，我不知道他們會說些什麼，反正依高昊的白爛個性，加上王文彊習慣過度解讀，事情大概又會被搞得烏煙瘴氣。

我不管了，都已經說要暫時分開了，王文彊怎麼想是他的事，只要他不要再來煩我都好。

還有討人厭的高昊也是。

吃完下午茶，大家滿意地分別，我和閻世熄一起搭公車到捷運站。

閻世熄大剌剌地靠著我的身旁，一邊玩手機，一邊問我：「文彊是怎麼搞的，為什麼不來吃？又在鬧彆扭喔？」

「這我不清楚。」

「不清楚？你們又吵架了喔？」

「沒有吵架。」

「那文彊幹嘛一直避開你？」

「就說我不知道嘛。」

「你幹嘛生氣？」

「我哪有生氣？」

「你的口氣聽起來很差。」

「哪會差？」

「我問文彊的事，你就不耐煩，你們之間肯定出了什麼問題。」

我別過頭去，看著窗外，對閻世熜說：「你可以講些別的嗎？不要一直問他好不好？」

「好啦，我只希望你們可以長長久久。」

閻世熜囉嗦起來也是挺煩人的。

閻世熜用手指點了點我的肩膀，說：「欸。」

「幹嘛啦？」

「你有發現這個嗎？」

我不情願地回過頭，看到閻世熜正在指著他的腦袋。

原來他換了髮型，兩邊鬢角推高到耳朵上方，腦門後頭則留了一撮短辮子。

「有啊，怎麼了嗎？」我說。

「覺得好看嗎？」

闔世熜自從之前對外表造型開竅之後，就愛上了打扮，他的底子本來就好，雖然一開始弄得有些不倫不類，但日子一久，也越來越帥氣了。

「好看。」

「就這樣？」

「不然你要我說什麼？」

「我以為你們gay對時尚很有一套。」

「我不行，我是個平凡樸實的小男孩。」

「你偶爾也可以時尚一下啊，才不會辱沒班花之名。」

「好好好。」我隨意回答闔世熜的話。

家裡、學校的事情已經夠多了，我真沒時間精神在外型上下太多功夫。

捷運站到了，闔世熜下車之前對我說：「聯賽結束後我帶你去買衣服吧。」

我「喔」了一聲，不置可否。

我轉車搭上回社子島的公車。

公車到站，我背起球袋下車，慢慢走回家。

「同學。」就在島頭，有個聲音叫住我。

那個聲音很熟悉，是矮子邱，人就坐在涼亭裡。

我問矮子邱：「你怎麼在這裡？」

「心情差，來吹風。」

我走進涼亭裡，在矮子邱旁邊坐下，問道：「你怎麼啦？」

「下禮拜要宣判了。」

「應該不會判很久吧，就當去夏令營，好好表現很快就出來了。」

「聽法院的消息是判感化，其實感化就跟進監獄差不多。聽人家說新進去的會被欺負，裡頭的問題也很多。很多人寧願被判久一點，可以送到矯正學校，至少還有讀書上進的機會。」

「你想被判久一點喔？」

「不想。」

「說不定不會判去關啊。」

「最近法院對詐騙案件很敏感，不太可能判太輕。」

「那就放鬆心情，幾個月就出來了。」

矮子邱「嗯」了一聲，沒繼續說話。

「你會怕嗎？」我問他。

「說老實話，有一點怕。」

「你不是認識很多兄弟，他們可以罩你啊。」

「他們是會幫我，但我不想找他們。」

「為什麼不找他們？」

「我想離他們遠一點，想重新做人。」矮子邱長嘆一口氣，說：「其實事情變成這樣，我……也有點難過。」

矮子邱說到這，竟哽咽起來。我不知怎麼安慰他這個算不上是朋友的國中同學。

「我本來還在想，闖出來之後帶著你姊和承雋到中南部去，完全切斷跟北部的聯繫，把人生重開機……沒想到你姊卻不給我這個機會。」

矮子邱低下頭，偷偷擦著眼淚。

這也不是他第一次說想改過了，但今天的說法卻是我聽過最有誠意的一次。

「只是沒結婚而已，你還是孩子的爸爸啊。聽我家人說，他們的考量是監護權。」

「我知道……我家的環境比較不適合承雋……這也很無奈啊，人又沒辦法選擇出生的家庭。」

「你有心想改變，我可以去跟我爸媽跟姊姊講，但我不保證他們一定會改變想法。」

「你爸是個固執的人。」

「我也這麼覺得。」

「其實我有點怕他，他看到我從沒給我好臉色過。」

「他也很怕你家人啊。」

「我知道，他椅子底下報紙包的是菜刀吧？」

「你怎麼會知道？」

「同學！我走跳江湖也很久了，一把刀擺在那裡，怎麼會看不出來？」

「那就好，」我拍了拍矮子邱的肩膀，說：「就好好面對吧，我會幫你跟家裡人說的。」

說到這裡，沒想到矮子邱又哭了起來，我只好拿出面紙來讓他擦眼淚。

看起來再怎麼玩世不恭的人，都有他的弱點存在。

我就這麼陪著矮子邱哭了半小時，直到他不想哭了才得以回家。

唉，我這個濫好人，這下又只有剩飯吃了。

走在蜿蜒的小路上，不知為什麼，我竟然想起了闔世熜。
若是未來有一天可以上場當正式捕手接他的球，好像也不錯呢。

第六十八章　聰明的呆頭鵝

過了幾天，少年法庭宣判了，矮子邱被判處一年的感化教育，這跟他當初聽到的小道消息很接近。幾個月的日子說長不長，但最可貴的是自由。

由衷希望矮子邱此次真能徹底改過。

矮子邱入監那天我得上課，不過聽說大姊有帶承雋去送行，順便把出生登記給矮子邱看。「邱承雋」。雖然沒有結婚，但孩子還是跟爸爸姓，我想矮子邱應該會覺得寬慰許多。

回到家，我看到大姊抱著承雋，一臉落寞。

這有點可憐的女孩。

還是女人？

她與矮子邱之間的事情我說不上話，只能讓他們自己去搞定。

回到學校裡，我跟王文彊還是沒什麼交集，他沒來找我談復合，就算他主動提我應該也不會答應。這段感情一開始就走偏了，王文彊真的不是我中意的類型。其實我對他感到很抱歉，當初輕易答應他的追求，現在演變成對他的傷害。哎，我真是個渣男。

我不再思考感情的事，把心思放在家庭、課業和打球上，當閻世熜稱職的御用捕手讓我終於找到在棒球中的樂趣，就算身體偶爾挨上幾記球吻，也甘之如飴。

我覺得閻世熜在棒球運動上是個可造之才，只要用對方法引導他。幾次練習下來，閻世熜對直球的控制越來越好，壞球率下降很多。安鴻正要我陪閻世熜練習變化球，他在週間練球宣布，閻世熜是週末比賽的先發投手。

「班花，你放學後有空嗎？」閻世熜跑來問我，臉上顯出興奮的表情。

「你想練投？」

「對啊。」

「你這陣子每天都練投，手會不會太疲勞？小心會受傷喔。」

「週末就要比賽了，不練不行啊。」

「那你今天練完，明後天就別碰球了，不要還沒上場手先壞掉。」

「你放心啦，今天輕鬆練，就主攻變化球吧。」

「好。」

下課之後，我跟閻世熜在操場練投，直到天色漸暗。

練習完畢後，我對閻世熜說：「今天曲球的狀況比較好，我覺得比賽當天就丟曲球吧，滑球控制不好，先不要丟。」

「那要看藝禾學長怎麼配，他如果比滑球，我還是得丟。」閻世熜說。

「球種問題你要跟藝禾學長溝通啊。」

「學長好像不太喜歡我，我不敢跟他講話。」

「沒想到你個頭那麼高，膽子卻這麼小啊。」

「好啊，你膽子最大，那你幫我去跟藝禾學長講。」

「又不是我要上去投，為什麼要我去跟學長講？」

「唉唷，要是你可以當我的捕手就好了。不然我去跟隊長講，叫他給你當先發捕手？」

「我只會接球，捕手該做的阻殺盜壘、守護本壘、補位什麼的我都不知道啊……。」

「那叫學長明天讓你去練大場的。」

「你就別害我了，我當你的牛棚捕手就好。」

「班花，你好人要當到底啊。」

我不再回答閻世熜，靜靜地把手套跟護具放進袋子裡，背上肩頭起身就要走。

「你幹嘛急著走，要一起去吃晚餐？」閻世熜拉住我說。

「你媽不是有煮嗎？」

「她的菜我吃膩了，我們去吃外面吧。」

「那我要跟我家裡講。」

我們分別打電話回家，也都得到家裡的應允，可以在外頭吃晚餐。

「在士林吃吧，離你家比較近。」閻世熜說。

於是我們一同離開操場，準備去搭捷運往士林前進。

走到校門口，一個熟稔的身影與我們擦身而過。

我回頭看了一眼，那人也回頭看我。

呃……是高昊，這傢伙又要幹嘛？

高昊臉上掛著淺淺的笑容，看樣子又不知道在打什麼壞心眼，我真想跑過去直接給他一巴掌。不過我身旁有閻世熜在，他不知道我跟高昊之間的過節，更不知道我跟王文彊已經分手。

「班花，你在看什麼？」

「沒事，我只是覺得好像遇到認識的人。」

「那個人是高昊耶，你跟他熟喔？」

「不熟。我認錯人了，快走吧。」

我催促閻世熜離開學校，幸虧他沒多問。

這個如幽靈般的高昊，真的讓人厭煩到極點。

到了士林，閻世熜帶著我去吃他最愛吃的牛排，我們先吃了不少歡樂吧的東西，接著大啖牛排。

別看閻世熜是個改造過後的型男樣貌，骨子裡的他可是一個又聒噪又愛八卦的人，他的八卦對象是他與一起聊電動的同學。

「告訴你喔，我覺得麥大典喜歡男生耶。」閻世熜神神祕祕地對我說

麥大典，一個手長腳長的平凡男同學，跟高昊的類型有點類似，不過他比高昊黑而且更瘦，總歸來說也是屬於跟我沒什麼交集的人。

「你怎麼知道？」我問閻世熜。

「我偷看過他的手機，他都看一些男男片耶。」

「你真噁心，幹嘛看人家手機啊？」

「我沒有偷看啊，一點開瀏覽器就看到男男片了。」
「說不定是人家不小心點到的。」
「他的瀏覽記錄都是看男男的。」
「你是也喜歡看喔？」
「兩根肉棒打架有什麼好看的？」
「很好看啊。」
「呃……好啦，你覺得好看就好。」
「你為什麼要幫麥大典出櫃？」
「沒啊，只是想問看看他是不是你的菜。」
「閻同學，你這樣亂點鴛鴦譜可是不行的喔，更何況我有男朋友了。」
「咦，你不是跟文彊……。」
閻世熜這莫名的言詞閃爍讓我感到怪異。等一下……該不會連這隻呆頭鵝都知道這事了吧。
為什麼我跟王文彊的事散布得那麼快？
此時我想起高昊那詭詐的笑容。

第六十九章　勝利！

「你說我跟文彊怎麼了？」我反問閻世熜。

「就你們最近好像疏遠了。」

「感情本來就不會一直這麼熱烈啊。」

「只是你們也淡得太快了。」

「這是你自己觀察還是聽別人閒言閒語的啊？」

「都有啦……孟暉他們也覺得你跟文彊怪怪的。」

原來這事跟高昊無關，而是他們觀察出來的，我覺得他們平常的粗線條全是裝出來的，明明就觀察入微啊。

「你們真的很好事耶，觀察我跟文彊幹嘛？」

「是關心你們啊。」

「我才不覺得咧——你們這些人從沒安過什麼好心。」

「我真的是關心你們啊，你們都是我的好朋友耶。」

「要關心就直接說出口，不要在私底下隨便揣測。」

「好啦，所以你們分手了嗎？」

「可以不說嗎？」

閻世熜「喔」了一聲，接著又說：「那麥大典是你的菜嗎？」

「不是！」我斬釘截鐵地回答。

「那你的菜是哪種型的啊？」

「你好愛問喔，世熜同學。」

「我想幫你介紹嘛。」

「不用，我才剛分手，還不想談戀愛。就算想談戀愛，我也自己會找。」

「喔⋯好吧⋯⋯。」閻世熜被我這麼一說也沒話講了，只得低著頭，將最後五分之一塊的牛排給吃進肚子裡。

我看著自己盤子裡的半塊牛排，突然沒了食慾。

為什麼大家都這麼在意我跟王文彊的事情，同志情侶跟男女情侶到底有什麼不同之處呢？相較於閻世熜、胡孟暉等人的過度「關心」，我的家人對我的感情世界，卻顯得分外淡定。二姊跟妹妹對我身為男同志這件事，根本完全不在乎。

好不容易把冷掉的牛排吃完，閻世熜早就又吃了一輪，還貼心地替我去挖餐後冰淇淋。

他一邊吃，一邊小聲地問我：「你到底喜歡哪種型的啊？」

「我不知道啦！順眼就可以了。」

其實我很想回答閻世熜：「你這型的啦，可以嗎？」
糟糕，感覺好像有些說溜嘴了。
還好當下閻世熜剛好接了通電話，講完電話也就沒再追問。
我鬆了一口氣。
吃完晚餐，都快晚上九點了，我與閻世熜在捷運站揮手道別，我走向公車站牌，準備搭上往社子島方向的公車。
不知道為什麼，我在回家的路上不斷想起閻世熜。
我要求自己不去想他，但閻世熜那好奇寶寶的臉孔，還有他投球充滿自信心的帥氣樣子，浮現在我的腦海裡，揮之不去。
黃李勤啊、黃李勤，你要犯花痴，也千萬別犯到他身上啊！
接下來日子有點難熬，我盡量做一些其他事，讓自己不去想我的搭檔。
終於到了週六比賽當天，我們被排在下午三點出賽，閻世熜是表定的先發投手。我以為他會很興奮，沒想到他卻孤零零地坐在球場休息室一角。
我靠近閻世熜身邊問道：「你今天先發，不先去熱身嗎？」
「我覺得手有點痠，舉不太起來。」
這話讓我嚇了一跳，連忙壓低聲音問：「你該不會是練過頭，手受傷了？」
棒球投手是一組精密的投球機器，能夠投出速度夠快、品質也夠好的投手可說是鳳毛麟角。但棒球的投擲動作是違反人體工學的，一不小心很有可能受傷。若是傷到重要的地方，像是手肘韌帶、關節唇等地方，投手生涯很有可能就此報銷。

「應該只是疲勞而已……。」閻世熜的話聽起來沒什麼把握。

「你是哪裡不舒服？」

閻世熜捏了捏肩膀跟手臂交接的地方，說：「這裡滿痠的。」

「你有把事情跟學長說嗎？」

「沒有。」

「要不要去跟他說，讓他安排別人去投？」

「不行啦，那麼多天之前都講好了，如果臨時換人，我們大概又要輸了。」

「不過只是一場球賽而已，你的投球生命才是最重要的。」

「沒關係啦，我試著先慢慢丟，等手臂熱開一點再用力吧。」

閻世熜從球袋裡拿出釘鞋穿上，站起身來用力轉動手臂，臉上表情看起來有些猙獰，手臂應該很不舒服。

這樣不行！

我趁著閻世熜去外頭熱身，偷偷跑到安鴻正身邊，告訴他這件事。

沒想安鴻正只是轉頭看了正在熱身的閻世熜一眼，淡淡地對我說：「我看他的樣子應該還好，投手手痠是很正常的，多投就習慣了。」

雖然我對安鴻正的反應感到不太高興，但我也不是球隊的主事者，只能在心裡乾著急。

沒想到比賽開始後，喊手痛的閻世熜一上投手丘，就投得虎虎生風，雖然球速沒有以前快，但精準的控球，讓對手連連揮空，順利投出三上三下的半局。

闔世熜下場，我連忙跑到他身旁問道：「你手還好嗎？」

「還是不太舒服。」

「不太舒服還要投？」

「能投就投，我想幫助球隊贏球。」

闔世熜都這樣說了，我也無話可說，只能在心裡祈禱，希望闔世熜不要因為帶傷上場而留下嚴重的傷害。

對手的最後一名打者擊出一顆軟弱的游擊滾地球，一般的游擊手可能會無法把球傳出去，但他的運氣很差，因為防守者是我們隊上守備最好的安鴻正，他用行雲流水般的接傳，讓打者在一壘前乾乾淨淨地出局。

我們像是拿到冠軍一樣，所有人衝向投手丘，圍繞著七局只失兩分的大功臣闔世熜歡呼。好多人都哭了出來，當然也包括我，還有勝利投手闔世熜。

在十二連敗之後，我們這支爛隊終於贏了！

第七十章　亂點鴛鴦譜

不過勝利的喜悅是一時的，接下來則是善後。

球場中的慶祝尚未結束，閻世熜就用左手扶在一旁的胡孟暉身上，說：「我腳抽筋了。」

胡孟暉跟紀敦品一人一邊把閻世熜架回休息室，安鴻正拿出運動飲料要他喝一下，還有學長從袋子裡拿出香蕉，剝了皮直接往閻世熜嘴裡塞。

勝利英雄的待遇果然不同。

既然有這麼多人關心閻世熜，我就放心地躲在一旁收拾球具。

我把練習的球放進公用球袋，幫學長收好捕手護具，這時有一個人扛著公用球棒走到我身邊，將球棒放進球棒袋裡。

「你怎麼沒過去關心世熜？」

我抬頭一看，對我說話的人是胡孟暉。

「那麼多人在照顧他，不用我過去啦。」我回答道。

「其實今天會贏球，你的功勞也很大。」

「我哪裡功勞大，我是個連上場都成問題的廢物好嗎。」

「你別妄自菲薄了，你才不廢咧！把一個不會投好球的傢伙在短短幾天之內就調教成王牌投手，這讓職棒教練來教也沒那麼厲害。」

「我真的沒那麼厲害啦。」

我嘴上謙虛，內心卻在竊喜。

我等胡孟暉收好球棒，與他一起走到外頭將打擊練習網解開收好。

「感覺你跟世熜最近很常走在一起，文彊不會吃醋嗎？」

（為什麼又是王文彊？）

「你們真的很愛提他。」我回答道。

「不提他要提誰？他可是你男朋友啊。」

「目前不是了……。」我對好朋友胡孟暉也不想再隱瞞了。

胡孟暉小小「咦」了一聲，接著說：「我猜得果然沒錯。」

（什麼啦！為什麼你又知道了？）

「你們每個人真的都很會猜。」我說。

我蹲在地上把打擊網捲起來，胡孟暉將則將袋子拉開，讓我把網子放進去。

「不是我們會猜，而是你們表現得很明顯，在某一個時間點過後，就跟陌生人一樣完全不互動，這很難不讓人聯想。」

如果從高昊、閻世熜到胡孟暉都猜得到，我看連隔壁班的人都猜到了吧。

「好，你們真的很厲害，可以了嗎？」我對胡孟暉說。

胡孟暉「嘿嘿」笑了幾聲，說：「舊的不去新的不來，你要不要主動一下？」

「哭枵咧。」我站了起來，雙手叉腰，只差沒給胡孟暉一巴掌，對他說：「主動個屁！我只是跟他一起練習，你難道不跟其他人一起練球嗎？」

「別這麼說，你們就是給我一種不尋常的感覺。」

「你們這些感覺派的人，真的很無聊。」

「身為你的好朋友，只是希望我們班班花的感情空窗期不要太久而已。」

「好了啦，你可以閉上你的嘴，學長他們過來了。」

我跟胡孟暉停止抬槓，乖乖把球具收拾好，起身時閻世熜已經脫了球衣，打著赤膊接受冰敷。

連嚴肅的隊長安鴻正都感染了勝利的氣息，他沒有賽後訓話，而是坐在閻世熜身邊簡短地說：「今天大家都表現得很好，所有人都是勝利的功臣。聯賽剩下兩場，我們就算無法晉級，也要拿下三連勝讓對手看見我們的脫胎換骨。大家說好不好？」

「好！」所有人大聲嘶吼。

離開球場，我們班上的人走在一塊兒，我走在王文彊和來劭辰中間。

「班花，你真的很厲害，能在短短時間裡把世熜從投不出好球的暴投王調教成王牌投手。」來劭辰難得正經地對我說。

「那是世熜很努力，我只是幫他接球而已。」

來劭辰向前一步，轉頭看著王文彊說：「文彊，你不是也想練投手，怎麼不叫班花也幫你調教一下。」

王文彊突然被cue，尷尬地笑著回答道：「我還是專心練外野就好了，不要撈過界。」

「你前陣子不是才說想練投嗎？」

「現在有世熜在，就不需要我上去丟人現眼了。」

來劭辰笑著看我，略帶嬰兒肥的雙頰上方還有兩個瞇瞇眼，無論什麼時候都看起來像沒睡飽：「那我咧，班花要不要也調教我一下？」

王文彊推了來劭辰一把，說：「你那軟綿綿的球速，想被班花調教，還早的咧。」

「那是我沒用力投啊。」

我一邊聽著來劭辰跟王文彊瞎扯，一邊偷偷擔心闔世熜的身體狀況。腳抽筋應該不是什麼大問題，倒是他的手臂狀況，有沒有因為硬撐投球傷勢變得嚴重？

不過闔世熜一路上被胡孟暉跟紀敦品這兩個長舌男纏住，我找不到空檔與他攀談。

到了公車站牌，闔世熜說要去他老爸公司，也沒跟我同個方向一起搭公車。

我一個人搭上公車，腦海浮現出闔世熜每投一球後不舒服的樣子。於是我發了一個訊息給他，問道：「你手還好嗎？會不會很痛？」

闔世熜回得很快：「有點痛，不過比較像是投球完痠痛，希望休息個幾天之後會沒事。」

「沒完全好千萬不要投球喔。」

「你不要幫我蹲我就不會投了。」

我丟了一個歡笑的貼圖給他，闔世熜便沒再回應。

直到公車快到島頭時，我才收到闔世熜的訊息：「大人們吃飽了還不走一直聊天，我好累，手也好痠。真想班花現在在我身邊，幫我揉一下不舒服的地方。」

我等到下車才回闔世熜訊息：「怎麼？從御用捕手變成御用防護員了嗎？」

「哎呀，你別生氣。我只是小小懇求而已，如果不行也沒關係。」

「我又沒學過運動防護，怎麼幫你？」

「你就幫把我痠的地方塗點酸痛藥，然後按一按、揉一揉，這樣就很好了。」
「這要讓我考慮考慮。」
「要考慮多久？」
「如果你表現好的話。」
「怎樣算表現好？」
「不要手痛逞強上去投就好。」
「好啦，知道了。」

我知道閻世熜回答地很不甘願，依他的個性，只要球隊需要，他忍住痛都要投下去。

終於回到家了，我吃飽了飯，洗好了澡，陪著家人看了一晚上的電視。晚間十一點，妹妹已經睡著，我本該也要休息了，但我卻拿著手機查起網路上的運動復健知識。

為了我的搭檔閻世熜，我打算好人做到底，既當他的御用捕手，也要當御用防護員。

第七十一章　憐香惜玉

閻世熜的手果然有些受傷，禮拜二他去看了醫生，醫生說他的肌肉有些發炎，得做一些物理治療。

閻世熜對我們說，他爸爸知道此事後有些生氣，認為從事運動應該是要對身體有幫助，怎麼變成傷害身體，還要去看醫生呢？

「那天你有跟學長說手痛嗎？」在一旁的紀敦品問閻世熜。

閻世熜搖了搖頭。

「你幹嘛不跟學長說？」紀敦品又問。

「我以為只是普通的痠痛，只要熱身夠還是能上場投。」閻世熜說。

「我覺得應該還好啦，如果那天不是世熜投，我們可能就要十二連敗了。」來劭辰說。

這話讓我有些生氣，便拉高音量說：「不需要為了一場不重要的比賽，把珍貴的手臂拿來開玩笑吧！」

來劭辰被我這麼一說，哭喪著臉看我，說：「班花你幹嘛那麼兇？」

「我沒有兇，只是陳述事實。」我轉而對閻世熜說：「你有去做治療嗎？」

「下課都幾點了，還得補習讀書，哪有時間做治療？」閻世熜說。

「不做治療那該怎麼辦？」我說。

「吃止痛藥跟貼藥布囉。」

「這樣哪會好？」

「休息幾天就好了啦。」閻世熜的說法跟前幾天一樣。

「我覺得喔，」開口說話的是胡孟暉：「學長這禮拜的比賽還是會叫你先發。」

閻世熜只是「嗯」了一聲，仍然沒有回應。

我義正辭嚴地說：「你絕對不可以再投了，一定要拒絕學長不合理的要求。」

閻世熜還是沒作聲，倒是紀敦品在一旁說：「如果世熜拒絕出賽，學長一定會很不爽吧。」

安鴻正是個鐵血主義的隊長，雖然個頭不高，眉宇間那股說不上的威嚴，讓所有人都很怕他。

我打定主意，不管如何，我都要阻止安鴻正在週末的比賽讓閻世熜上場。

下午第二節下課，我在廁所外頭遇到閻世熜，他把我拉到一旁，說：「班花，聽你說你家那裡不是有一個很懂草藥的老先生？」

「你是說萬全伯嗎？」

「對呀，就是上次你膝蓋受傷，貼他草藥很快就痊癒的老先生。」

「是萬全伯沒錯，你想找他？」

「我的手還是不太舒服，想說他可能有特別的治療方法。」

「你什麼時候想找他？我可以先發訊息問他有沒有空。」

「今天下課後吧，不能再拖了。」

閻世熜運氣不錯，萬全伯雖然忙，卻是個時髦老人，很懂得使用智慧型手機，傳訊息一下就回了，說晚上可以安排時間幫他看看。我把訊息轉告閻世熜，他說下課直接跟我一起去找萬全伯。

下課後，我和閻世熄一起上了公車，一開始先瞎聊一些學校的事，到了半路，閻世熄問我：「雖然來過幾次，我還是覺得你家真遠，看公車開這麼慢，到你們裡社子天應該都黑了吧？」

「這正常啊，我每天都是天黑才回到家。」

「好辛苦呢。」

「所以你要珍惜我這個千里迢迢來市區上課的同學兼御用捕手啊。」

「會啦，我超珍惜的好嗎？」

閻世熄伸手輕輕捏了我的臉頰一把，像是在逗小孩一般。朋友們都喜歡逗我這個小個子，尤其是閻世熄更是愛弄我。

「我肚子有點餓了，晚餐要吃什麼？」閻世熄問我。

「今天不能再吃外面了，最近一直外食，零用錢都見底了。」

「你不是有百萬身價嗎？」

「那可是我家未來幾年的依靠，才不能隨便亂花。」

「再怎麼會花也花不了這麼多吧？」

「你這樣說不對喔，你要想想我家有幾個人。」

閻世熄伸出指頭算了一算，說：「五個小孩……還真多。」

「不只五個，我那外甥現在也是靠我家在養，更何況那筆錢還包括未來的大學學費，還有我出國讀書的基金。」

「班花你想出國讀書喔？」

「當然啊，人總是會想離開臺灣去其他地方看看啊。」

「我以為你是個戀家的男人。」
「是很戀家又傳統沒錯，但我們裡社子人也很勇敢，以前三天兩頭淹大水，我們都是靠著勇敢堅韌撐過來的。我阿嬤在幾十年前，也是跑到臺北市區跟男人拚搏事業呢。」
「如果你出國，我會很想念你。」
「你白痴喔，大學畢業後的事情還那麼久。」
「才五、六年很快啊。」
「那個時候我們有沒有聯絡還不知道咧。」
「嗚嗚，班花你不想跟我保持聯絡喔？」
「闔世熜同學，你可以不要一直滑坡嗎？」
「嘿嘿嘿，我開玩笑的啦，你以後敢不跟我聯絡，我就先丟幾個暴投把你打殘。」
「現在你可沒那麼容易了，我接你的球可順手的很，你要是故意暴投，接得到就接，接不到我難道不會閃嗎？」
「等我手好了，來試試看吧。」
「你還當真喔，一點都不憐香惜玉耶。」
闔世熜伸出他的長手，勾住我的脖子，然將我的頭拉往他的臂彎，然後瘋狂弄亂我的頭髮，笑著說：
「班花乖乖，讓哥哥我好好疼惜一番唷！」
媽的，我明明就比闔世熜大兩個月出生，什麼哥哥咧！

第七十二章　你又沒叫我當你男朋友！

我跟闔世熜最後決定回我家吃晚餐，反正一大家子吃飯，多副碗筷也不是什麼難事，重點是可以省錢。

今晚是老爸跟大姊合力下廚，煮了一大鍋麵疙瘩，夠我們一家跟闔世熜吃飽。

老爸早就認識闔世熜，桌上一碗盛好熱騰騰的麵疙瘩都還沒吃半口，話匣子一開就停不了：「闔同學，聽李勤說你球速很快喔。」

「還好啦，就比一般球員快一點點。」

明明就快很多，闔世熜這話還真是「謙虛」。

「最快可以投到多少啊？」老爸問。

「測速槍測過一二七公里。」

「哇塞，也太快了吧，有的受過訓練的科班生，也沒有你那麼快。」老爸說到這裡，忽然轉向我問道：「兒子，那你最快球速是多少？」

「大概……一百吧……。」

「你有這麼快？我怎麼覺得你的球都軟綿綿的。」

老爸真的很愛在一堆人面前虧我，也不想想把我生得弱不禁風可是他啊。

我低下頭吃麵疙瘩，懶得回答，老爸卻繼續說教：「李勤你要好好跟閻同學學習，雖然不能當投手，傳球也要有點力氣。」

我還是不想回答，老爸覺得沒趣，便對閻世熜說：「同學，下次全力丟給叔叔接看看，叔叔想見識一下職業級的快速球。」

「好啊，沒問題！」閻世熜一口答應。

這兩個人太誇張了：一個幾十年沒接球了，竟然要我同學全力投給他接，真不怕被打到；另一個則是手受傷，不知道哪時才可以恢復投球。這樣不行，我得跳出來潑他們冷水，便說：「世熜你手都受傷了，還催球速給我爸接喔？」

「咦，同學你手受傷喔？」老爸問。

「今天就是要帶他去給萬全伯看的。」我說。

話題終於暫停了下來，老爸這才吃了第一口的麵疙瘩，但他的話真的很多，一邊嚼一邊又對閻世熜說：「萬全伯是我們這裡的名醫，跌打損傷或是肌肉疼痛去讓他敷幾次草藥，很快就好了。」

（老爸，你可以乖乖吃飯，別再浪費我們的時間好嗎？）

不過我這老爸一開金口就是停不了，整頓飯嘰哩呱啦說個沒完，所有人都吃飽了，他碗裡的東西卻還有一半還沒吃。

我起身拉住閻世熜的手，把他從座位上揣起來，對老爸說：「我們跟萬全伯約的時間已經快遲到了，不能再聊了。」

「才聊沒多久，何必這麼趕？萬全伯說不定還在看別的患者。」

「我不想遲到，而且你們聊了快四十分鐘了好不好。」

老爸轉頭看著身後的時鐘，說：「咦，有那麼久嗎？」

「我們走了！」我帶著閻世熜出門，裡頭老爸還在說話：「閻同學下次再來坐嘿，李叔叔要跟你丟球喔。」

走在路上，我忍不住對閻世熜抱怨道：「我老爸還真夠聒噪的。」

「不會啊，我覺得他是個熱情的大叔，我們在社子球場打聯賽的時候，他也幫了很多忙不是嗎？」

「什麼時候話不多，偏偏你要去給萬全伯看的時候才瞎扯個沒完。」

「沒辦法啊，他又沒什麼機會遇到我。」

「你不常遇到他，怎麼還跟他這麼熱絡？」

「我是個有禮貌的好學生。」

我斜看了閻世熜一眼，不再多說話。

我本來想跟他說：「如果那麼想跟我爸熟，你可以常常來我家。」

不過我覺得這話有些奇怪，並沒有說出口。

到了萬全伯的草藥鋪，前一個患者剛走。萬全伯要閻世熜坐下，他仔細按了按閻世熜的肩膀幾個地方，然後旋轉他的手臂，問道：「這裡痠嗎？」

「很痠。」

「會痛嗎？」

「還好。」

「剛才那裡呢？」
「也是會痠。」
「有這邊這麼痠嗎？」
「這邊比較痠。」

萬全伯聽完，嘆了口氣。他的表情讓我感到有些害怕……

（該不會是什麼大傷吧……）

倒是閻世熄的表情一派輕鬆，看似完全不在乎。

萬全伯搔了搔頭上的白髮，緩緩地說：「應該只是發炎，筋骨應該沒有傷到。」

聽到這話，我總算鬆了一口氣，與閻世熄相視而笑。

「不過你至少得敷一個禮拜的藥，還有半個月內都不可以再投球。」萬全伯說。

半個月，等於是聯賽剩下的兩場比賽都不能上場。

閻世熄會聽萬全伯的話嗎？為了他好，我一定要逼迫他聽話！

萬全伯到屋後準備了整整一個禮拜的藥布塞到閻世熄手中，說：「小孩子要好好聽話，不要鐵齒不貼藥，或是偷跑去打球嘿。」

萬全伯真懂我們這些小鬼的心態，這年紀的高中生就是大人越說不可以，越要去做。

離開萬全伯家，從上游吹來的風，將夏天的炎熱一盡驅除。閻世熄迎著風，仰頭看著天空，天上有市區難見的點點星光，輕輕撒落在地上。

「你們這裡真的好像鄉下，沒什麼開發，步調又悠閒，感覺好像在度假喔。」闔世熜說。

「我是覺得有好有壞啦，禁建那麼多年，我家沒辦法重蓋只能整修，屋內屋外簡直就像補丁一樣，殘破的要命。只要一下雨，樓上至少得擺十個水桶來接。這裡雖然很有人情味，但真的非常不方便，你能想像最遠的便利商店是在好幾公里以外的地方嗎？前幾年政府宣布社子島解禁，大家都在期待建設，但各方利益卻都喬不攏，開發根本就遙遙無期。」

「這我知道，你之前地理報告都有說過。」

「難得你上課沒打瞌睡。」

「拜託，我也是有認真的時候好嗎？」

我帶著闔世熜爬上堤岸吹風，我們望向南岸的蘆洲、新莊，高樓林立、萬家燈火，與黯淡無光的社子島截然不同。

在堤防上待了一會兒，闔世熜對我說：「時候不早了，我得回家啦。」

「那我送你去坐車。」

「不用啦，我自己會走。」

「這裡這麼暗，路又小條，到時候迷路找不到人就慘了。」

「嘿，既然班花你那麼想送，就如你所願吧。」

闔世熜如同孩子一般，一階一階跳下堤防階梯。

走在往公車站的路上，我對闔世熜說：「你要聽萬全伯的囑咐喔。」

闔世熜只是「嗯」了一聲回應。

「聽你這回覆，我就知道你不想照萬全伯說的做。」

「你那時候膝蓋受傷不也沒聽他的話嗎？」

「這不一樣啦。」

「為什麼？」

「我只是個上不了場的牛棚捕手，如果膝蓋真的被打殘那就算了，但是你不一樣，是球隊倚重的王牌投手。而且你身手那麼好，以後上大學說不定還能繼續打球，不要為了幾場球硬撐把手給搞壞了。」

「好啦，我聽你的話可以吧？下一場我休息，但最後一場，我還是想上場。」

「萬全伯說你得休半個月，最後一場離現在才十一、二天，休息時間不夠。」

「休十天夠了啦，年輕人的恢復時間很快。」

「閻世熜同學，你真的很鐵齒呢。」

「班花不要再唸了啦，你好像老媽子喔。」

「什麼老媽子？我這是關心你。」

「幹嘛這麼關心我？」

「我是你朋友啊。」

「只是朋友，又不是女朋友。」

「不是女朋友就不能唸你嗎？」

「對！只要是男的朋友都不能唸我！」

「你又沒叫我當你男朋友！」

此話一出，整個場面猶如颳過一場暴風雪，兩個人全僵在那裡，什麼話也說不出口。

我怎麼會講這種瞎話？

第七十三章　對妹妹坦白

（啊！我到底在說什麼！）

這話一說完，身體的血液瞬間湧入我的腦袋，兩個臉頰熱烘烘，肯定紅到不行，還好天黑，闔世熜看不見。

開出公車站的公車的頭燈從遠方照射而來，稍稍化解尷尬的場面。

闔世熜只說了聲「車來了，我回去啦」，就上車走了。

我在公車站牌下站了許久，腦中一片空白。

好不容易恢復一些，匆匆回到家裡，此時腦子雖不再空白，卻又開始亂想起來：

打從認識闔世熜以來，他從未對男生表示過喜歡的意思，對女色也沒特別偏好，感覺像個草食男。他除了最近開始產生愛穿搭的興趣以外，其他的注意力多半都在運動和電玩上頭。

雖然王文彊也看不出來他喜歡男生，但我真的不認為闔世熜對男生有興趣。就算他對男生真有那麼一絲絲興趣，也不會是我這個矮冬瓜兼運動白痴。

我應該是犯了花痴，但又無法阻止自己往奇怪的方面想。

我放生明天的小考，早早上床，睡我上鋪的小妹也躲在上頭玩手機，開口對我說：「哥，你知道大姊今天又去面會姊夫了嗎？」

「我知道。」
「她有跟你說什麼嗎？」
「我今天晚上都在陪我同學去萬全伯那裡，沒跟她說到話。」
「媽跟我說，大姊說想等姊夫出來後去登記結婚。」
「咦，之前不是說不結婚了，怎麼又變了？」
「聽媽媽說他們幾次面會姊夫都很有誠意，也說在裡頭有時間看書，出來後想帶姊姊和承雋去南部，一邊讀書一邊工作。」
「所以大姊相信矮子邱的話？」
「為什麼不相信，姊夫又不真的那麼壞。」
「他不壞現在人怎麼會在裡頭？」
「哎呀——他只是被朋友牽連而已啦。」
「好啦，你們願意相信他那是你們的事，除非他讓我看到有長期且徹底的改變，不然我是不會輕易相信他的。」
我覺得矮子邱還得待在輔育院裡好一陣子，大姊有的是時間慢慢思考未來該怎麼走。
妹妹不再講話，而我還是睡不著。
起來看書好了。
我起身坐到書桌前，打開檯燈，拿出功課來複習。
「你還不睡喔？」妹妹問我。

「睡不著。」

「心情不好嗎？」

「還好啦，只是單純睡不著。」

「我看你最近有點悶，是不是跟之前那個男生分手了啊？」

這已經是第N個人這樣問我了，死豬不怕滾水燙，我也不在乎人家問了，便「嗯」了一聲表示肯定。

妹妹說：「分了也好，我覺得那個人太拘謹了，你們兩個個性很不一樣，在一起不太適合。」

沒想到年紀不到十五歲的妹妹，也能有這麼細膩的觀察。

「談戀愛很累，我現在只想好好讀書、打球、照顧家人，這樣而已。」我說。

「戀愛很浪漫啊，為什麼會累？」

「意見不和、吵架爭執就不浪漫了。」

「不要吵架爭執不就好了。」

「哎呀，妳也太天真了，就算老爸跟媽媽那麼恩愛，也是偶爾會吵架啊。」

「所以你跟之前那個是天天吵架喔？」

「倒還好，不過他很彆扭，常常冷戰。」

「怎麼那麼像女孩子個性？」

「我怎麼會知道。」

「話說，你們之間你應該是當女生吧？」

「屁啦，我是不分，而且我們沒有那個好不好。」

「你不是被叫班花嗎？可以當攻方喔？」

「被叫班花不代表是受方好嗎？不要看不起我。」

「是喔……。」妹妹的話聽起來似乎不太相信。

我不想繼續這個話題，便拉高聲音說：「妳還不睡喔？到時候明天爬不起來。」

妹妹沒再答腔，我以為她乖乖睡了。

沒想到幾分鐘後，妹妹又開口說話了：「我覺得那個姓閻的很不錯啊，長得帥，個子又高，是個陽光男。你不是很常跟他玩在一起嗎？」

「嘿！妳幹嘛不睡覺，淨問些有的沒的？」

「沒啊，我只是覺得他很不錯而已。」

「那是妳喜歡的類型，跟我有什麼關係？」

「難道你不喜歡嗎？」

妹妹這麼一說，我一時語塞，不知道該怎麼回答。

「幹嘛不回答？被我說中了齁，你喜歡人家齁。」妹妹得意洋洋地說。

「好啦、好啦，我喜歡又怎樣？他又不一定喜歡男生。」

這是我第一次對其他人表示對閻世熜有「興趣」。

「你可以直接問他啊。」妹妹說。

「這是要怎麼問啦？」

「你不敢問，我可以幫你問。」

「少雞婆了，快點睡！」我對妹妹大吼。

我這一吼，對面房間隨即傳來嬰兒的啼哭聲，接著傳來大姊更強烈的河東獅吼。

「媽的！是誰半夜大吼啦！小孩都被吵醒了！」

「嘿嘿嘿，你死定了，母老虎發飆囉——」妹妹躲到棉被裡，幸災樂禍地說。

第七十四章　敲邊鼓

這天晚上我不用睡了。

「黃李勤，你把我兒子吵醒，就要負責哄他入睡！」大姊抱著承雋衝進房裡對我大吼。

邱承雋這個小子，給我鬧到兩點半才睡，我只得隔天頂著兩個大黑眼圈去上課。

閻世熜似乎沒被昨天的話題所影響，一下課又跑來找我，我見他手臂上妥妥貼著萬全伯的膏藥。

「有乖乖貼藥，很不錯。」我對閻世熜說。

「都拿了藥當然要貼。」

「那要乖乖休息半個月喔。」

「我已經去跟學長說這禮拜沒辦法投了。」

「學長怎麼說？」

「他臉色不好看，但也沒說什麼。」

「本來就是啊，都沒辦法晉級了，不需要這樣操投手。」

「學長對贏球很執著啊。」

我把話題一轉，問閻世熜說：「這週不投，那下週呢？」

「下週喔，再看看吧。」

「萬全伯說你要休半個月！」
「昨天不是講過這件事了嗎？」
「身為你的朋友，我要再提一次。」
「你又不是我女朋友。」
昨天的爭執迴圈又來了。
我嘟起嘴，不想跟閻世熜多說。
「幹嘛，生氣了？」
我還是不講話。
「怎麼突然傲嬌起來，你是女生喔？」
「不要用這種激將法，我是不會中計的。」
「不然你要我怎麼辦？」
「很簡單，聽萬全伯的話，徹底關機休息半個月。」
「喔，好啦……我再找時間去跟學長講。」
我也懶得逼閻世熜，心想就到了比賽前夕再看著辦吧。

閻世熜一掛傷兵，勝利就離球隊遠去。
週末的比賽我們雖然跟對手有所拉鋸，但最後還是以七比十輸球。
在我們暫時在第四局以六比五領先對方時，安鴻正有叫紀敦品私下來問閻世熜能不能上去投。
為什麼我會知道這件事呢？因為我整場球都坐在閻世熜身邊，盯著不讓他拿手套，也不讓他碰球。閻世熜會顧忌我，便對紀敦品說醫生囑咐不能投球，推辭了安鴻正的要求。
下個半局，上場後援的學長就被對手打爆了。
輸了球，安鴻正找全隊訓話，他意有所指地說：「這場球就輸在投手群上，無論如何下一場我們一定要以最佳陣容，用勝利替這個球季做結尾！」
我才不管安鴻正怎麼說，為了閻世熜未來的投手生涯，我一定要阻止他上場。
接下來的一週，我依舊整天都盯著閻世熜，看他有沒有跑去練投。閻世熜還算乖乖，都沒碰球，連週四的全體練習也請假沒去。
倒是我，在前往河濱球場的途中，又遇到了不速之客。
又是高昊。
真是猶如幽靈一般的男子。
高昊的體內就像裝了追蹤雷達，只要他想找我，怎麼也避不開。
「嗨，可愛的班花。」高昊主動跟我打招呼。
「什麼事？」我沒給高昊好臉色。
「班花你還是一樣的兇。」
「班花是你叫的嗎？」
「他們不都這樣叫你？」
「他們是我的朋友。」
「我不是嗎？」
「沒錯！」

「好難過喔。」
「到底還有什麼事？」
「我是想問：你不是分手了嗎？」
「我分手干你屁事，你憑什麼到處跟別人說。」
「想當我的男朋友嗎？」高昊根本沒回答我的問題。
「一點都不想！」
「不考慮一下嗎？」
「不想！」
「難道你心裡有別人了？」
「你管不著，絕對不會是你。」
「好兇……。」
「你還有事嗎？我要趕著去練球了。」
「是跟你的好搭檔練投嗎？」
「他手痛，不能投球。」
「哎呀，真是可惜呢——不過這樣的話，你就有更多機會坐他身邊跟他談心聊天了。」
「干你屁事。」
「我是關心你。」
「我不需要你關心。」
「喔……。」

我往前走，側身閃過高昊。

剛走不遠，高昊的聲音從身後傳來：

「你如果喜歡閻世熜，快點跟他說，不然我要去追他喔。」

高昊你有本事就去追，我不揍你，閻世熜也會扁你。

第七十五章　嘿！換你上場

北區高中棒球聯賽的最後一場比賽到了，我跟隊友一起熱身後，就到一旁負責雜務：拿球具、搬礦泉水、拿餐盒，還有填寫攻守名單。

閻世熜沒有上場練習，只是在場邊做一些簡單的伸展。

我見他肩膀上沒貼膏藥，在伸展時也有意無意地揉捏手臂。

「閻世熜的手應該還在痛吧。」我想。

我走了過去，問道：「你怎麼沒貼藥？」

「膏藥貼久了會癢，想停半天再貼。」閻世熜說。

我選擇相信閻世熜，便又問他：「你今天打算上場嗎？」

「你不是不讓我上場？」

「如果學長要你上呢？」

「你不是說這種比賽不重要嗎？我應該會拒絕吧。」

「應該」表示話沒說死。

我也不想再隱藏了，便說：「如果你硬撐上場，我會非常非常非常生氣。」

閻世熜又出伸手搔我的頭髮，把它弄亂，笑著說：「我不會讓最可愛的班花生氣的。」

我希望他說的是真話。

比賽開始了，我跟閻世熄都沒先發，坐在板凳席觀戰。

在安鴻正、王文彊、葉嘉政等人的打擊發威下，我們在一局上半就拿下五分。

開賽就攻下大局，贏面很大啊！

沒想到第一局之後，我們的打線就熄火了，而對方則從我們殘破的投手和防守陣容裡，一分一分地蠶食鯨吞。

到了第四局，對方已經追到四：五只落後一分了。

攻守交換之際，安鴻正走了過來，直接問閻世熄道：「世熄，你手可以嗎？」

「應該還好。」

「那麻煩你跟班花去熱身一下，下個半局麻煩你上去後援。」

「學長！」我對安鴻正說。

安鴻正早就知道我想說什麼，一臉漠然回頭看著我說：「有什麼事嗎？李勤學弟。」

膽小的我竟退縮了，只能小聲地說：「沒事……。」

安鴻正走了，閻世熄拿起手套，一如往常，在休息室外等我。

我默默穿上護具，跟著閻世熄走向牛棚練習區。

「你為什麼不拒絕？」我問閻世熄。

「你也沒幫我說啊。」

「是你要上場的，我怎麼幫你說。」

「那就好了，球隊現在很需要我，我應該要盡力幫助球隊。」

「可是你手在痛！」
「手痛又怎麼樣？我就是要上場啦！」
這話讓我聽得好難過，淚水竟在眼眶裡打轉。
我拉住闔世熜的手，說：「拜託再考慮一下，你的投手生命很重要。」
「如果我的手真的會報廢，那就讓我留下一個美好的回憶後再報廢吧。」
「唉——」我只能留下長長的嘆息。
我偷偷拭去眼眶裡淚水，戴上面罩，蹲了下來，示意闔世熜可以投了。
接了幾個闔世熜的球，我發現他的球速並沒有恢復。
「你手還好嗎？」我問闔世熜。
「沒問題的。」
「那你順順地投就好，不要硬催。」
「好。」
闔世熜又投了幾球，雖然球速稍微回來了，但控球變得不是很穩定。
這時我發現闔世熜在甩手，他的手真的還在痛。
現在闔世熜絕對不能投變化球，他擅長的曲球和滑球，都有使手傷惡化的可能性，所以我一直比直球的暗號。
闔世熜看我一直比直球，便問道：「班花你幹嘛不讓我練變化球？」
「今天投直球就夠了。」
就在闔世熜要再問我的同時，來劭辰跑了過來，對我們說：「換局了，學長請你上去收尾。」

我看了看比賽的時間，這場球如果在雙方都沒攻勢的情況下，至少還要打個兩局才會滿兩個半小時。

我站在牛棚裡，看著閻世熜跑進場內。

（加油啊！）

雖然站上投手丘的氣勢還在，但手傷使得閻世熜的控球不聽使喚，連投八個壞球，把對方頭兩棒都保送上壘。

（糟糕！）

隊長安鴻正向裁判請求暫停，召集內野手圍著投手丘開會。

這個小組會議開得有點久，直到主審走上前去，要求會議解散。

忽然，擔任捕手的王藝禾學長向休息室跑了回來，說：「李勤學弟，護具穿一穿，換你上場蹲捕。」

嚇！換我蹲捕？有沒有搞錯啊……我完全沒有實戰蹲捕的經驗耶。

「學長你有聽錯嗎？」我小聲地問學長。

「我又不是白痴？怎麼會搞錯！你快點上去啦！」

這話聽完，我回過神來，全身不禁開始瘋狂顫抖。

第七十六章　班花小鐵捕

「快呀！你怎麼還站在那裡發楞？」隊友們的催促聲迴響在我耳邊。

我努力克制住顫抖的身體，緩緩走入球場。

還沒到本壘後方，我已經緊張到快昏過去。

一壘手胡孟暉走了過來，拍了拍我的肩膀，好像跟我說了什麼。

我的耳朵嗡嗡作響，聽不清楚他說什麼，應該是他在鼓勵我，要我放輕鬆吧。

閻世熜也走了過來，用拳頭輕敲我的胸口，說：「沒想到這麼快就換你上來蹲，我們一起守下來吧！」

我只是傻傻點頭。

「別緊張，就跟平常練投一樣，暗號也一樣，丟直球就好了，不要想得太複雜。」

平常都是我在安撫閻世熜，現在變成他在安撫我了。

我身後傳來主審的催促聲：「同學，會議結束了喔。捕手練接三顆球，就繼續比賽。」

天氣很熱，我走下投手丘，猶如失了魂魄的木偶，臉上涔涔的汗水，也不知是被熾熱太陽蒸出來的，還是因為緊張而冒出的冷汗。

我蹲了下來，戴上面罩，示意閻世熜把球投過來。

闇世熜投了三個直球，投得很慢，也沒有太多偏差。

「就只是接球，把球接好就可以了！闇世熜需要我，我要當他的後盾！」我一直在心中告訴自己。

主審喊了play ball。

管不了這麼多了，就把它當練投，把手套放在好球帶裡，其他的就聽天由命吧。

真正上丘投球時，闇世熜的球又更慢了，不知道他是手痛，還是刻意投慢讓我好接。

打者的打擊似乎不太好，看了兩個壞球之後，接連揮了兩個空棒。

我脫下面罩，擦了擦臉上的汗水後再戴上，蹲了下來，深吸一口氣。

（沒那麼難，對吧？）

忽然間，我原本如漿糊一般的腦筋終於恢復運轉，主動配了一個高角度的快速球，想誘使打者揮棒落空，但闇世熜投得不夠高，被打者打成界外球。

一般狀況下，捕手會配一個低角度的變化球，但闇世熜的投球狀況不好，一、二壘也有跑者，如果投出暴投，跑者一定會向前推進，這樣一來危機會更大。

我比了個外角位置的快速直球，闇世熜點了點頭。

這球球速沒出來，而且還投不準，直往內角好打的位置竄過來。

慘了！打者鎖定這球了！猛力一揮——

揮棒落空！

畢竟是業餘的球員，對球的掌握度並不好，闇世熜的快速球又是聯盟知名的，打者都會預期可能碰到很快的球路，而提前揮棒。而對手剛好也是如此，不但沒掌握到失投球，反而揮了個大空棒。

三振出局！

場上和休息室的隊友歡聲雷動。

被三振的打者一臉懊惱地拎著棒子走回休息室，他一定很氣自己吧。而閻世熄的臉上則出現「好佳在」的慶幸表情，我也鬆了一口氣。

對方休息室也開始有所反應了，他們發現我根本不知道怎麼阻殺跑者，一、二壘的跑者在閻世熄面對下一個打者投出第一球時，就拔腿向前推進。

面對一人出局，二、三壘有人的局面，鎮守游擊的安鴻正立刻做出兩掌拉長的手勢，意思就是要閻世熄投開一點，讓對方擠成滿壘，接下來可以抓本壘跑者或是拚雙殺守備。

於是我蹲往外角，要閻世熄往右打者外側投。

閻世熄甩了甩手，用力投出。

今天裁判的好球帶滿大的，把閻世熄這顆回復八成球速的外角球判成好球。

閻世熄的球速和準度出來了，這下換打者著急。接下來我配了一個相同位置的直球，打者捧場打到一個壞球，又是揮棒落空。

安鴻正向我點了點頭，應該是要直接抓打者。

於是我配了一個高球，打者果不其然去追打。

閻世熄投得很準，打者出棒也碰不到球。

三振！

全場再次爆出熱烈的歡呼聲。

兩出局了，我跟閻世熄頓時信心大增。

接下來的幾球，閻世熄很快搶到兩好一壞的優勢。

我依樣畫葫蘆，要閻世熜再來一個高球，沒想到這球沒高，反而平平的往左打者的大腿飛去。

「啪」地一聲。

一二〇公里速球砸中大腿肉的聲音真是清脆，打者隨即倒地不起，抱著「中彈」的大腿在地上打滾。場邊人員全都上來了，閻世熜除了不斷道歉以外，我看並沒有畏懼的表情，對他而言，觸身球可以說是家常便飯，能砸到對手，也能砸到自己人。

比賽暫停正好讓我有時間跟閻世熜溝通，我問他：「你的手還好嗎？」

「有點痛，但還行。」

「事到如今也只能撐完這場球了。」

「咦，我還以為你會跟我說手痛應該要退場休息。」

「我是想這樣啊，不過現在下場，學長一定會氣炸，牛棚也沒人可以接手啊。」

「班花你想得真多。」

「別再誇我了，重點是要把這局撐完。等一下就把直球投進來，不要刻意催球速，砸到人就要送分了。」

閻世熜的剛猛速球在打者腿上留下明顯的印記，可憐的打者被攙扶出場，對方一壘換上了代跑，現在是個兩出局滿壘的局面。

沒想到這記觸身球突然讓閻世熜放開手腳，才用四個球三振了對方第三棒的強打者，在驚濤駭浪中結束了這個半局。

我竟然能幫忙球隊守住領先，真是太令人開心了。

守住了危機，我們球隊在下半局士氣大振，接連安打加上對方失誤，一口氣灌進六分。

下個半局，雖然闍世熜又找不太到準星，投出兩個保送，而我的好運也用完了，球都接不太乾淨，但士氣低迷的對手也無力反攻，一分未得，最終留下了二、三壘的殘壘。

比賽結束，我興奮地衝上投手丘，躍進闍世熜的懷裡。其他隊員也衝入場中，潑灑礦泉水，像是拿到職棒總冠軍一般。

其實我們在聯賽才拿到兩勝，是分組戰績最差的球隊。

我才不管這麼多咧！我蹲了兩局，終於辦到了！我已經不是只能打雜做記錄的經理了，我是一個可以上場打擊守備的捕手。

更棒的是，我是這支球隊王牌投手的定心丸，只要我上場，他就有投出好球並與打者周旋的信心。

我告訴自己不能哭，但淚水卻一點也止不住。

我是個有用的棒球員！好開心！

第七十七章　衝一下吧！

聯賽結束了，接下來就是期末考，考完就是放暑假，過完暑假，我就升上高中二年級了。日子過得還真快呀。

暑假期間，輔育院傳來消息，說矮子邱用同等學力考上了南部某公立職校，也取得提前假釋的條件，很有可能在秋天之前就會被放出來。

我找到機會，問大姊說：「姊，妳真的想跟政瀛到南部去嗎？」

「對啊。」大姊說：「我想離開社子島這個環境，看能不能到南部重新開始。」

我依然不相信矮子邱，反正還有幾十天的時間，還可以反悔，我希望大姊可以再仔細想想。這麼直接的話我當然不會說出口，而是對大姊說：「那姊妳去南部想做什麼呢？」

「找找打工吧，也想學美容，不過主要工作還是帶承雋啦。」

別看大姊才十九歲，她帶小孩的功力真的不錯，很有耐心，又很溫柔，跟我小時候的霸道形象完全不同。

我建議大姊到南部可以走幼保方面，說不定可以在家裡多帶幾個小孩，當專職的保母。

大姊變溫柔了，遺留下來的霸道則被二姊跟妹妹吸收了，二姊還是繼續高調談她的師生戀，一點都不在意當小三。

「大家各取所需，如果被他老婆發現的話，我就離開便是。」這是二姊的小三哲學。

至於情竇初開的妹妹，交了個花美男般的高中生男友，而她則像大姐頭一樣控制著對方。

我總覺得這傢伙很可憐，畢竟我的妹妹是個會打壞男人的跆拳少女。

至早產兒小妹妹李樂的身體不好，常跑醫院急診，還好有我從黃家繼承的財產，可以支應醫療開銷。至於阿嬤還是很不諒解我跟老爸的行為，最近很少來家裡走動，除了偶爾給小孩零用錢以外，以前的金錢資助也就停止了。

小妹跟承雋接連出生，老爸也有所改變，找了個河道堤岸巡守員的正職工作，雖然賺得不多，但短期之內似乎沒聽他想換工作。

老爸以前做過最久的工作是市公所的約聘人員，一共做了一年兩個月又十八天，我們都希望這次他可以打破以前的紀錄。

德韶叔叔從軍中退伍，轉職到北投的科技公司，也搬到關渡住，偶爾會帶我們家人一起出外旅遊。

德韶叔叔與老爸兩兄弟真的很投緣，每次到家裡聊天喝茶都搞到半夜才依依不捨分開。

閻世熜在投完聯賽最終戰後手又痛起來了，去檢查的結果指出他的肩膀拉傷，需要至少三個月以上休養。安鴻正在聽到這消息仍然沒什麼表情，只說了聲「學弟你好好休息」後就離開了。安鴻正要畢業了，也考上了理想的學校，球隊之後的發展已經與他無關。我們這支球隊是以三年級與一年級為主力，二年級的學長不多，安鴻正畢業之後，我們這群人將成為球隊的領導者。

只是……連學長們畢業後留下的位置要找誰來補都有問題了，更遑論練習或在比賽中獲得更好的成績了。

受傷中的閻世熜是新任隊長的可能人選，但他想不了這麼多，因為他老爸要送他去美國遊學四十天。

「班花，你不跟我一起去美國嗎？」闔世熜問我。
「我又沒錢。」我說。
「你不是有一筆出國留學的基金？」
「那是大學畢業後的預算，不能現在花掉。」
「反正都是出國，早出去晚出去有差別嗎？」
「你別再慫恿我了，這是不可能的事。」
「真可惜。」
「到底哪裡可惜了？」
「人家說夫唱婦隨啊。」
「你是白痴嗎？」
「嘿嘿。」闔世熜的笑容很詭異，接著說：「外頭很多人都謠傳我們是一對耶。」
「他們有病！」
「被謠傳跟班花是一對，倒也挺榮幸的。」
闔世熜這陣子說的話，我聽在耳裡，總覺得有些奇怪。
胡孟暉最近沒什麼時間當我的愛情顧問，因為他戀愛了，對象是美少女吳蓁臻。
「你這癩蛤蟆，竟然吃到天鵝肉。」我對胡孟暉說。
「近水樓台先得月嘛，常常靠近她，總有趁虛而入的可能性。」
「不要談戀愛就忘了練球喔。」
「不會的，我老婆喜歡運動型的男生，她想要我變壯一點。」

「老你媽婆，叫得這麼噁心。」

「她是我女朋友，我愛怎麼叫就怎麼叫，你管不著。」胡孟暉說：「那你咧，進展得如何？」

「你不是每天都跟世熜黏在一起，很多人都說你們是一對。」

「我哪有什麼進展？」

「他們有病！」這話已經成了我的招牌回答。

「你不是喜歡運動型的帥哥？他最近越來越潮了，你不下手小心被別人捷足先登唷！」

又是一個敲邊鼓的人，第一個敲邊鼓的是……高昊。

（啊啊啊啊！不要再提到高昊了啦！）

這些人真的不知道隨便跟異性戀的男生告白，很有可能最後連朋友都當不成嗎？

只是……閻世熜七月初就要啟程赴美了。

學期結束前一週，我和王文彊、來劭辰等人去圖書館準備期末考，天黑了才坐公車回家。

王文彊還是那不苟言笑的樣子，但對我的態度好多了。他最近把心思都放在棒球上，打擊能力突飛猛進，成為隊上除了安鴻正以外，打擊最好的球員。不過也是因為球打太多，課業耽擱了一些，上次段考的名次掉到全班二十名以外。

「李勤，可以拜託你教我數學嗎？我這次再考不好，我爸下學期就不讓我打球了。」

為了留住這位強打者，我努力教了他一下午的數學。

在休息時間，王文彊難得開口問我：「你最近感情生活如何？」

「你幹嘛問這個問題？」

「只是關心一下前男友。」

「還好，就認真讀書、打球，沒想太多。」

「你別顧慮我太多，如果有遇到對的人，就努力去把握吧。」

「你也是。」

「我會的。」王文彊接著說：「我後來跟郭老師去吃了兩次飯，聊了很多，也很有收穫。就算分手了，也是可以當好朋友、好隊友，對不對？」

「對呀！」

王文彊笑了，好久沒看到他笑得這麼燦爛了。

從圖書館離開，回到島頭時天又黑了，我沒走小路回家，而是在堤防旁漫步，心裡一直想著閻世熄。

我好像真的喜歡他。

走到河畔公園，我打算到涼亭發呆一下。

才坐下沒多久，身後便傳來腳步聲，我以為是常來這裡乘涼的鄰居阿伯，回頭一看，從黯淡燈光下走來的是我老爸。

「唉唷，兒子，你怎麼會來這裡？」

「想來吹風。」

「怎麼跟爸一樣，可惜我沒帶酒。」

「喝少一點，喝太多對身體不好。」

「酒是百藥之長，偶爾喝一點沒問題的。」

我不想要回嘴，但老爸每次來島頭涼亭跟親戚朋友喝酒，都會喝到醉醺醺。我不喜歡他醉酒，會發酒瘋，大聲唱歌、胡亂講話，很丟臉。

「今天去參加社子島的都更座談，快被政府官員氣死了。」

「怎麼說？」

「他們說社會宅有承租限制，最多十二年，十二年之後你小妹也才幾歲？沒地方住要搬去哪裡？」

老爸開始大肆抱怨政府，住在社子島的人，大都是忠實的反對黨支持者，雖然長期以來我們的選票用處不大。

老爸說了很久，有的事我也不太明白，只知社子島的開發問題，有如亂絲，越想解，越解不開。面對各方角力，我真沒什麼興趣，畢竟這真是個太偏僻落後的地方，與其留在這裡，還不如到外頭闖一闖。

老爸罵完在地議員後，突然靜了下來，望向遠方平靜的河面，若有所思。

「剛才都我在講，兒子你呢，有什麼心事呢？」老爸對我說。

「沒什麼事啦，就學校的事情。」

「學校？你該不會把人家肚子搞大吧？」

「你別胡說了。」

老爸「嘿嘿」地笑了，又問我：「那你有喜歡的女生嗎？」

「沒有耶。」

「如果有喜歡的，要勇敢一點，衝下去，像你媽當初倒追我一樣。」

被倒追的人叫別人勇敢，也太好笑了吧。還有，我才不想學你們咧，一時衝「洞」鬧出條「人命」。

「機會是不等人的，老爸這輩子錯過太多了，也太自以為是了，最近讓你犧牲那麼多，還請原諒爸爸。」

「爸你別這麼說，我們是一家人啊，彼此扶持嘛。」

老爸接著又聊起了德韶叔叔，不斷誇讚這個弟弟，唯一就對他還不結婚感到無奈。

「好晚了，你還沒吃晚餐吧？」老爸問我。

「對啊。」

「那趕快回家吧。」

我跟老爸一起離開涼亭走回家。

在路上，我那聒噪的老爸又對我說：「兒子啊，如果要跟女朋友怎麼樣，要記得戴保險套，不要像你爸爸跟姊姊一樣啊。等一下吃飽飯後來我房間，我拿一盒套子給你。」

（嚇！）

這莫名其妙的「大禮」，我還真不知道該如接受。

倒是老爸說的「勇敢衝一下」一直迴盪在我心裡，趁著他還在臺灣，真的要衝一下。

白天閻世熜說什麼「夫唱婦隨」是暗示嗎？

這算哪門子暗示？

不管了！這一定是暗示！

衝了啦！

「蛤！就這樣喔？沒了嗎？然後呢？」

番外：好啦，你那麼想知道然後，就告訴你吧！

我們一群人走出高鐵站，隊友們要搭車前往下榻的旅館，我沒跟他們一塊走，說要今晚去住高中同學那裡。

「明天早上七點半集合，你可別遲到。」大三的許希閔學長對我說。

「學長放心，我同學就住在球場附近，騎車大概五分鐘就到了。」

「好啦，你就路上小心。」

我拉著行李、背著球具走到一旁，有個戴著安全帽的機車騎士向我招手。

他將護目鏡推開，我認出是王文彊。

上次與王文彊見面是半年前，是在幾個高中同學的聚會上。

這是高中畢業後我第一次見到王文彊，身形更結實了，看他那虎背熊腰的樣子，應該有在健身吧。

王文彊考上嘉義的大學，雖然是國立大學，但對他期望甚高的父母很不滿意，一直要他重考，後來勉強讓他註冊，又一直要他轉回臺北的學校。王文彊本身也想轉學考，但突如其來的愛情滋潤，讓他決定繼續在嘉義待下去。

「不好意思，讓你等這麼久，球隊人多，學長剛剛在站裡交代很多事情。」我對王文彊說。

「不會啦，先上車吧。」

我戴上王文彊遞給我的安全帽，跨上機車後座。

「我女朋友在等我們吃宵夜，她已經在店裡排隊了。」王文彊說。

王文彊的女朋友叫葉襄茹，是南投人，從大一交往到現在，也有一年多了。

王文彊車騎得不慢，在初秋的嘉義，倒也讓人覺得有些寒冷。

「你帶前男友去跟現任女友吃宵夜，你女友不會覺得奇怪嗎？」我問王文彊。

「她又不知道你是我前男友，高中同學難得來找我，很正常。」

「你們不要為了我吵架就好了，你要幹嘛我沒意見。」

「嗯。」

王文彊還是一樣話少。

到了深夜小吃店外，裡頭人聲鼎沸，白鐵餐車前排了一長串準備點餐的人，在這偏僻的小地方，生意好到嚇人。

看到我們抵達，排在人群裡的葉襄茹向王文彊喊道：「你終於來了，快排到我了，快點說要吃什麼。」

我抬起頭看著價目表上琳琅滿目的菜色，一時之間不知道要點些什麼。

「我不知道要點什麼，你有推薦的嗎？」我問王文彊。

「這個嘛……。」王文彊似乎也不知道該如何選擇。

「哎呀，等你們兩個想好，後面的人會抓狂。不管了，我直接幫你們點啦！」

葉襄茹給我的第一印象，是個霸氣的女生。

霸氣的女生碰上生性古怪的王文彊，竟然能交往超過一年而不太吵架，那也真是有些厲害。

葉襄茹要我們先去佔位置，她則是自己端了三人份的餐點過來。

我跟王文彊吃的是嘉義名產火雞肉飯，還有一碗肉羹湯，葉襄茹吃則是米粉湯，還有一盤豐盛的小菜，這些東西一個人只需付不到一百元。

我們這些臺北長大的小孩，平常很接觸到小吃，隨著上了大學四散各地，才慢慢發現到這些在地的好滋味。在臺中讀書的我，或是在臺南的來劭辰，都很習慣到舊市區去找一些傳統味道。看樣子，王文彊和他女朋友應該也很常吃這些東西吧。

畢竟跟王文彊久沒見面，感情有些生疏，王文彊自然也沒什麼話，倒是葉襄茹一直主動向王文彊提學校的事情。

一個講，一個聽；一個熱情，一個寡言。

倒也很相配。

桌上東西快吃完時，襄茹才把話題轉到我身上。

「李勤同學，你是讀臺中的學校嗎？」襄茹問我。

「對呀。」

「常出去玩嗎？」

「我喔……還好，算是有點宅。」

「臺中滿好玩的，我們南投人沒地方去，都跑臺中，可以介紹你好玩的地方喔。」

「好啊。」

葉襄茹本來還要繼續說下去，王文彊卻打斷她的話，說：「差不多該走了，我同學不能太晚睡，明天一大早還要比賽。」

「你這個人真掃興，我才剛跟你同學聊天，想認識一下新朋友，你就打斷我們。」葉襄茹說。

「是妳一開始不找他聊的。」

「一開始就找他聊天，我怕你會吃醋。」

王文彊沒回答，葉襄茹接著說：「你同學長得那麼可愛，若是我太主動，你一定會生氣。」

「喔……。」王文彊冷冷地回答了一聲，說：「他不是妳喜歡的類型吧？」

葉襄茹笑了，勾起王文彊的手，說：「對呀，你這樣的男子漢才是我的菜。」

嘔嘔嘔！我要吐了！這兩個人竟然在我面前放閃。

雖然覺得有些受不了，但看王文彊跟女朋友相處自然，我也就放心了。

放完閃之後，我們離開小吃店，葉襄茹自己騎機車回學校宿舍，而王文彊則是載我回他的住處。

王文彊住在一幢透天厝裡的三樓套房，屋主將整棟樓都出租給學生居住。

打開房門，我發現王文彊的房間不小，但裡頭的陳設很簡單，一張單人床，三個放不滿的三層書櫃，一個半開的塑膠衣櫥，裡頭掛了一些衣服，另外還有一張小桌子，然後就是電腦桌。

我覺得王文彊的家當比住學校狹窄宿舍的我還少得多。

倒是在我發現房裡到處都放著一些女生的衣物跟飾品，看樣子葉襄茹挺常來找王文彊過夜嘛。

王文彊從衣櫥裡拿出一床棉被，鋪在地上，對我說：「晚上你睡床，我睡地上。」

「這不好吧，我怎麼可以讓主人睡地上？地上讓我睡就好了。」

「不行。你明天還要比賽，不能睡地板。」

「你又不是不知道我是好睡的人，況且明天我也不會先發。」

「反正你睡床就是了。」

王文彊不跟我囉嗦，直接給了我一句命令。

他既然這麼說，我也懶得謙讓了。

「已經十點多了，你先去洗澡吧。」王文彊對我說。

「好。」

我從行李裡拿出換洗衣物，進了浴室。

浴室很一般，甚至有點陽春，沒什麼好逗留的，快點洗一洗出去吧。

「換你洗了。」

王文彊「嗯」了一聲，直接脫掉上衣，拎著換洗衣服，也進了浴室。

男生洗澡就是快，王文彊一下便洗好了澡。雖然在同一個空間裡，我跟王文彊卻也沒什麼互動，我看我的手機，他盯他的電腦。

十幾分鐘過去，王文彊忽然起身走到電燈開關旁，說：「時候不早了，睡了吧。」

「嗯。」我沒反對。

王文彊關了燈。

高中時期王文彊就是個早睡的人，常常十點多就上床睡覺了，到了大學還是維持這樣的生活作息。

反正明天要比賽，早點睡也好。

王文彊把燈一關，整個房間陷入黑暗，只有從外頭燈光映射進來的微光。

看看時間，還不到十一點，這也太暗了吧。

還沒什麼睡意的我拿起床邊的手機，本想在黑暗中看手機打發時間。沒想到一個黑影從床沿襲來，直接翻上床，擠到我身邊，還用手摟住我的腰。

不用想也知道，這人是王文彊。

「你要幹嘛？」

「沒有要幹嘛。」王文彊的回答很淡定。

「你有女朋友耶。」

「抱一下而已。」

唉，人都入了虎穴，王文彊真想幹嘛，我也無可奈何。

「你不怕你女朋友知道嗎？」

「我不講，你不講，就沒事。」

好吧，既然王文彊都這麼說了，要抱就給他抱吧。

我們都沒再說話，維持這奇特的摟抱姿勢好幾分鐘。

「你還會常找高中的同學嗎？」王文彊忽然開口問我。

「我喔……比較常找孟暉、劭辰他們，其他的大概都見過一、兩次面。敦品不是跟你同校，你會去找他嗎？」

「還好……在學校碰到會打招呼。」

「他那麼帥，應該有很多女生喜歡吧。」

「也還好，他變胖很多。」

我們班的班草竟然胖了，這一定是萬惡的嘉義宵夜害的。

「鴻正學長不也跟你同校？」

「他都在打球，很少看到。」

「學長應該是校隊的主力吧。」

「嗯，他改去守二壘。」

「那你呢，都不打球了嗎？」

「偶爾打一下慢壘，主要都在健身，棒球給我的挫折太多了。」

王文彊的高中生涯，很大一部分的時間沉溺在棒球裡，他為了棒球跟家裡鬧了不下七、八次，還驚動到老師、主任出面調解。也因為棒球，王文彊考上一個自己不滿意的科系。但他真正放棄棒球的原因，是因為這個運動失敗的機會遠高於成功。

在棒球運動裡，擁有三成打擊率的打者就算是一位成功的打者了。反過來看的話，這位優秀的打者在十次打擊機會裡還是會有七次失敗。王文彊跟習慣挫折的我不同，他對每一次的失敗都耿耿於懷。

「真的不打了嗎？」

「目前不會想打，或許過陣子再看看吧。」

王文彊動了動他的身體，我發現有條硬硬的柱狀物頂著我的股間。

（他還是對男生有感覺嘛。）

王文彊沒有踰越朋友之間的界線，只是抱著我繼續聊天。

「你要常回來參加同學聚會啊，大家都很想念拚命三郎文彊哥耶。」

「我要打工，又要陪女朋友，實在沒什麼時間參與。」

「這樣不行，會被說『馬子狗』喔。」

「好啦，我寒假有時間再找你們。」

王文彊話鋒一轉，接著問我：「那臺大高材生孟暉還好嗎？」

「他也是馬子狗，不過畢竟他留在臺北，同學有什麼聚會都會來。」

「他女朋友該不會就是之前他喜歡的那個女生吧？」

「對呀，就是吳蓁臻。孟暉可是花了好久才修成正果。」

「那個女生很漂亮。」

「你女朋友也不錯呀。」

「真的，我很滿意。」

「你要好好愛惜她喔。」

漆黑的房間裡，王文彊用他厚實的臂膀摟著我。我想起當年在頂樓的情景，王文彊總愛把我摟在懷中許久，然後向我索吻。

但現在他有了相愛的女友，我也另有男友，不可以跟別人接吻。

我們把同學最近的動向聊過一輪，王文彊打了個大哈欠，放開抱著我的手，一骨碌地滾下床。

「累了，睡啦。」王文彊說。

只有一個人我們剛才都沒提到。

是閻世熜。

閻世熜跟我們的關係這麼密切，怎麼可能不提起他呢？大概是因為閻世熜跟我的關係吧。

反正王文彊不提，我也無須庸人自擾，那就睡覺吧！

這晚王文彊沒再有其他舉動，我也一覺到天亮。隔天一早，我與王文彊到附近的早餐店吃了東西，接著他便騎車帶我到球場。

「謝謝你昨天晚上的招待。」我對王文彊說。

「嗯。」王文彊的回應很簡單，我猜他可能覺得昨晚失態了，也怕昨晚的事情會讓女友葉襄茹知道。

我笑著對王文彊說：「你放心吧，昨天晚上的事情是我們兩個人的祕密，我不會說出去的。」

「謝謝。」

「以後要來臺中找我玩喔。」

「好。」

王文彊騎車走了，我背著球具走向球場。

就在離球場約一百公尺的地方，我聽到似乎有人在喊：「班花、班花。」

（？？？？）

我耳朵是不是有問題？為什麼這裡會有人知道我高中時的綽號。

「班花！班花！」

我聽得更清楚了，那人的確在喊班花。

我回頭四下搜索，才看到有個球員裝扮的人向我跑來。

定睛一看，嚇！那人竟然是高昊。

高昊臉上掛著笑容，跑到我面前停下。

「為什麼你會來這裡？」我問高昊。

「跟你一樣的原因。」

「你明明沒在運動，怎麼會來打棒球。」

「你都能打了，為什麼我不能打？」

「好，你開心就好。」

「都畢業這麼久了，你還是對我很不好呢——」

「有嗎？」

「有呀。不過現在我對你沒興趣了，我有男朋友囉——」

我打量了一下高昊，他的樣子跟高中時代差不到哪裡去，沒想到也有了男朋友。

哎呀，我何必吃味？高昊有個好歸宿，應該要祝福他才是。

「很好呀，要幸福喔。」

「那你呢？幸福嗎？」

「我很好。」我對高昊說：「我要去集合了。」

「真可惜，預賽不會對上你們，希望複賽會碰面。」

「我們球隊又不一定會打進複賽。」

「我會用念力讓我們在複賽碰面的。」

「好，你開心就好。」

我對高昊揮了揮手，便奔向球場。

高昊的念力似乎發揮作用了，我的球隊打進了複賽，繼續在嘉義過夜。不過高昊的球隊卻被淘汰，我是碰不上他了。

我在球隊裡的角色與高中時差不了多少，擔任球隊的三號捕手和五號外野手，上場機會不多，主要在場邊記錄或當跑壘指導員。唯一比高中時好的是有關搬運打雜的事情大家會一起幫忙，不會全丟給我做。

以前的我不愛這樣的角色，但現在倒覺得樂在其中。我總這麼覺得：若是一支球隊大家都想當主將，沒人願意在牛棚幫投手接球熱身，也沒人想在休息區做記錄，這樣的球隊戰績應該也好不到哪裡去吧。

我跟著球隊離開球場，今晚我不好意思再去叨擾王文彊，就跟隊友們一起去住旅館。

昨夜的事情在我腦海裡揮之不去，越想越尷尬。

還是把心思放在比賽上吧！

隔天一早，我們到了球場展開熱身。複賽的對手是來自新竹強大的隊伍，我們的勝算並不高。

雖然面對強敵，球隊的氣氛還是很好，熱身時笑語不斷。

過沒多久，對面休息室也陸續出現比賽對手球員的身影。

有個沒穿球衣的高大傢伙，在場邊對我揮手。

我知道他是誰，但不是很想理他，把注意力放在與隊友傳球熱身上。

那人見我瞧都不瞧，自討沒趣就回休息室去了。

我們熱身告一段落，回到休息室，跟我相熟的隊友朱鈞華坐到我身邊，說：「剛才有個對方球員一直跟你招手，你沒看到喔？」

「有啊。」

「你幹嘛不理他？」

「專心熱身，為什麼要理他？」

「他是你高中同學嗎？」

「對呀。」

「又高又壯，感覺很強。」

「只是外表好看而已，又不是主力。」

「這樣的人不是主力，那對方到底有多強啊？」

「強不強，比賽打了就知道。」

「嘿，他又在那裡招手了，去跟他打招呼啦。」

「幹嘛過去？」

「去探探虛實啊，看對方今天會派什麼投手，或是哪方面比較弱啊。」

「喔，好啦。」

我走到場中，迎上滿臉笑容的閻世熜。

「嘿！你在鬧什麼彆扭？這幾天都不理我。」閻世熜說。

「我們是比賽對手，怎麼可以私下聯繫？」

「你白痴喔，打個歪賽而已，何必這樣諜對諜？」

「因為我們想贏球。」

「好啦，等一下你會先發嗎？」

「你說呢？」

「好啦，我也沒先發。」

「那我們就一起坐板凳看球吧。」

比賽開始了，敵我雙方都排上最佳陣容應戰，我當然沒先發，待在休息室裡，遠遠看著對面，閻世熄也坐在那裡當啦啦隊。

敵隊投手真的很強，雖然球速不快，但控球精準，變化球讓我們屢屢揮空，怎麼也上不了壘。反觀對手則是用強大的火力痛擊我們的投手，不斷形成得分大局。

比賽打到五局，我們已經落後十四分，雙方教練看到大勢底定，也紛紛走馬換將，讓二線球員上場試試身手。

比賽時間快到了，依照規則，主審裁判通知雙方教練，如果我們沒有得到超過八分，將差距縮小到七分以內，比賽將會提前結束。

「李勤，下半局代打漢驊學長喔。」隊長走到我身邊說。

「好。」

我拎起球棒，到場邊去練習揮棒。

此時對手也換了投手，一個熟悉的身影站上投手丘。

朱鈞驊湊到我身邊，對我說：「你同學要投耶，你應該很熟悉他的球路吧。」

當了閻世熄那麼久的御用捕手，豈有不了解他球路的道理。

「很熟啊。」我說。

「那一定可以打出安打。」

「嗯。」

雖然我的回答不置可否，在心裡卻不這麼想。閻世熄那逼近一百三十公里的快速球，我能摸到球皮就已經很不錯了，從未從他手中打過紮實的安打。

上大學後，闔世熄除了控球還是偶爾會走鐘以外，傷病問題也常困擾著他。每次在臺北碰面，除了約會吃飯以外，最常去的就是復健診所和中醫推拿。

今天闔世熄的狀況看起來還不錯，面對第一個打者，咻咻咻咻，四顆球就解決了首名打者。

輪到我上場了。

「李勤，加油啊！」休息室裡的隊友向我喊聲。

我站上打擊區，看著投手丘上的闔世熄。

那傢伙用手套遮著嘴，一定是在偷笑。

（認真一點，笑什麼笑？）

闔世熄看著捕手，搖搖頭，然後點點頭，準備投出。

我看他的眼神，一定是投變化球。

果不其然，闔世熄投出一顆滑球，還沒進到本壘板就轉了出去，是顆壞球。

（你這傢伙，屁股上有幾根毛我都知道，想用這種小伎倆騙我揮棒，門都沒有。）

闔世熄接過捕手的回傳球，很阿莎力地點頭確認捕手下一個暗號。

（一定是投直球，但我不打，先看看他的控球如何。）

又被我猜中了，闔世熄投出的第二球是顆剛猛的偏高速球，又是顆壞球。

要是我蹲捕，我會讓連續投出兩顆壞球闔世熄來一顆擅長的外角快速球，看看能否取得好球。

外角球我一向打不好，反正我現在擁有球數優勢，便按兵不動，再等一球。

沒想到對方捕手沒配外角球，而是來了一顆正中偏高，但裁判還是給了好球。

（一好兩壞。）

（要等？還是要攻擊？）

投手丘上的閻世熜拚命搖頭，最後還退出投手丘。

我聽到身後的裁判先生不耐煩地嘟囔：「差那麼多分，就投給他打啊。」

過了一會兒，閻世熜終於把球投出，是個提早落地的變化球。

（一好三壞。）

（打？不打？）

（那就打吧！）

我盯著閻世熜，這個時候的他，不是我的高中同學，也不是我的隊友，更不是我的男朋友，而是球場上的敵手。

（沒錯！是快速直球！）

我緊握球棒，鎖定球的軌跡，猛力一揮！

（完）

鏡小說
043

延平北路十段再進去的李姓人家

作　　者：賈彝倫
責任編輯：王君宇
責任企劃：林宛萱
整合行銷：黃鐘獻
主　　編：劉璞
副總編輯：鄭建宗
總 編 輯：董成瑜
發 行 人：裴偉

封面插畫：Pulu
封面攝影：王金喵
封面設計：陳恩安
內頁排版：宸遠彩藝

出　　版：鏡文學股份有限公司
114066 台北市內湖區堤頂大道一段 365 號 7 樓
電　　話：02-6633-3500
傳　　真：02-6633-3544
讀者服務信箱：MF.Publication@mirrorfiction.com

總 經 銷：大和書報圖書股份有限公司
248020 新北市新莊區五工五路 2 號
電　　話：02-8990-2588
傳　　真：02-2299-7900

印　　刷：漾格科技股份有限公司
出版日期：2021 年 4 月初版一刷
I S B N：978-986-06113-1-1
定　　價：420 元

國家圖書館出版品預行編目(CIP)資料

延平北路十段再進去的李姓人家/賈彝倫著. -- 初版. -- 臺北市：鏡文學股份有限公司, 2021.04
432 面；14.8X21 公分
ISBN 978-986-06113-1-1(平裝)

863.57　　110003149